7
WORLD TEACHER
이 세 계 식   교 육   에 이 전 트
네코 코이치 지음 Nardack 일러스트
이승원 옮김

에밀리아 *Emilia*

그리고
진심으로 화난
시리우스 님께서
홀로 적을 전부
해치우셨어요!

시리우스 *Sirius*

스승과 제자

진심 어린 싸움——.

레우스 *Reus*

월드 티처

이세계식 교육 에이전트

네코 코이치 지음
Nardack 일러스트
이승원 옮김

7

CONTENTS

Illust : Nardack

━━━ 《프롤로그》 ━━━

　셰미피아 아라미스. 통칭…… 피아.

　내가 어릴 적, 처음으로 아드로드 대륙에 왔을 때에 만났던 엘프 여성이다.

　세계적으로 희소 종족인 엘프인 그녀는 욕심 많은 모험가들에 의해 독에 중독되어 움직임이 둔해진 상태에서 납치당할 뻔했지만, 때마침 내가 그녀를 구해줬다.

　기본적으로 엘프는 자존심이 강하고, 타인을 내려다보는 경향이 있지만, 피아는 자기 스스로를 별종이라고 말할 만큼 싹싹하고 사교적인 여성이었다.

　그런 피아와 함께 지낸 시간은 겨우 한나절 밖에 안 되지만, 헤어질 때에는 내가 어른이 되면 내 애인…… 아니, 아내가 되고 싶다고 그녀는 말했다. 만약 나에게 약혼자가 있다면 첩이라도 상관없다고 말했다.

　내 어떤 면에 끌린 건지 모르는 데다, 그 느닷없는 고백에 놀라기도 했지만, 나 또한 피아의 됨됨이와 미모에 끌렸기에 그 고백을 받아들였다.

　그리고 재회를 약속하고 헤어졌지만, 피아는 고향의 관습에 따라 10년은 고향을 떠날 수 없다고 말했다. 그래서 나는 피아가 다시 고향 밖으로 나올 시기에 맞춰 그녀의 고향으로 향할 예정이었지만…….

7

"시리우스, 만나고 싶었어!"

고향 숲에 있을 피아가 갑자기 내 눈앞에 나타난 것이다.

나는 깜짝 놀라면서 피아를 다시 쳐다보았다. 물결처럼 찰랑거리는 에메랄드그린 빛깔의 머리카락과 남자의 눈길을 자연스럽게 끄는 아름다운 얼굴은 과거에 만났을 때와 똑같았다.

예전과 달라진 점이라면 내가 피아보다 키가 커서, 그녀가 내 품에 쏙 들어오게 됐다는 점이었다.

그리고 예전에는 만났을 때는 내가 어린애였기 때문에 피아를 아름답고 상냥한 누나처럼 느꼈지만, 청년으로 성장한 지금은 피아를 완벽하게 이성으로 의식하고 있었다. 그래서 그녀가 품에 안기자 무심코 꼭 끌어안아주고 싶은 충동을 느꼈다.

하지만 지금은 그런 짓을 할 상황이 아니기에, 나는 몸 깊은 곳에서 샘솟는 욕망을 억눌렀다.

"저기, 저 사람은 엘프…… 맞지? 엄청 예쁜 사람인데, 대체 누구일까?"

"혹시 전에 형님이 말했던 그 엘프 친구 아닐까? 하지만 친구 치고는 사이가 너무 좋아 보이지 않아?"

"…………."

"멍!"

느닷없이 나타난 피아가 갑자기 내 품에 안기자, 제자들은 동요한 것 같았다.

특히 내 연인이 된 에밀리아의 심정은 상상조차 되지 않았다.

보아하니 화가 난 것 같지는 않지만, 날카로운 시선으로 쳐다보며 아무 말도 하지 않으니 약간 불길한 느낌이 들었다.

하지만 이 일은 내가 피아와의 관계를 명확하게 설명하지 않은 탓에 벌어진 것이다.

이미 늦었을지도 모르지만 그래도 피아와의 관계를 세세하게 설명하기 위해 그녀에게 떨어져달라고 말하려던 순간, 에밀리아가 나에게 다가오며 입을 열었다.

"시리우스 님? 자세한 설명을 부탁드려도 될까요?"

"아, 그래. 설명할 테니까 그런 표정 짓지 마."

에밀리아는 미소를 짓고 있지만, 마음속에서 샘솟는 다양한 감정을 필사적으로 억누르고 있는 것이 느껴졌다.

연인이 되었지만 자신은 어디까지나 내 시종이며, 내가 다른 여성과 맺어지더라도 개의치 않겠다고 에밀리아는 말했다. 하지만 이런 광경을 느닷없이 본다면 기분이 좋지는 않을 것이다.

에밀리아가 다가오자, 그제야 다른 이들의 존재를 눈치챈 피아가 미안해하며 나에게서 떨어졌다.

"혹시 이 애가 시리우스의 연인이야? 그럼 미안한 짓을 해버렸네. 오래간만에 너와 만나서 너무 기쁜 나머지……."

"나도 만나서 기쁘지만, 실은 다른 사람들에게 피아에 대해 제대로 설명해두지 않았어. 좀 이야기가 길어질 것 같으니까, 오늘은 이 근처에서 야영을 하면서 천천히 설명할까 해. 다들 괜찮지?"

"……예. 자아, 그럼 서둘러서 준비를 시작하죠."

""으, 응!""

지금 에밀리아의 뜻을 거스르면 안 된다고 판단한 건지, 리스와 레우스는 순순히 고개를 끄덕이며 허둥지둥 야영 준비를 시작했다.

　세 사람은 빨리 이야기를 듣고 싶은 건지 금방 준비를 마쳤기에 내가 도울 일이 없었다. 그래서 나와 피아는 좀 떨어진 곳에서 호쿠토를 쓰다듬고 있었다.

　"크응…….."

　"이 애가 백랑(百狼)이구나. 소문은 들은 적이 있지만 실제로 보니 정말 엄청나네."

　"이름은 호쿠토야. 내 파트너지."

　"멍!"

　"사람 말도 이해하나 보네. 엄청 용맹하다고 들었는데, 시리우스 앞에서는 강아지처럼 귀여워."

　호쿠토는 나와 함께 있는 피아가 적이 아니라는 사실을 이해한 것 같았다. 그녀가 머리를 쓰다듬어주는데도 딱히 싫어하지 않으며 얌전히 있었다.

　그건 그렇고, 초면인데도 거대한 늑대인 호쿠토를 서슴없이 쓰다듬는 것을 보면 피아는 여전한 것 같았다.

　"확실히 귀여운 구석도 있긴 해. 그래도 무섭지는 않은 거야?"

　"네 파트너라며? 그럼 괜찮아."

　"나를 신뢰해주는 건 기쁘지만, 그렇게 쉽게 마음을 허락해도 되겠어? 그 후로 시간도 꽤 흘러서, 나도 꽤 변했다고 생각하는데 말이야."

"변하지 않았어. 성장하면서 겉모습은 달라졌지만, 네 마음은 전혀 변하지 않았는걸. 저 애들을 보면 알 수 있어."

피아는 야영 준비를 하고 있는 제자들을 온화한 표정으로 쳐다보면서 말을 이었다.

"저 아이들은 누가 시켜서가 아니라 자신의 의지로 너와 함께 다니고 있어. 그리고 그걸 즐거워하고 있지. 그 정도로 남에게 신뢰받고 있는 네가 나쁜 사람일 리가 없어."

"……그렇구나."

"나는 엘프라서 항상 남들의 주목을 받잖아? 그러니 상대의 본질이랄까, 욕망을 얼추 꿰뚫어 볼 수 있어. 저 아이들은 정말 순수해 보이니까, 나도 사이좋게 지낼 수 있을 것 같아."

"그래. 피아라면 금방 친해질 거야."

제자들이 반대할 것 같지는 않으니, 앞으로는 피아와도 함께 여행을 즐기고 싶으니까 말이다.

게다가…… 10년가량이나 지났는데도 나를 항상 마음에 품고 있어줬을 뿐만 아니라, 이렇게 신뢰해주는 그녀와 함께 하는 것을 나는 진심으로 바라고 있었다.

"레우스, 불은 피웠니?"

"잠시만 기다려줘, 누나. 습기 때문에 좀처럼 불이 안 붙네……."

"저기, 에밀리아. 예비 모포는 어디 넣어뒀어?"

아직 준비에 시간이 걸릴 것 같으니, 이참에 피아에게 그 점에 대해서도 물어보는 편이 좋을 것 같다.

"피아. 저기…… 혹시 네 고향에 무슨 일이 생긴 거야??"

엘프는 일정 연령이 되면 고향을 떠나 바깥 세계를 여행해야 한다는 관습이 있다. 나와 피아는 바로 그 시기에 만났다.

그리고 10년 동안 여행을 마치고 바깥 세계에서 돌아온 엘프는 10년 동안…… 고향인 숲 밖으로 나가서는 안 된다는 관습이 있다.

내 기억이 옳다면, 피아와 헤어진 후로 아직 9년밖에 지나지 않았다.

그런데 그녀는 내 눈앞에 있다.

뭔가 일이 있어서 고향에서 쫓겨났거나, 남매처럼 고향이 마물의 습격을 당한다고 하는 최악의 상황이 벌어졌을지도 모르지만, 피아의 밝은 표정을 보면 그렇지는 않은 것 같았다.

"네가 머뭇거리면서 물어봐야 할 만큼 큰일이 터진 건 아니니까 안심해. 그냥 내가 고향에서 멋대로 뛰쳐나왔을 뿐이야."

"잠깐만…… 그것만으로도 충분히 큰일이잖아. 대체 무슨 일이 있었던 거야?"

"그럴 만한 일이 있었어. 우선 우리가 사는 숲에는 엘더 님…… 엘더 엘프라고 불리는, 겉모습은 우리와 똑같은 엘프가 있어."

"엘더 엘프……. 엘프의 조상 같은 존재야?"

"응. 얼추 그런 거야. 그리고 엘더 님은 우리가 사는 마을보다 더 깊은 숲속에서 살고 있는데, 언제부터 그곳에 있었는지, 그리고 총 몇 명인지도 알지 못해."

선조인데도 그 존재에 대한 정보가 적은 것은 엘더 엘프가 깊은 숲속에서 나오지 않기 때문이며, 피아를 비롯한 엘프들에게도 간섭하지 않는다고 한다.

"하지만 수백 년에 한 번 꼴로 엘더 님이 우리 마을에 찾아와. 이유는 엘더 님이 숭배한다고 하는 성수(聖樹) 님에게 선택된 엘프를 숲 깊은 곳으로 데려가기 위해서인데……."

"혹시…… 엘더 엘프가 나타나서 너를 지목한 거야?"

"그래. 이유는 모르겠지만, 나는 성수 님에게 선택되고 말았어. 엘더 님이 그 사실을 알리러 왔을 때, 나는 그 자리에 없었거든? 그래서 엘더 님은 다음 날에 다시 오겠다며 다시 숲속 깊은 곳으로 돌아갔어."

"그래서…… 도망친 거구나. 그런데 그 성수 님이라는 존재에게 선택을 받으면 어떻게 되는 거야?"

"일단 엘프에게 있어서 성수 님에게 선택을 받는 것은 명예로운 일이야. 하지만…… 성수 님에게 선택을 받아서 숲속 깊은 곳으로 간 엘프는 두 번 다시 돌아오지 못한대."

"그래서야……."

마치 산제물이나 다름없잖아…… 하고 생각했지만, 엘프 특유의 풍습에 다른 종족인 내가 왈가왈부를 하는 것은 옳지 않을지도 모른다.

실제로 본 것도 아니니, 일단 그 점에 대해서는 제쳐두기로 했다.

그리고 나는 그런 점보다 피아 본인에 대한 것이 더 중요했기에, 이런 질문을 던졌다.

"명예로운 일이라면, 왜 도망친 거야?"

"그야 물론 너를 만나고 싶었기 때문이야."

피아는 다른 이유 따위는 없다는 듯이 만면에 미소를 지으며 그렇게 말했다.

주저 없이 대답하는걸…….

이런 한결같은 마음에 답하지 않아서야 남자라고 할 수 없 겠지.

"그리고 내 걱정은 할 필요 없어. 아빠도 내가 하고 싶은 대로 해도 된다고 허락한 데다, 나 말고도 도망친 엘프가 있는 것 같 거든."

"후회는 안 돼?"

"물론이지. 진지하게 생각해보고 결정한 거니까, 너는 개의치 않아도 돼."

그래……. 어렵게 생각할 필요는 없다. 내가 피아를 받아주면 되니까 말이다.

"……알았어. 피아의 직성이 풀릴 때까지 같이 다니자. 먼저 해야 할 일은…….."

"알아. 저 아이들에게 동료로 인정받아야 하는 거지?"

항상 긍정적이고 자유로운 피아가 그렇게 말하자, 나는 자연 스럽게 미소를 지었다.

야영 준비를 마친 후, 우리는 모닥불 주위에 모였지만…….

"시리우스 님은 여기 앉으세요. 리스는 저쪽에 앉으세요."

"……알았어."

"으, 응!"

"멍!"

"예. 호쿠토 씨는 뒤편에 앉아주시면 감사하겠어요."

내가 지면을 굴러다니고 있던 통나무를 의자 삼아 앉자, 에밀리아와 리스가 양옆에 앉았다. 그리고 호쿠토는 내 뒤편에서 대기했다.

"전에 은랑족 남성을 한 번 본 적이 있는데, 그 애보다 몸이 좋네. 열심히 단련을 했나 보구나."

"그, 그래?"

맞은편에는 우리와 마찬가지로 피아가 통나무에 앉아 있었는데, 그 옆에는 레우스가 당혹스러운 표정을 지으며 앉아 있었다. 아까 에밀리아와 귓속말을 하던데, 혹시 피아가 허튼 짓을 하려고 하면 바로 제압하라는 지시를 들은 걸지도 모른다.

아무튼, 마치 면접이라도 보듯 우리는 마주 보고 앉아 있었다. 뭐, 피아를 동료로 받아들일지 말지를 이야기하려는 것이니 면접과도 크게 다르지는 않을지도 모른다.

그리고 다들 아무 말도 하지 않는 것은 내가 입을 열 때까지 기다리고 있는 것이리라. 나는 마음을 굳히면서 입을 열었다.

"우선 자기소개부터 하도록 할까. 나에 대해서는 다들 알고 있을 테니까……."

"그럼 나부터 할게. 나는 셰미피아 아라미스라고 해. 이름이 기니까 피아라고 불러줘."

"아, 저는 페어리스예요. 다들 저를 리스라고 부르죠."

"으음…… 나는 레우스야."

"……시리우스 님의 시종인 에밀리아라고 해요."

충격적인 등장 때문인지, 다들 어색한 어조로 자기소개를 마쳤다.

그래도 일단 자기소개를 마쳤으니, 다들 듣고 싶어 할 나와 피아의 관계에 대해 자세하게 이야기해야 할 것이다.

"좀 이야기가 복잡해질 것 같아서 입 다물고 있었는데, 이렇게 됐으니 피아와 어떻게 만나게 됐는지 너희에게 이야기해주겠어. 전에 내가 엘프를 구해줬다는 이야기를 한 적 있지?"

"예. 저와 레우스를 구해주시기 전에 있었던 일이죠?"

"그럼 그때 그 엘프가 바로 피아 씨……인 거야?"

"응. 바로 나야. 보다시피 나는 엘프라서 나쁜 사람들에게 자주 표적이 됐거든. 고향으로 돌아가던 길에 방심한 바람에 독에 당하고 말았어. 그 탓에 몸도 제대로 가누지 못하게 되어서 정말 위험했는데…… 바로 그때, 시리우스가 나타나서 구해준 거야."

숲을 산책하다 우연히 피아를 습격을 당한 광경을 보고 만 나는 그 쓰레기 같은 남자들에게서 피아를 구출했다.

그때는 처음 본 엘프라는 종족에게 흥미가 있어서, 그저 친분을 쌓고 싶다고 생각했지만…… 이렇게 될 거라고는 생각도 못 했다.

내가 마음속으로 쓴웃음을 흘리고 있을 때, 피아는 옛날 일을 떠올리듯 눈을 감으며 이야기를 이어갔다.

"후후, 처음에는 이런 어린애가 숲속에 있는 게 의아해서 고개를 갸웃거렸지만, 무기를 쥔 어른들을 전혀 두려워하지 않으며 맞서던 시리우스는 정말 멋있었다니깐. 지금도 선명하게 기억해."

"그 심정은 잘 알아요."

"기절한 탓에 보지는 못했지만, 누나와 나도 형님이 구해줬거든."

"시리우스 씨는 나도 몇 번이나 구해줬어……."

"멍!"

어느새 다들 나를 쳐다보고 있지만, 나는 그저 내가 하고 싶은 대로 했을 뿐이다. 그리고 이렇게 다 같이 있을 수 있는 것만으로도 나는 만족했다.

내가 그렇게 말하자, 다들 서로를 쳐다보면서 미소를 지었다. 하지만 에밀리아는 날카로운 시선으로 피아를 계속 쳐다보았다.

"자신을 구해준 시리우스 님과 함께 있고 싶어 하는 그 심정은 이해했어요. 하지만 가장 의아한 건 시리우스 님의 품에 안겼다는 점이에요. 아무리 은인이라고 해도, 엘프는 이성에게 함부로 안기는 종족인가요?"

"저기, 에밀리아. 말이 너무 심한 게……."

"에밀리아. 그건 말이지……."

"기다려, 시리우스. 그 점에 관해서는 내가 설명할게."

내가 사전에 설명을 해두지 않은 바람에 이런 일이 벌어졌는데도, 피아는 자기한테 맡겨달라는 듯이 한쪽 눈을 찡긋 감았다. 나는 그런 피아에게 설명을 맡기기로 했다.

피아는 자기가 멋대로 한 말에서 비롯된 일이라고 운을 뗀 후, 이 자리에 있는 이들 전원에게 알려주려는 것처럼 천천히 이야기를 시작했다.

"시리우스는 나를 구해줬을 뿐만 아니라, 내 상처도 치료해줬어. 원래라면 흉터가 남을 정도의 상처를 입었는데, 시리우스가 손을 써준 덕분에 흉터도 남지 않았지. 여성으로서 정말 기뻤다니깐."

"그러고 보니 형님은 누나의 흉터도 지워줬잖아."

"…………"

"그것만이 아니야. 내가 아까 하늘을 나는 모습을 봤지? 시리우스의 가르침 덕분에 하늘을 날 수 있게 됐어. 함께 있었던 건 한나절 밖에 안 되지만, 나에게 있어 정말 충실한 시간이었지."

리스와 레우스는 공감을 한다는 듯이 고개를 끄덕였지만, 에밀리아의 표정은 변함이 없었다.

그래도 피아는 이야기를 이어나갔고, 아까 나에게 알려줬던 고향의 관습에 대해서도 이야기한 다음, 본론에 들어갔다.

"그래서 나는 작별을 할 때 시리우스에게 고백했어. 나를 연인으로…… 아니, 아내로 받아달라고 말이야."

"아, 아내?!"

"자, 잠깐만?! 당시의 형님은 아직 어린애였지?"

"물론 나도 이상하다고 몇 번이나 생각했어. 하지만 나는 10년 가량 세상을 여행하면서도 시리우스를 만났을 때 이상으로 흥분됐던 적은 없어. 이 사람과 함께한다면 분명 즐겁고 행복한 시간을 보낼 수 있을 거라고…… 느꼈던 거야."

피아가 망설임 없이 그렇게 대답하자, 그 누구도 반론하지 못했다.

자신이 조금 흥분했다는 것을 눈치챈 듯한 피아는 가볍게 혀를 내밀면서 덧붙여 말했다.

"물론 어디까지나 내 일방적인 이야기니까. 다른 연인을 두거나 나를 첩으로 삼아도 괜찮다고 말했어. 시리우스와 함께할 수만 있다면, 나는 몇 번째 아내라도 상관없다고 생각했거든. 그리고 시리우스는 그런 나를 받아준 거야."

"그래서 그렇게 스스럼없이 대한 거구나……."

"부부가 된다는 게 어떤 건지는 잘 모르지만, 간단히 결정해도 되는 건 아니잖아? 형님도 용케 고백을 받아들였네."

"피아가 진심으로 고백을 했거든. 그래서 나도 진지하게 생각을 해보고, 피아를 좋아하게 됐다는 걸 눈치챘기 때문에 받아들인 거야."

"후후…… 서로가 서로에게 첫눈에 반한 거구나. 그야말로 운명이네."

피아는 내 말을 듣고 만족스러운 듯한 반응을 보였지만, 곧 진지한 표정을 지으며 이 자리에 있는 모든 이들을 향해 고개를 숙였다.

"내가 느닷없이 나타난 바람에 다들 당혹스럽겠지만, 나도 시리우스와 함께 여행을 하고 싶어. 그러니까…… 나도 동료로 받아주면 안 될까?"

"나는 괜찮은데……."

"누나가……."

"……고개를 들어주세요, 피아 씨. 시리우스 님이 이미 결정을 하신 이상, 저는 반대할 생각은 없답니다."

"그럼 왜 반대하는 듯한 태도를 취한 거야? 역시…… 연인으로서 나를 용서할 수 없다는 거야?"

"아뇨. 언젠가 시리우스 님에게 이런 일이 일어날 거라는 건 예상하고 있었어요. 오히려 시리우스 님의 매력에 가장 먼저 눈치챈 피아 씨의 혜안에 놀랐을 정도죠. 저는 그저 피아 씨의 본심을 듣고 싶었을 뿐이랍니다."

즉, 에밀리아가 딱딱한 태도를 취한 것은 피아가 나에게 해를 끼칠 상대인지 아닌지 판단하기 위해서였던 것이다.

에밀리아는 그제야 긴장을 풀었지만, 여전히 진지한 표정으로 피아를 바라보며 말했다.

"저는 시리우스 님과 피아 씨가 맺어지는 것도, 피아 씨가 동료가 되는 것에도 반대하지 않습니다. 하지만 딱 하나 양보할 수 없는 게 있어요."

"그게 뭔데?"

"시리우스 님의 제1부인 자리는 리스에게 양보해주세요."

"뭐?! 아니, 그것보다 나는 아직……."

"좋아."

"어어?!"

"아까도 말했다시피, 나는 시리우스와 함께할 수만 있다면 순서 따위는 개의치 않아. 아, 그럼 장래에 우리는 가족이 되는 거네? 그럼 나를 언니라고 생각하며 어리광을 부려도 돼."

"……배고프네."

"멍!"

리스가 약간 혼란에 빠져 있는 가운데, 피아는 우리의 동료로 받아들여진 것 같았다.

평소와는 조금 다르지만, 분위기가 누그러졌다는 사실을 확인한 나는 배고픈 제자들을 위해 저녁 식사를 준비하기 시작했다.

《열띤 여자 모임》

가라프.

그곳은 많은 모험가들이 모이는 모험가의 도시라 불리는 곳이다.

그리고 모험가들이 이곳에 모이는 이유는 이 도시의 중심에 투기장이 존재하기 때문이다.

투기장에서는 빈번히 마물들의 싸움을 통한 도박이 이뤄지며, 인간들 간의 시합도 치러진다. 하지만 이 마을이 가장 흥분에 휩싸이는 것은 1년에 한 번 열리는 『가라프 투무제』 때다.

전 세계의 강자들이 한 자리에 모여서 정점을 차지하기 위해 싸우는 무의 제전……이라고 한다.

그 투무제가 시작되는 시기에 이곳에 온 우리는 가라프로 향하는 여행자들을 꽤 발견했다.

"드세요, 시리우스 님."

"아, 고마워."

내가 마부석에 앉아서 길을 가는 여행자들을 멍하니 쳐다보고 있을 때, 내 옆에 앉아 있던 에밀리아가 홍차가 든 찻잔을 내밀었다. 나는 홍차를 마시면서 한숨 돌렸을 즈음, 마차 안에 있는 리스와 피아의 대화가 들렸다.

"전에 시리우스 씨한테서 들었던 정령이 보인다는 사람이 바로 피아 씨였군요. 이렇게 만나게 될 줄은 몰랐어요."

"그건 나도 마찬가지야. 동료가 생겨서 정말 기뻐."

"저기, 괜찮으시면 정령에 관해 가르쳐주시지 않겠어요? 저는 아직 정령의 힘을 완전히 이끌어내지 못하고 있는 느낌이 들어요."

"후후, 우리는 동료사이니까 그렇게 체면 차릴 필요 없어. 그리고 내가 가르쳐줄 수 있는 게 있다면 뭐든 가르쳐주겠지만, 정령은 변덕이 심해서 나도 아직 수행 중이거든. 그러니 이제부터 함께 수련하도록 하자."

"예!"

정령을 볼 수 있다는 공통점을 지닌 덕분인지, 저 두 사람은 벌써 친해졌다. 종족이 다르지만 자매처럼 보이는 광경이었다. 리펠 공주가 알면 화낼 거라고 생각하며 옆을 바라보니, 에밀리아는 복잡한 표정으로 두 사람을 쳐다보고 있었다.

"에밀리아도 대화에 끼는 게 어때? 아니면 혹시 피아를 받아들일 수가 없는 거야?"

"아뇨…… 시리우스 님이 선택한 분이니, 피아 씨는 신뢰할 수 있는 분이겠죠. 저도 어제 이야기를 나눠보고 저희에게 해를 끼칠 분은 아니라는 건 이해했어요. 하지만 에리나 씨의 가르침이 계속 머릿속을 맴돌아요."

내 어머니는 자신의 모든 기술을 에밀리아에게 가르쳐줬지만, 그 과정에서 에밀리아는 어떤 말을 몇 번이나 들었다고 한다.

『잘 들으세요, 에밀리아. 시리우스 님의 능력은 다른 분들과 명백하게 이질적이며, 매우 강력하답니다. 그분은 무의미하게 힘을 휘두르지 않겠지만, 힘을 원하는 자들의 표적이 되거나, 그분을 이용하려 하는 자가 다가올 가능성은 크겠죠. 그러니 시리우스 님에게 다가오는 상대에게는 주의하세요. 설령 주인인 시리우스 님이 마음을 허락할지라도, 당신은 바로 받아들이지 말고 냉철한 눈길로 계속 살펴봐야 한답니다. 바로…… 주인님을 지키기 위해서 말이죠.』

시종으로서는 옳지 않은 가르침일지도 모르지만, 주인이 옳지 않은 방향으로 나아가고 있을 때는 진언을 할 필요 또한 있다는 의미가 그 안에 담겨 있었다.

그 가르침이 마음속에 깊이 뿌리내려 있는 데다, 이번 상대는 내가 과거에 약혼을 했던 상대이기도 하기에 에밀리아는 시종으로서만이 아니라 연인으로서도 마음이 복잡할 것이다.

그것은 감정적인 부분이니 내가 무슨 말을 한들 아무 의미도 없을 것이다.

앞으로 함께 여행을 할 동료인 만큼, 에밀리아 스스로가 진심으로 납득을 하며 피아를 받아들여줬으면 했다.

"나 때문에 힘들게 해서 미안해. 그리고 고마워. 에밀리아 같은 연인을…… 시종을 둬서 정말 행복해."

"시리우스 님…… 우후후."

손해 보는 역할을 자처해서 맡으려 하는 에밀리아의 머리를 상냥하게 쓰다듬어주고 있을 때, 훈련 삼아 마차와 나란히 뛰고

있던 레우스가 앞쪽을 손가락으로 가리켰다.

"형님! 마을이 보여!"

레우스의 말을 듣고 앞쪽을 쳐다보니, 마을을 둘러싼 방벽과 그 너머에 있는 높은 건조물이 보이기 시작했다.

여기서는 꼭대기 부분만 보이지만, 저 방벽보다 높은 건물이 바로 가라프의 명물인 투기장일 것이다.

리스도 레우스의 말을 듣고 마차 밖으로 고개를 내밀었지만, 피아는 자신의 짐에서 후드가 달린 망토를 꺼내서 걸쳤다.

"피아 씨, 그런 걸 왜 꺼내는 거예요?"

"내가 엘프라는 걸 숨기지 않으면 성가신 일이 벌어질 거잖아? 그러니까 이렇게⋯⋯."

아까까진 괜찮았지만, 역시 마을 근처에서는 남들이 마차 안을 들여다볼 가능성도 있다. 그래서 피아는 망토에 달린 후드를 깊이 눌러써서 엘프의 특징인 긴 귀를 가렸다.

"자아, 됐어⋯⋯. 좀 갑갑하지만, 이러면 그다지 눈에 띄지 않지?"

"어차피 호쿠토가 엄청 눈에 띄니까 개의치 않아도 될 것 같은데⋯⋯."

"응. 갑갑하면 숨기지 않아도 돼."

"마음은 고맙지만, 내가 표적이 된 바람에 너희에게 폐를 끼치는 건 싫거든. 게다가 예전부터 이렇게 해왔으니까 개의치 마."

우리는 피아의 마음이 이해되었기에 더는 아무 말도 하지 않았다.

그리고 후드를 쓴 피아가 내 옆에 앉자, 에밀리아는 내 팔을 꼭 끌어안았다.

그런 에밀리아의 모습을 귀엽다는 듯이 쳐다보던 피아는 가라프를 향해 고개를 돌리면서 반가운 듯한 눈길을 머금었다.

"반갑네. 또 여기에 오게 될 거라고는 생각도 못 했어."

"피아 씨는 전에 이곳에 온 적이 있으세요?"

"딱 한 번 온 적이 있어. 그러니 너희에게 이 마을을 안내해주고 싶지만, 그렇게 오래 머물지는 않았거든. 그래서 잘 알지는 못해."

"신경 쓰지 마. 급한 목적이 있는 여행도 아니니까, 느긋하게 산책 삼아 둘러볼 생각이야."

"그런데 사람이 많네. 투무제가 열리기 때문일까?"

리스가 말한 것처럼, 방벽이 있는 문 앞에는 여행자와 상인들이 장사진을 이루고 있었다.

그래도 사람들이 쑥쑥 나아가고 있었기에 곧 마을에 들어갈 수 있을 거라고 생각했지만…….

"……좀처럼 나아가지를 않는걸."

"응. 아까까지는 쭉쭉 나아가더니, 갑자기 느려졌네."

문 쪽에서 문제라도 발생한 건지, 갑자기 사람들이 나아가지 않았다.

딱히 할 일도 없었기에 마부석에 앉은 피아의 옆에서 호쿠토를 빗겨주고 있을 때, 에밀리아와 리스가 마차 안의 마도구(유사 오븐)로 만든 쿠키를 가지고 왔다.

"맛이 어떤가요?"

"으음…… 맛있어. 단맛도 적당하고, 절묘할 정도로 잘 구웠네."

"맞아. 가게에서 파는 것보다 맛있어."

나와 피아가 그렇게 말하자, 에밀리아와 리스는 손바닥을 마주 대며 기뻐했다.

호쿠토와 달콤한 향기 때문에 주위에 있던 상인들과 모험가들의 시선이 우리 쪽으로 쏠렸지만, 나는 개의치 않으면서 쿠키를 맛보고 있었다. 바로 그때, 피아가 불현듯 뭔가가 생각난 것처럼 질문을 했다.

"저기. 아까 리스한테서 시리우스는 케이크라는 걸 만들 수 있다고 들었는데…… 그건 어떤 거야?"

"시리우스 님의 특기 요리죠. 어떤 나라의 왕족뿐만 아니라, 고명한 매직 마스터조차 매료시킨 궁극의 음식이에요."

"전부 사실이기는 하지만, 그렇게 들으니 엄청난 내용이네."

게다가 특기가 아니라, 다들 먹고 싶어 하니까 여러 번 만들었을 뿐인데 말이다.

"그만큼 맛있다는 거구나? 다음에 나도 만들어주지 않겠어?"

피아와 재회를 기념해 케이크를 만드는 것도 나쁘지 않지만, 겸사겸사 다른 이들과 친분을 쌓을 수 있도록 이용해보도록 할까.

"맞아. 케이크를 만드는 법은 너희 둘도 알지? 쿠키도 이렇게 잘 만들었으니까, 마을에 도착하면 피아를 위해 케이크를 만들어보지 않겠어?"

"저희가…… 말인가요?"

"만드는 건 괜찮은데, 시리우스 씨처럼 잘 만들 자신이……."

"이 쿠키를 먹어보니, 과자 쪽으로는 나보다 더 잘 만드는 것 같네. 그러니 앞으로는 과자 쪽은 너희가……."

""그것과 이건 별개의 이야기예요!""

이런 대답을 할 거라는 것은 예상하고 있었지만, 너희 둘…… 호흡이 척척 맞구나.

참고로 요즘 들어 이 두 사람이 만드는 횟수도 늘어나기는 했지만, 옛날이나 지금이나 식사는 대부분 내가 만들고 있다. 내가 요리를 좋아해서 솔선해서 만들 때도 있지만, 제자들은 내 요리를 먹지 않으면 마음이 진정되지 않는 것 같았기 때문이다.

내가 만든 것을 맛있다면서 먹어주는 것은 기쁘지만, 일전에 레우스가 엄마 손맛 같아…… 하고 말했을 때는 어떤 반응을 보여야 할지 감이 오지 않았다.

"아, 나도 두 사람의 의견에 동의해. 어제 먹어본 시리우스의 요리는 정말 맛있었거든. 케이크도 기대되네."

"현명한 판단이라고 생각해요."

"하, 하지만, 시리우스 씨가 정 싫다면 우리가 만들어볼게."

"아냐. 피아가 먹고 싶어 하니 내가 만들어보겠어. 어떤 케이크를 만들어볼까?"

"치즈케이크가 좋을 것 같아!"

"무난하게 쇼트케이크는 어떨까요?"

"그건 어떤 케이크죠?"

"아, 치즈라는 건 치즈의 단맛이⋯⋯."

예상과는 좀 다르지만, 다들 즐겁게 케이크에 대해 이야기하고 있으니 잘 됐다고 생각하기로 할까.

그런 식으로 잡담을 나누는 사이에 행렬이 다시 나아가기 시작했고, 곧 우리 차례가 될 것 같았다.

"그런데 레우스는 어디까지 간 거야?"

"저쪽으로 달려갔는데⋯⋯ 아, 돌아온 것 같아요."

마차 뒤편을 쳐다보니, 훈련 삼아 먼 곳까지 뛰어갔던 레우스가 땀을 흘리면서 돌아왔다.

숨을 헐떡이며 마차 앞에서 멈춰선 레우스는 에밀리아가 내민 물을 마시면서 숨을 골랐다.

"하아⋯⋯ 하아⋯⋯ 다녀왔어, 형님."

"어서 와. 좀 시간이 걸린 것 같은데, 무슨 일 있었어?"

"미안해. 문 쪽에서 다투고 있는 사람들을 구경하느라 좀 늦었어."

줄이 꼼짝도 하지 않았던 것은 문지기의 심사를 통과하지 못한 상인 때문이었다고 한다. 게다가 운이 나쁘게도 그 다음 차례가 성격 급한 남자 모험가여서 말다툼이 싸움으로 발전했고, 결국 문 앞에서 난투극이 벌어졌다고 한다.

"그래서 줄이 꼼짝도 하지 않았던 거구나."

"하지만 그런 것치고는 빨리 문제가 해결된 것 같네. 난투극까지 벌어졌다면 시간이 더 걸려야 정상 같은데 말이야."

"그런 일에 익숙하다는 걸까."

모험가의 도시인만큼, 혈기왕성한 자들이 몰려드는 것이리라.

그렇게 생각해보니, 우리는 피아 이외에는 전체적으로 어린 편인지라 가라프에서 그런 자들과 시비가 붙을 가능성이 충분히 있었다.

뭐, 호쿠토가 노려보면 웬만한 녀석들은 꽁지를 말고 도망가겠지만, 나는 제자들에게 시비가 붙었을 때 어떻게 행동해야 하며 그에 따른 적절한 대처법을 알려준 후에 가라프에 들어갔다.

"그럼 우선 숙소부터 확보해야 할 텐데……."

"쉽지 않을 것 같아요."

예상대로 마을 안은 인산인해를 이루고 있었지만, 마차가 지나다닐 길이 따로 구분되어 있었기에 우리는 스무스하게 나아갈 수 있었다.

하지만 숙소를 찾는 게 쉽지 않고, 우리는 벌써 네 번째 여관에 방문했지만…….

"무리야, 형님. 이 여관도 이미 빈 방이 없대."

"게다가 저 여관에는 마차를 맡길 창고가 없는 것 같아요."

"예상은 했지만, 난처하게 됐는걸."

호쿠토와 마차를 맡아주는 여관은 하나같이 빈방이 없었다.

투무제가 열리는 시기에 방문한 만큼 견학을 한 다음에 다시 여행을 떠날 생각이었지만, 마을 안에서 거점을 확보하지 못한다면 여러모로 난처할 것 같았다. 최악의 경우에는 마차에서 숙식을 해결하면 되지만, 그래도 마차를 둘 장소가 없다면 의미가 없었다.

　최종수단인 마을 밖에서 야영을 하는 것에 대해 고려하고 있을 때, 호쿠토가 낮은 울음소리를 내면서 나를 불렀다.

　"왜 그래?"

　"무슨 일 있는 걸까?"

　"형님, 저쪽 좀 봐."

　레우스가 손가락으로 가리킨 곳을 보니, 모험가로 보이는 남자들이 짐을 안아 든 열 살 정도 되는 인간족 소녀에게 시비를 걸고 있었다.

　아니…… 반대였다. 소녀가 모험가들에게 시비를 걸고 있었다.

　"이유가 뭐야?! 왜 우리 여관은 안 되는데?!"

　"미안하지만, 저쪽이 더 대우를 잘해줄 것 같거든."

　"어차피 그 녀석들에게 이상한 소리를 들은 거지?!"

　"거 되게 시끄러운 꼬맹이네. 맞아. 저쪽이 대우는 좋을 것 같고, 투무제에 참가하는 우리가 그딴 여관에 묵을 수는 없다고!"

　"그딴 녀석들의 말에 놀아나는 거야?! 당신들, 진짜로 모험가 맞아?! 남자답지 못하게 소문 같은 거나 신경 쓰다니 말이야!"

　"첫, 적당히 해!"

　상대가 어린애라 모험가들도 처음에는 그냥 넘어가려 했지만, 발언이 과격해지자 화가 난 것 같았다.

　금방이라도 폭력을 휘두를 것 같으니, 이쯤에서 말리는 편이 좋을 것이다. 그렇게 생각하면서 내가 나서려던 순간, 레우스가 나보다 먼저 나섰다.

"어이, 그쯤 하지 그래. 상대는 어린애라고."

"아앙? 상관없는 녀석은 닥치고 있어. 어린애라고 봐주면 더 기어오른다고. 이건 교육이라는 거야."

"그런 건 말로 충분하잖아. 그런데 왜 주먹을 말아 쥐는 건데?"

"어른에게 말대꾸하는 꼬맹이에게는 이게 특효약이거든."

"나는 기어오른 적 없어! 소문 같은 걸 무턱대고 믿으면 안 된다고 말하는 것뿐이야!"

레우스가 끼어들어서 상황이 해결될 줄 알았는데, 모험가들의 폭주는 계속되었다.

이 상황에서 레우스가 날뛰면 일이 성가셔질 것 같았기에, 나는 에밀리아에게 마차를 맡기고 모험가들에게 뒤편에서 다가갔다.

"이런 데서 날뛰면 주목을 모을 테니, 이쯤에서 그만하는 게 어떻겠어요?"

"시끄러워! 저 수인도 그렇고, 네놈도 그렇고, 아까부터 이게 무슨 짓이야?!"

"자아, 이걸로 한 잔 하시고 진정하시죠."

나는 인원수만큼의 은화를 지어주면서 빙긋 미소 지었다.

이제 순순히 물러설 거라고 생각했지만, 일부는 아직 납득하지 못했거나, 나한테서 돈을 더 뜯어낼 요량으로 음흉한 미소를 짓고 있었다.

하아…… 돈이 거저 생겼으니, 순순히 물러나면 좋을 텐데 말이다.

"납득했죠?"

"""히익?!"""

내가 미소를 지으면서 한순간만 살기를 뿜자, 모험가들은 도망치듯 내 앞에서 사라졌다. 방금 정도의 살기에 도망치는 녀석이니, 이제 내버려 둬도 문제는 없을 것이다.

모험가들이 사라진 후에 뒤를 돌아보니, 소녀를 지키려는 듯이 서 있던 레우스가 면목이 없다는 듯한 표정을 짓고 있었다.

"멋대로 나서서 미안해, 형님. 괜한 돈까지 쓰게 했네."

"네가 나서지 않았다면 내가 나섰을 거니까 개의치 마. 그것보다……."

"……죄송해요."

가장 잘못한 이는 모험가에게 계속 시비를 건 이 소녀지만, 그녀는 자신의 행동이 과했다는 것을 이해하고 있는지 곧 사과했다.

"반성을 했으면 됐어. 앞으로는 조심해."

"저기…… 짜증이 치솟아서 그만……. 아, 구해주셔서 정말 감사해요!"

"우리가 멋대로 한 일이니까 신경 쓸 필요 없어. 앞으로는 조심해."

"그럼 안녕."

"……저, 저기!"

나는 그쯤에서 이야기를 마친 후, 레우스를 데리고 마차로 돌아가려 했다. 하지만 바로 그때, 소녀가 큰 목소리로 우리를 불러 세웠다.

"이 앞에서 왼쪽으로 가면 돼."

"알았어. 호쿠토."

"멍!"

우리는 아까 전의 여자애와 함께 이 마을 안의 어느 곳을 향해 이동하고 있었다.

아까 모험가와 싸우던 소녀…… 카치아라는 소녀가 우리를 불러 세운 것은 모험가로 보이는 우리에게 여관을 소개하고 싶었던 것 같았다.

이야기를 들어보니, 카치아의 집은 가라프에서 여관을 경영하고 있다고 한다. 그리고 아까 다퉜던 모험가들은 그 여관의 숙박객이라고 한다.

"내가 시장을 보러 가는데, 그 사람들이 짐을 들고 마을을 걷고 있었어. 좀 이상해서 물어보니까, 근처 여관으로 옮기기로 했다고……."

현재, 카치아의 여관은 경영 상황이 좋지 않은 것 같았다.

게다가 아까 전의 모험가 외에도 최근 며칠 동안 다수의 일행이 방을 뺐다고 한다.

"방을 뺀 사람들마다 똑같은 말을 했어. 다른 여관이 대우를 잘해준다는 둥, 우리 여관에 묵으면 시합에서 진다는 둥……. 분명 그 녀석들이 이상한 헛소문을 퍼뜨린 거야!"

"그 녀석들? 그게 누구니?"

"이 근처에 생긴 여관의 지배인들이야. 우리 집에 몇 번이나 찾아와서 여관을 빼앗으려고 했는데, 우리가 거절하니까 이렇게 훼방을 놓는 게 틀림없어! 그러니까 오빠들한테도 이상할 소리를 할 게 틀림없어. 그때는 딱 잘라서 거절해줘!"

카치아는 피아의 질문을 듣고 분통을 터뜨리며 그렇게 말했다.

마을의 공무원이나 높은 사람들과도 상의를 했지만, 상대방은 어디까지나 손님에게 자기 여관을 권했을 뿐이며 손님이 어느 여관이 묵을지는 손님의 자유라며 대수롭지 않게 여겼다고 한다.

그리고 우리 입장에서도 장사꾼들의 생존경쟁에 지나지 않아 보였다. 뭐, 우리에게 직접적으로 피해를 끼친다면 바로 개입해서 후회하게 만들어줄 생각이지만 말이다.

"거절할지 말지는 너희 여관을 보고 결정할 거야. 그런 소리를 하는 걸 보면 꽤 자신이 있나 보네?"

"물론이지! 손님이 좀 적기는 하지만, 방은 넓고 깨끗해! 엄마가 만드는 요리도 정말 맛있단 말이야!"

"어머니가 요리를 잘하시는구나! 좋겠네!"

"이 마차를 둘 장소는 있나요?"

"응! 여관 밖에 열쇠로 잠글 수 있는 오두막이 있으니까, 거기에 마차를 두면 돼."

그 질문에 대한 답을 들었을 즈음, 우리는 카치아의 집이기도 한 여관에 도착했다.

이곳은 마을 중심부에서 그렇게 떨어져 있지 않으니, 입지조건은 나쁘지 않았다. 바위와 목재로 만든 2층 건물은 꽤 넓으며, 1층에는 식당 겸 술집도 있는 것 같았다.

여행자가 묵기에 적당한 가격이며, 투무제 때문에 마을이 사람들로 붐비는 이 시기라면 손님들로 득시글해도 이상할 게 없지만, 아무래도 인기척은 거의 느껴지지 않았다.

카치아가 약간 쓸쓸한 표정을 짓는 것도 이해가 되는 상황이지만, 건물 자체는 깨끗하며 손질도 잘 되어 있었다.

"……나쁘지 않군."

"형님, 이 여관에 묵을 거야?"

"일단은 그럴 생각이야. 참, 카치아 양에게 물어볼 게 있는데 말이야. 호쿠토를…… 이 종마(從魔)를 방에 들여도 될까?"

종마인 만큼 원래라면 여관 앞뜰에 있는 마구간에 재워야겠지만, 호쿠토는 내 소중한 파트너다. 같이 있으면 안심이 되는 만큼, 나는 여관에 묵을 때마다 호쿠토를 방에 들여도 되는지 물어보았다.

카치아는 내 질문이 뜻밖인지 약간 난처한 표정을 지으며 머리를 감싸 쥐었다.

"으음…… 이 애는 종마인 거지? 마구간은 꽤 넓은데, 거기 재우면 안 돼?"

"억지를 쓸 생각은 없지만, 호쿠토는 정말 똑똑하고 실내에서도 절대 난동을 부리지 않아. 그러니까 안심해도 돼."

여관 경영자가 개나 늑대 수인이었다면 바로 승낙할 것이다.

그런 여관을 찾아서 호쿠토의 이야기를 하면 숙박 중인 손님을 쫓아내고라도 방을 준비해줄 테지만, 그렇게까지 하는 건 마음에 걸렸다.

"그럼 내 말에도 따르는 거야?"

"단순히 말을 따르는 것과는 좀 달라. 호쿠토는 종마지만, 인간을 대하듯 대해봐."

호쿠토는 기본적으로 내 명령에 절대적으로 복종하지만, 명확한 이유가 있다면 다른 사람의 말에도 따른다.

참고로 리스의 부탁이라면 좀 억지스럽더라도 들어준다. 내가 없는 사이에 리스가 자주 쓰다듬어주거나 빗질을 해준 덕분에 마음을 허락한 것 같았다.

"조, 좋아! 그럼 호쿠토, 마차를 저쪽 오두막으로 옮겨."

"멍!"

카치아가 여관 부지 안에 있는 오두막을 가리키자, 호쿠토는 전원이 내린 것을 확인한 후에 마차를 오두막 쪽으로 이동시킨 후, 바퀴를 잠금장치로 고정시켰다.

호쿠토가 마지막으로 오두막의 문까지 닫고 돌아오자, 카치아는 손뼉을 치며 신기해했다.

"와아! 정말 머리가 좋네!"

"내가 말했지? 게다가 호쿠토의 털은 감촉도 좋아. 한 번 만져볼래?"

"그래도 돼?"

호쿠토가 만지기 쉽도록 몸을 숙여주자, 카치아는 머뭇거리면서 만져봤다. 그리고 완전히 그 감촉에 매료됐는지, 호쿠토를 꼭 끌어안았다.

"엄청 부드러워! 진짜 감촉이 끝내줘!"

"그 심정은 이해해."

"후후, 피아 씨도 처음 만져봤을 때 저랬잖아요."

"마음에 들었다니 다행이야. 그럼 호쿠토를 방에 들여도 될까?"

"으음…… 미안해. 내가 결정을 할 수 없어. 하지만 종마를 방에 들이는 걸 금지한다는 말은 듣지 못했으니까, 엄마 판단에 달렸을 것 같아."

완전히 호쿠토에게 매료된 카치아가 고민에 잠겨 있을 때, 여관의 문이 열리면서 한 여성이 모습을 드러냈다.

나이가 서른을 넘긴 듯한 그 인간족 여성은 카치아와 닮은 구석이 많은 것을 보면 그녀의 모친 같았다.

"돌아왔구나, 카치아. 좀 시끌벅적해서 나와 봤단다."

"아…… 엄마, 다녀왔어! 손님을 데리고 왔어!"

"그건 기쁜 일이지만, 그 전에 인사를 해야 하지 않니?"

"앗!"

역시 그 여성은 카치아의 모친이었다. 어머니의 말을 듣고 자신이 해야 할 일을 떠올린 카치아는 레우스가 들어주고 있던 짐을 돌려받은 후, 허둥지둥 어머니의 옆에 서서 고개를 숙였다.

"그럼…… 어서 오세요, 손님!"

"딸이 실례를 범했군요. 여관 바람의 곳에 어서 오세요."

우리는 눈부신 미소를 짓고 있는 모녀에게 안내를 받으며, 바람의 곳이라 적힌 건물 안으로 들어갔다.

건물 안으로 안내된 우리는 여관 카운터를 사이에 두고 카치아의 어머니와 마주 섰다.

"······종마를 방에 들이고 싶다고요?"

"예. 제 파트너인 만큼, 가능한 한 곁에 두고 싶어서요."

이 여관은 겉만이 아니라 내부도 깨끗하게 꾸며져 있었으며, 아직까지는 불만인 점이 없었다.

이제 호쿠토만 방에 들일 수 있다면 완벽하며, 그 때문에 한창 교섭 중이다.

"엄마, 호쿠토는 진짜 대단해! 얌전하고, 내 말도 이해하는데다, 감촉이 완전 끝내줘!"

"그 종마는 정말 괜찮은가요?"

"사람 말을 이해하는 데다, 공격을 받지 않는 한 절대 공격하지 않죠. 게다가 손속에 사정을 둘 줄도 알기 때문에, 피를 보지 않고 상대방을 행동불능으로 만드는 기술도 지녔어요."

또한 감촉이 끝내주는 털은 거의 빠지지 않기 때문에 집안이 털로 범벅이 될 걱정을 할 필요도 없다. 수건을 주면 자신의 발바닥도 닦으니, 흙발로 방 안에 들어가면 안 되더라도 문제가 될 것은 없다.

"무슨 일이 있다면 주인인 제가 책임을 지겠습니다. 강요를 할 생각은 없습니다만······ 어떻게 좀 안 될까요?"

"솔직히 말씀드리자면 저희 집은 종마에 관한 이렇다 할 룰은 없고, 종마를 방에 들이고 싶다고 말한 손님도 당신이 처음이에요. 하지만 아무리 똑똑하더라도 마물이니, 가능하면 밖에 있는 오두막에 됐으면 합니다만…….”

카치아의 모친은 난처한 표정을 지었지만, 현관 문 앞에 얌전히 앉아 있는 호쿠토를 힐끔 쳐다보더니, 곧 여관 안을 둘러보며 쓴웃음을 지었다.

“부끄럽지만, 현재 이 여관에는 손님이 거의 없답니다. 그러니 다른 손님들이 항의를 하지 않는 한, 종마를 방에 들여도 괜찮습니다.”

“만세! 고마워, 엄마!”

“손님 앞에서 얌전히 있으렴! 그럼 저희 여관에 숙박을 희망하시는 걸로 알면 될까요?”

“예. 잘 부탁드립니다.”

“감사합니다. 그럼 이 종이에 필요사항의 기입을 부탁드립니다.”

그녀가 웃으면서 내민 종이에는 이름과 인원수, 그리고 숙박일수를 적는 란이 있었다. 나는 딱히 이름을 숨길 생각이 없었기에 나는 재빨리 기입을 마치고 종이를 돌려줬다.

“성함은 시리우스 님. 총 다섯 분에 종마 한 마리, 그리고 숙박 일수는 투무제가 끝날 때까지……군요. 방은 몇 개나 필요하시죠?”

“남녀별로 나눠서 이용할 거니, 2인실을 두 개 부탁드립니다.”

“예. 그럼 요금은…….”

이 마을의 여관은 어디나 빈방이 없었고, 이곳의 경영 상태도 고려해, 금액이 다소 비싸더라도 개의치 않을 생각이었다.

하지만 내 억지를 들어줬는데도 요금은 양심적이었기에, 나는 이 여관이 더욱 마음에 들었다. 여자애를 구해준 인연으로 오게 된 이 여관이 꽤나 마음에 들었다.

"저기…… 은화가 한 닢 많은 것 같은데요?"

"호쿠토를 방에 들이는 걸 허락해주셨고, 이곳에 오면서 따님이 마을을 안내해준데 대한 팁이라 생각해주세요."

"하지만…… 아뇨, 손님의 호의를 감사히 받아들이겠습니다."

카치아의 어머니는 우리를 안내하기 위해 카운터에서 나와서 앞장을 서더니, 곧 우리를 향해 돌아서며 자기소개를 했다.

"소개가 늦었군요. 저는 세실이라고 해요. 잘 부탁드립니다."

"저희야말로 잘 부탁드립니다. 그런데 이 여관의 종업원들은 어디 있죠? 아까부터 두 사람 이외에는 한 명도 안 보이는데요."

"저와 남편을 비롯해 몇 명이 있었지만, 여관이 이런 상황이라 투무제 준비를 도우러 갔어요."

즉, 기간한정이 아르바이트 같은 것이며, 투무제 전날까지 일을 하는 것 같았다.

그 외에도 다른 곳의 일도 돕고 있으며, 그런 일을 해서 번 돈으로 여관을 유지하고 있지만, 지금 상태로는 힘들다고 세실 씨가 한탄했다.

"작년 투무제 때는 이 여관도 손님으로 가득 차서, 바쁘지만 충실한 나날을 보냈죠. 하지만 지금은…… 아, 죄송합니다. 손님에게 푸념을 늘어놓다니, 실례를 범했군요. 남성 두 분의 방은 여기입니다."

"오오, 꽤 넓네."

안내된 방은 생각했던 것보다 넓으며, 침대가 네 개 있는 것을 보면 2인실이 아닌 것 같았다.

"원래는 여러 사람이 묵는 큰 방이지만, 함께 지낼 종마의 몸집을 생각해보면 이 정도 넓으면 괜찮을 거라 생각했습니다."

"충분해요. 정말 이 방을 써도 될까요?"

"여러분은 카치아를 구해주셨을 뿐만 아니라…… 지금은 방이 남으니까요."

자학 섞인 어조로 그렇게 중얼거린 세실에게 좀 미안하기도 하지만, 우리는 그 호의를 받아들이기로 했다.

우리를 따라온 호쿠토가 방구석에 누워서 편하게 쉬자, 우리는 여성을 위한 방으로 이동하려 했다. 바로 그때, 복도에서 피아가 세실과 몰래 이야기를 나누는 모습이 눈에 들어왔다.

"……같은 방은…… 있어?"

"그런…… 이라면, 복도…… 끝에 있는 방을…… 열쇠는…….."

"고마워. 소리는 새어 나가지…….."

"그런 손님이 때로…… 어서, 방음은…….."

목소리가 작아서 드문드문 들렸지만, 의미는 명확하게 이해했다. 하지만 괜히 캐묻다간 사태가 커질 것 같았기에 일단은 아무 말도 하지 않기로 했다.

못 들은 척하는 사이에 두 사람의 대화는 끝났고, 세실은 태연한 얼굴로 다음 방으로 우리를 안내하려 했다. 그리고 피아는 미소를 지으며 나에게 다가왔다. 그런 그녀의 눈은 마치 사냥감을 노리는 것처럼 날카로웠다.

"후후……. 너만 괜찮다면 나는 언제든지 받아들이겠지만, 내가 그저 기다리기만 하는 여자라고 생각하지 마."

"……명심할게."

피아는 나를 만나기 위해 고향을 뛰쳐나왔을 정도이니, 언제 나를 덮치려고 해도 이상하지 않다고 전부터 생각하고 있었다. 한편, 이쪽을 쳐다보고 있던 에밀리아가 꼬리를 쫑긋 세우면서 경계심을 드러냈다.

"역시 방심 못 하겠군요. 빨리 리스의 등을 밀어야……."

"저, 저기…… 에밀리아? 왜 내 이름을 언급하는 거야?"

"관둬, 리스 누나! 그냥 누나가 하자는 대로 해!"

그리고 그런 에밀리아의 모습을 보고 불안을 느낀 리스를, 괜한 소리를 하면 위험하다는 사실을 본능적으로 눈치챈 레우스가 말렸다.

여성들이 쓸 방이 아까 방과 같다는 것을 확인한 우리는 방에 짐을 두고 다시 마을로 나갔다.

여전히 사람들로 붐비고 있지만, 마차와 짐을 두고 온 우리는 별 무리 없이 돌아다닐 수 있었다. 호쿠토가 있으니 사람들이 멋대로 길을 비켜준 덕분이기도 했다.

남들의 시선을 모으면서도 길가 노점에서 먹을 걸 사먹으며 느긋하게 마을 안을 돌아다니던 우리는 가라프의 명물이기도 한 투기장으로 향했다.

가라프의 투기장은 엘리시온의 학교에 있던 것보다 훨씬 크고, 그 멋진 건물을 본 우리는 자연스레 탄성을 터뜨렸다.

우리는 그런 역사적인 건조물을 감상하고 있었지만…… 곧 그 감동은 깨끗이 사라졌다.

왜냐하면…… 투기장보다 훨씬 충격적인 것이 그곳에 있었던 것이다.

처음에 그것을 발견한 이는 피아였다.

"어머? 저 석상…… 전에도 있었나?"

"읔?! 혀, 형님, 저기 좀 봐!"

"……맙소사."

그것은 강검(剛劍) 라이오르를 본떠 만든 거대한 석상이었다.

크기는 내 키의 세 배 가량 되며, 투기장을 내려다보는 상징 같은 느낌으로 존재했다.

내가 기억하는 라이오르 할아버지보다 약간 젊어 보이는 그 석상은 마치 이 세상을 구한 영웅처럼 애용하는 대검을 하늘 높이 치켜들고 있었다.

나는 표정이 굳는 걸 참으며 그 석상에 다가가 보니, 받침대 부분에 이런 글자가 새겨져 있었다.

『투무제 연속 우승자…… 강검 라이오르』

유심히 보니 근처에 할아버지의 석상이 하나 더 있었으며, 그것 또한 늠름한 표정으로 대검을 휘두르는 자세를 취하고 있었다.

아무것도 모르는 사람이 본다면 멋지다고 생각하겠지만, 할아버지의 본성을 아는 우리로선⋯⋯.

"라이오르? 이 석상의 모델이 된 사람은⋯⋯ 레우스에게 검술을 가르쳐준 사람이지?"

"그렇기는 한데, 그 할아버지는 이렇게 멋지지 않다고!"

레우스가 방금 말했다시피, 본인은 이렇게 멋진 포즈로 검을 휘두르지 않으며, 기본적으로는 상단 자세만 취한다.

게다가 이렇게 용맹한 표정이 아니며, 항상 즐겁게 웃으면서 검을 휘두르는 이가 바로 강검 라이오르인 것이다.

적에게는 그야말로 악마가 되는 이 검 변태 할아버지가 세간에서는 이렇게 미화되어 있는 걸까?

"거기 청년. 꽤 멋진 무기를 가지고 있는 것 같은데, 자네도 강검을 동경하는 겐가?"

우리가 복잡한 표정으로 석상을 올려다보고 있을 때, 근처를 지나가던 할아버지가 갑자기 말을 걸어왔다.

아무래도 그냥 길을 지나가고 있던 것 같던 그 할아버지는 빙긋 웃으면서 레우스에게 다가갔다.

"예?! 아, 딱히 그런 건⋯⋯."

"숨길 필요는 없다네. 자네처럼 강검을 동경해서 대검을 지니고 다니는 이가 많으니까 말이지. 자아, 주위를 둘러보게."

그 말을 듣고 주위를 둘러보니, 대검을 등에 맨 자가 꽤 많았다. 즉, 그 할아버지의 영향으로 대검을 쓰게 된 자가 늘어난 것일까?

참고로 레우스는 진짜로 그 할아버지를 동경하지 않는다.

오히려 공포의 상징이며, 강검 라이오르는 레우스가 쓰러뜨려야만 하는 적이다.

"저기, 물어볼게 있는데, 그 할아…… 그분의 석상이 왜 세워진 거죠?"

"모르나? 보아하니 모험가인가 본데, 혹시 이곳에 방금 도착한 겐가?"

"예. 투무제에 우승한 사람의 석상이 만들어진다면 석상이 더 많아야 할 텐데, 이분의 석상만 있는 게 좀 신경 쓰여서요."

"그야 그 유명한 강검이라는 점도 한몫했고, 받침대에 적혀 있다시피 투무제에서 3년이나 연속으로 우승한다는 대단한 기록도 가지고 있기 때문이지."

아무래도 이 할아버지는 이야기를 하는 것을 좋아하는 데다 라이오르 할아버지의 팬인 것 같았다. 그래서 그런지, 자기 자랑을 하듯 이런저런 이야기를 해줬다.

몇 년 전…… 느닷없이 가라프에 나타난 라이오르 할아버지는 투무제에 참가하더니, 수많은 강자들을 전부 일격에 쓰러뜨리고 우승했다.

그리고 우승한 후, 내년에도 또 참가할 테니 강자들에게 자신에게 도전하라는 선언을 했다고 한다.

"본인은 자기를 일기당천이라고 말했지만, 그 사람은 틀림없는 강검 라이오르였지. 10년가량 강검에 대한 이야기를 듣지 못했던 만큼, 투무제에서 다시 그 모습을 봤을 때는 정말 흥분됐다네."

그리고 그 선언대로, 그 할아버지는 1년 후에 다시 투무제에 참가했다.

몇몇 상대에게는 약간 시간이 걸렸지만, 할아버지는 손쉽게 이기면서 두 번째 우승을 이뤘다.

그리고 다음 해에도 거의 같은 일이 반복되었지만, 당시의 표창식에서 할아버지는 전혀 다른 말을 입에 담았다.

『질렸다!』

할아버지는 그렇게 말하며 모습을 감췄다.

하지만 할아버지가 선보인 압도적인 힘은 사람들의 마음에 새겨졌다. 그리고 3년 연속 우승의 공적을 칭송하자고 생각한 가라프의 책임자는 할아버지와 교섭을 해서 투기장 앞에 할아버지의 조각상을 설치해도 된다는 허락을 받아냈다.

그 결과…… 눈앞에 있는 석상이 만들어진 것이다.

세 번이나 같은 결과를 접한 관객들은 질렸을지도 모른다는 생각이 문뜩 들었지만, 해가 갈수록 더욱 무시무시해지는 할아버지를 보며 관객들은 더욱 흥분에 사로잡혔다고 한다.

"이야, 소문으로만 들었던 그 일격을 처음 봤을 때는 온몸이 떨렸지. 세계제일의 일격을 본 거니 당연하려나?"

그리고 할아버지의 3연속 우승(폭주라고도 할 수 있다) 이후, 강검을 동경해서 대검을 쓰게 된 모험가가 늘었다……고 한다.

"자네도 투무제에 참가할 건가? 그럼 힘내게."

이야기를 마치고 만족한 듯한 할아버지는 기분이 좋아 보이는 표정으로 우리 앞에서 사라졌다.

저 할아버지의 이야기 안에서는 꽤나 미화되어 있지만, 몇 번이나 싸우면서 라이오르 할아버지의 본성을 알고 있는 나로서는 그런 행동에 담긴 의미를 상상할 수 있었다.

아마 세 번이나 투무제에 참가한 이유는 이럴 것이다.

1년차…… 강한 녀석이 있을까 싶어 참가했다. 하지만 너무 약했기에 다음에는 좀 더 싸울 맛이 나는 상대가 오도록 도발 삼아 그런 선언을 했다.

2년차…… 좀 센 녀석들이 나타났지만 여전히 하나같이 약해 빠졌다. 내년을 기대하자.

3년차…… 딱히 변화가 없는 데다, 가라프까지 오는 게 귀찮아졌다. 즉, 마지막 선언대로 질렸다.

……아마 그렇게 된 것이리라.

진실은 때때로 잔혹하며, 아무것도 모르는 편이 행복한 경우도 있다.

뭐, 솔직히 말하자면 아무래도 상관없는 일이니 그냥 내 가슴속에만 담아두기로 했다.

"할아버지가 우승……. 나도 질 수야 없지."

"그럼 참가 등록을 하는 게 어때? 벌써 저녁때니까 등록을 하고 돌아가도록 하자."

"응. 그럼 갔다 올게!"

뛰어넘어야 할 상대가 통과한 길이라면, 레우스도 통과해야만 직성이 풀릴 것이다.

기합을 넣으며 투기장 접수처를 향해 뛰어가는 레우스의 뒷모습을 지켜보고 있을 때, 나와 마찬가지로 레우스를 응시하고 있던 피아가 중얼거렸다.

"그런데 시리우스는 참가 안 해?"

"시리우스 씨가 참가하면 레우스와 함께 우승과 준우승을 노려볼 수도 있을 것 같네."

"그럴 생각은 없어. 딱히 참가할 이유도 없거든."

"아쉽네요. 시리우스 님의 실력이 알려지면, 분명 여기에 시리우스 님의 석상이 세워질 텐데 말이에요."

"그렇다면 더더욱 참가할 수 없지."

에밀리아와 리스는 아쉽다는 듯한 표정을 짓고 있지만, 힘이 쭉 빠진 나를 보더니 쓴웃음을 지으며 납득해줬다. 참고로 나는 정체를 아는 인물이 이렇게 미화되어 있는 현실을 접하고 힘이 쭉 빠져 버렸다.

잠시 후, 등록을 마치고 돌아온 레우스는 번호가 새겨진 금속제 팔찌를 차고 있었다.

"형님, 미안해. 참가료로 동화를 다섯 닢이나 지불했어."

"자기 돈을 쓴 거니까 개의치 마. 그런데, 그 팔찌가 참가자의 증표인 거야?"

"응. 이건 당일에 회수한대."

"하지만 간단히 만들 수 있는 형태네. 위조를 한다거나 도둑맞으면 어떻게 하려는 걸까?"

"이래 봬도 마방진이 새겨져 있으니까, 가짜를 만드는 건 어렵대. 그리고 아까 내가 적어서 제출한 내 정보를 당일에 물어볼 거니까, 부정행위를 하는 건 어렵다더라고."

"확실히 이런 걸 만드는데 동화 다섯 닢이면 싸지."

게다가 참가자에 정원은 없으니 돈을 아낄 거면 평범하게 참가를 하는 편이 나을 것이다. 애초에 팔찌를 도둑맞는 자에게는 투무제에 참가할 자격이 없다……라는 룰도 존재한다고 한다.

참고로 투기장에서는 평소부터 다양한 시합이 치러지지만, 오늘은 모든 시합이 다 끝났다고 한다. 그리고 내일 준비를 하고 있기 때문에 투기장 안에 입장을 할 수가 없었다.

투기장 안을 견학하는 것은 나중에 하기로 하고, 우리는 레우스한테서 투무제에 관한 이런저런 이야기를 들으면서 투기장을 빠져나갔다.

우리는 관광을 계속 할까 했지만, 이미 저녁때가 되었기에 여관으로 돌아가기로 했다.

그리고 세실에게 들었던 저녁 식사 시간에 맞춰 바람의 곳 여관으로 돌아갔는데, 해가 기운 정도로 볼 때 조금 일찍 도착한 걸지도 모른다.

"뭐, 괜찮겠지. 방에 돌아가서 쉬면 되고, 아까 노점에서 먹을 걸 사 먹었더니 배가 그다지 고프지도 않으니."

"나는 배고파……."

"마차에 육포가 남아 있을 테니까, 그거라도 먹으면서 참으렴."

"아, 맞다. 나중에 시리우스의 방에 가도 돼? 학교 다닐 적의 이야기를 더 듣고 싶거든."

"형님. 나는 앞뜰에서 검 좀 휘두르고 올게."

"알았어. 저녁때가 되면 부르러……."

"어이, 당신들. 나 좀 잠깐 볼래?"

각자가 뭘 할지 정하면서 여관에 들어가려고 할 때, 모험가로 보이는 남자들이 우리에게 말을 걸었다.

"……무슨 일이지?"

"그렇게 경계하지 말라고. 좀 물어볼 게 있는데, 너희는 이 여관에 묵을 거야?"

"그럴 건데, 그게 뭐 어쨌다는 거지?"

다들 움직이기 편한 모험가 복장을 하고 있지만, 박력과 체구는 그런 복장에 어울리지 않아 보였다. 꽤나 수상한 녀석들이다.

마치…… 모험 같은 건 해본 적이 없는 녀석들이 일부러 모험가 복장을 하고 있는 듯한 느낌도 들었다.

호쿠토가 반응을 보이지 않는 것을 보면 적의가 없어 보이지만, 왜 저런 질문을 하는 것인지 몰라 고개를 갸웃거리고 있을 때였다. 그 남자들은 바람의 곳 여관을 힐끔 쳐다보면서 낮은 목소리로 말했다.

"충고를 좀 해불까 해서 말이지. 이 여관에 묵지 않는 편이 좋을 거야."

"어째서지? 적어도 우리는 불만을 느끼지 못했는데 말이야."

"일단 우리 이야기를 들어보라고. 옛날에 이 여관의 종업원이 손님의 물건을 훔쳤다는 소문이 있어. 그것만이 아냐. 이 여관에 묵은 녀석은 투무제에서 이기지 못한다는 말도 있다고."

남자들은 바람의 곶 여관의 험담을 늘어놓더니, 마지막에는 어떤 여관의 이름을 언급했다. 그 여관은 싸고 지내기도 편하며, 지난 투무제에서 좋은 성적을 낸 모험가도 잔뜩 있다고 한다.

오호라…… 카치아가 말했던 녀석들이 바로 이자들인가.

그렇다면 이자들의 정체는 바람의 곶 여관에 묵는 손님을 포섭하기 위해 고용된 모험가 혹은 방금 언급된 여관에 일하는 종업원들일 것이다.

"그 팔찌를 차고 있는 걸 보면, 저 수인은 투무제에 참가하는 거지? 그럼 이렇게 불길한 여관에 묵어서야……."

"증거는?"

"……뭐?"

"증거 말이야. 투무제에서 이기지 못하는 증거라도 있어?"

어떤 여관에서 묵느냐가 승패에 영향을 끼칠 리가 없다.

운세나 효험 같은 것을 부정할 생각은 없지만, 그렇다고 그것을 변명거리로 삼을 생각도 없다.

그 남자들은 내 말을 듣고 당황했지만, 곧 진정하면서 이렇게 말했다.

"다, 당연히 있지! 작년에 이 여관에 묵은 투무제 참가자들은 전원이 예선에서 탈락했어. 그에 비해 내가 방금 말한 여관에 묵은 참가자들 중에는 예선을 돌파한 사람이 두 명이나……."

"예선 통과자는 수백 명 중에 몇 명뿐이지? 그럼 전원이 예선에서 탈락하는 것도 딱히 이상한 일은 아닐 텐데? 게다가 네가 말한 그 여관은 규모가 꽤 크다면서?"

묵는 인원이 많을수록 참가 인원도 늘어날 것이다. 즉, 예선을 돌파하는 자가 있더라도 이상할 게 없다.

즉, 확률의 문제일 뿐이니 이 여관에 묵은 탓에 이기지 못했다는 건 말도 되지 않는다.

손님을 빼앗기 위해 시설이나 효험 등을 이용하는 것은 이해가 되지만, 그래도 교섭을 어떻게 하는 것인지 아는 녀석에게 시키는 편이 좋을 거라는 생각이 들었다. 뭐, 내 살기를 느끼고 도망치는 멍청이들에게는 그 정도로도 충분할지도 모르지만 말이다.

저들이 말한 여관은 대우가 좋을 것 같기는 하지만, 그래도 나는 호쿠토를 받아준 이 여관이 마음에 들었기에 딱히 바꿀 생각은 없다.

"그러니까 거절하겠어. 빨리 꺼져."

"이, 이딴 여관에 묵었다간 후회하게 될 거라고!"

"나중에 일이 터지고 나서 땅을 치며 후회하지나 마!"

"그냥 이 여관에 묵기만 하는 손님에게 무슨 소리를 하는 거지? 협박 같은 건 딴 데 가서 해."

"멍!"

"히익!"

호쿠토가 앞으로 한 걸음 나서면서 짖자, 그 남자들은 비명을 지르면서 도망쳤다. 종마인 걸 알면서도 저렇게 두려워하는 것을 보면, 모험가가 아닌 것은 틀림없어 보였다.

저들을 쫓아낸 호쿠토의 머리를 쓰다듬어주고 있을 때, 카치아가 불안한 표정을 지으면서 여관 밖으로 나왔다. 아무래도 방금 우리가 저들과 이야기를 나누는 모습을 본 것 같았다.

"……오빠들은 다른 여관으로 옮기지 않을 거야? 저 사람들에게 이상한 소리를 들은 것 같은데……."

"시리우스 님이라면 그 어떤 일이 일어나도 전혀 문제없답니다. 그러니 카치아 양은 개의치 마세요."

"그 누구도 형님이나 우리를 협박할 수 없어."

"아무튼 카치아 양은 안심해도 돼."

"고마워! 아, 짐 들어줄게."

미소를 지으면서 뛰어온 카치아가 우리가 마을에서 사온 짐을 향해 손을 뻗었다.

어린애에게 자기 짐을 맡기는 게 마음에 걸렸지만, 자기 일을 하는 거라고 말하니 사양할 수가 없었다. 그래서 가벼운 짐만 맡기자, 카치아는 여관의 문을 열어놓고 우리가 들어올 때까지 기다렸다.

레우스는 원래 검술 훈련을 할 예정이었지만, 우리와 이야기를 나누다 마음이 바뀌었는지 함께 여관 안으로 들어왔다.

그리고 방에 돌아가서 저녁 식사 때까지 느긋하게 쉬고 있을 때, 검을 손질하던 레우스가 나에게 질문을 했다.

"저기, 형님. 아까 그 녀석들은 속셈이 대체 뭘까?"

"다른 여관 손님을 자기 여관으로 데려가려는 것 같던데, 아마

이 여관의 영업에 훼방을 놓으려던 거겠지. 영업방해에도 정도라는 게 있는데 말이야."

"응. 이 여관에 묵으면 투무제에게 이기지 못한다는 건 정말 말도 안 돼."

"하지만 시리우스 님이 그 제안을 거절한 걸 보면, 여기가 마음에 드셨나 보네요."

"맞아. 그 여관이 얼마나 멋진 곳인지는 모르겠지만, 나는 바람의 곳 여관이 마음에 들었어. 이곳이면 충분해."

"멍!"

"호쿠토도 받아줬고, 시설도 나쁘지 않잖아."

우리 방에 온 여성들도 대화에 참가하자, 우리 일행은 자연스럽게 바람의 곳 여관에 대해 이야기를 나누게 됐다.

"투무제에 관한 것은 헛소리가 틀림없겠지만, 그 탓에 이 여관이 피해를 입고 있는 것은 엄연한 사실이에요."

"응. 카치아 양은 착한 애니까, 좀 도와주고 싶은데 말이야."

"이 여관이 직접적으로 피해를 입었다면 몰라도, 이건 상인들 간의 일이거든. 우리가 관여하지 않는 편이 좋을지도 몰라."

내 말도 일리가 있다고 생각한 건지, 제자들은 어쩔 수 없다는 것처럼 고개를 푹 숙였다.

"하지만…… 레우스가 투무제에서 우승한다면, 간접적으로 도움이 되겠지."

투무제에서 이기지 못한다는 징크스를 아무리 퍼뜨리더라도, 이 여관에서 묵은 레우스가 우승을 한다면 그 징크스는 불식될 것이다. 게다가 우승자가 묵은 여관에 손님이 몰릴 가능성도 충분히 있다.

내가 그 점을 알려주자, 레우스는 주먹을 말아 쥐며 의욕을 불태웠다.

"좋아! 반드시 우승하고 말겠어!"

"부탁할게, 레우스. 이 여관을 위한 일이기도 하지만, 시리우스 님의 제자로서 꼴사나운 결과를 내놓는다면 절대 용서하지 않을 거야."

"카치아 양을 위해서라도 힘내. 우승을 한다면 레우스의 석상이 세워질지도 모르겠네."

"그건 싫어!"

만난 지 얼마 안 된 이를 위해 이렇게 의욕을 불태우는 걸 보면, 내 제자들은 정말 사람이 좋은 것 같았다.

하지만 스승으로서는 제자들이 이렇게 상냥한 아이들로 자라줘서 기뻤다. 앞으로도 그 상냥한 마음을 잊지 않고 올곧게 살아줬으면 한다.

"상냥한 아이들이네. 너와 함께 다니는 게 납득이 돼."

어느새 내 옆에 선 피아와 시선이 마주치자, 우리는 자연스럽게 미소를 지었다. 피아도 나와 같은 생각을 하고 있는 걸지도 모른다.

처음 만났을 때도 느꼈지만, 역시 피아와 같이 있으면 기분이 좋다. 에밀리아와 리스가 가족 같은 느낌이라면, 그녀는 오랫동안 함께 해온 파트너 같은 느낌이다.

자연스럽게 마음이 만족감으로 가득 채워지고 있을 때, 피아가 내 팔을 잡아당기며 물었다.

그녀의 얼굴에는 평소와 다름없는 미소가 어려 있지만…… 왠지 불길한 예감이 들었다.

"저기, 시리우스. 부탁이 있어."

"……뭔데?"

"나한테도 에밀리아와 레우스가 목에 차고 있는 것과 같은 액세서리를 만들어주지 않을래?"

목에 차고 있는…… 초커 말이구나.

언젠가 피아에게도『콜』마방진을 새긴 액세서리를 만들어서 선물할 생각이었지만, 초커를 만들어달라고 말할 줄은 생각도 못했다.

내 개인적인 견해지만, 피아에게는 초커보다 팔찌나 반지가 어울릴 것 같았다. 제자들도 의아한지 피이의 말을 듣고 고개를 갸웃거렸다.

"딱히 상관은 없는데, 정말 괜찮겠어?"

"목에 저런 걸 차면 노예처럼 보일 거잖아? 그러면 귀찮은 일이 줄어들지도 몰라."

"잠깐만?! 노예?!"

확실히 엘프 모험가보다 엘프 노예인 편이 소유물로 여겨져서 표적이 될 가능성이 줄 것이다.

하지만 아무리 겉보기만이라고 해도, 노예로 여겨지고 싶다는 건가?

그런 걸 바라는 녀석이…… 지금 내 옆에 있기는 했다.

뭐, 내 제자인 남매 또한 그것을 충성의 증표 같은 것으로 여기고 있기는 했다. 에밀리아의 경우, 노예가 될 수 있는 것을 긍지로 여길 지경이다.

내가 그렇게 당혹스러워하는 가운데, 피아는 별일 아니라는 듯이 한쪽 눈을 살짝 감았다.

"남들이 어떻게 생각하든, 나는 개의치 않아. 게다가 사랑의 노예 같은 것도 꽤 나쁘지 않잖아?"

"사랑의 노예는 바로 저예요!"

"아, 미안해. 연인 자리는 이미 채워져 있으니까…… 역시 첩이 좋으려나?"

"첩도 저예요!"

"자아, 다들 진정해."

에밀리아가 폭주하기 시작하자, 나는 그녀의 머리를 쓰다듬으면서 일단 진정시켰다.

기분이 좋아진 에밀리아가 꼬리를 흔들면서 내 팔에 볼을 비비자, 나는 이야기를 정리하기로 했다.

"아무튼 초커를 가지고 싶은 거지? 확답은 못하겠지만, 일단 시간을 좀 줘."

"기대하고 있을게. 그것보다 리스에게 들은 건데, 그걸 장비하면 어디서든 너와 이야기를 나눌 수 있다는 게 정말이야?"

"맞아. 하지만 전할 수 있는 건 한 마디 정도이고, 자주 쓸 수도 없어. 게다가 중요한 순간에 쓰지 못하면 곤란하니까, 별일 아닐 때는 쓰지 말아줬으면 해."

"그래? 아쉽네. 이걸 쓰면 몰래 너를 유혹할 수 있을 거라고 생각했는데 말이야."

"저녁 메뉴가 뭔지 묻거나, 간식을 달라는 소리를 하려고 쓴 녀석도 있긴 하지."

"'"…………."'"

범인인 은랑 남매와 먹보 성녀는 고개를 돌렸다.

피아는 몰래 유혹을 하겠다고 말했지만, 그녀의 성격을 생각하면 당당하게 유혹을 할 것 같은 느낌이 들었다.

옛날에 호의를 감추지 않는 타입이라고 말했던 그녀는 지금도 전혀 달라지지 않았기에, 나는 약간 안심이 되었다. 피아는 자연스럽게 행동할 때 가장 매력적이니까 말이다.

그런 이야기가 끝났을 즈음, 방문 쪽에서 노크 소리가 들렸기에 에밀리아가 문 쪽으로 향했다.

"누구시죠?"

"아, 카치아인데…… 언니네 방이 여기였어?"

"할 이야기가 있어서 여기에 모여 있답니다. 그런데 무슨 일인가요?"

"아, 식사 준비가 다 되어서 부르러 온 거야. 엄마가 요리를 열심히 만들었으니까, 빨리 먹으러 와."

"예. 금방 갈게요."

"응~."

카치아의 발소리가 멀어지자마자 레우스의 배에서 꼬르륵 소리가 났기에, 우리는 서둘러 식당에 가기로 했다. 참고로 리스는 아까부터 육포를 씹으면서 배고픔을 참고 있었다.

방으로 음식을 가져다달라고 할까도 생각했지만, 지금은 손님이 거의 없는 데다 내 일행 중에는 먹성이 좋은 녀석들이 있으니 식당에 가는 편이 나을 것이다.

내일 일정에 대해 생각하면서 방을 나섰을 즈음, 에밀리아가 내 팔을 꼭 잡으면서 꼼짝도 하지 않았다.

내가 의아해 하면서 에밀리아를 쳐다보니, 그녀는 진지한 표정으로 나를 응시하고 있었다.

"시리우스 님, 외람된 부탁을 드려도 될까요?"

"말해봐."

"피아 씨와 나눌 이야기가 있어서 그러는데, 저희끼리 따로 이야기를 나누게 해주셨으면 해요."

"그래……."

서로에 관해 다소 이야기를 하기는 했지만, 내가 있는 자리에서 나누기 힘든 이야기도 분명 있을 것이다.

그러니 나뿐만이 아니라 레우스도 자리에 없을 때, 여자들끼리 이야기를 나누고 싶다고 에밀리아는 생각하는 것이다.

함께 지내다 보면 자연스레 그럴 기회가 생길 테고, 나도 상황을 봐서 그런 자리를 만들 생각이었지만, 에밀리아가 먼저 이런 이야기를 꺼낼 거라고는 생각도 못 했다.

여자끼리 이야기를 나눈 바람에 사이가 나빠질 가능성도 있지만, 어중간한 관계가 되는 것보다는 훨씬 나을 것이다.

일단 피아에게 물어보니, 당사자는 주저 없이 고개를 끄덕였다.

"나는 괜찮아. 실은 나도 그런 자리를 마련할 생각이었고, 그런 건 서두르는 편이 좋을 거라고 생각해."

"감사해요. 그럼 식사 후에 잠시 시간을 내주세요."

"아냐. 지금 바로 하는 건 어때? 나와 레우스는 밖에 나가서 식사를 하고 올 테니까, 너희 셋이서 여관 식당에서 식사를 하도록 해."

여성들끼리 이야기를 나누는 사이, 남성들끼리도 이야기를 나누기로 했다.

내가 허락을 하자, 에밀리아는 내 팔에서 떨어지며 깊이 고개를 숙였다.

"시리우스 님, 감사합니다."

"괜찮아. 다투는 건 좋지만, 여관에 피해를 끼치지는 마. 호쿠토, 그녀들을 부탁해."

"멍!"

나는 만약의 사태에 대비해, 호쿠토를 보디가드로서 여관에 두고 가기로 했다.

만약 습격을 당하더라도, 호쿠토라면 최적의 판단을 해줄 테니 안심해도 될 것이다.

"재미있게 됐네. 오늘 안에 저 두 사람의 신뢰를 쟁취하고 말겠어."

"저는 호락호락하지 않아요."

"으음…… 무슨 일 있으면 바로 알려줄게."

피아와 에밀리아가 서로를 노려보며 자신만만하게 웃고 있지만, 적의가 느껴지지 않는 리스도 있으니 아마 괜찮……을 거라고 생각한다.

약간 불안하기는 했지만, 나와 레우스는 세실에게 사정을 이야기하고 여관을 나섰다.

나와 레우스는 해가 졌는데도 사람들로 북적이는 마을 안을 느긋하게 돌아다녔다.

한동안 돌아다니다 발견한 식당에 들어간 후, 빈자리에 앉아서 주문을 마쳤을 즈음에 레우스가 입을 열었다.

"세실 씨, 우리가 외출할 거라고 말했을 때 아쉬워했어."

"카치아가 아까 자기 어머니가 열심히 요리를 만들었다고 했었잖아. 열심히 만든 요리가 남기라도 하면 아쉬울 거잖아?"

5인분…… 게다가 먹성이 좋을 남자 둘이 자리를 비웠으니 여성 셋이서 그걸 다 먹는 것은 힘들다고 보통은 생각하겠지만…….

"리스 누나가 있으니 아마 괜찮을 거야."

"그래. 지금쯤 허둥지둥 요리를 더 만들고 있을걸? 자아, 우리도 식사를 하자. 때로는 남자들끼리 오붓한 시간을 보내는 것도 나쁘지 않잖아."

"응!"

뭐가 그렇게 기쁜 건지는 모르겠지만, 레우스는 환한 미소를 지으면서 고기 요리를 먹기 시작했다.

나는 이참에 레우스에게 피아에 대해 물어보기로 했다. 레우스의 의견에 간섭할 수 없는 에밀리아도 이 자리에 없으니까 말이다.

"레우스. 너는 피아를 어떻게 생각해?"

"응? 예쁜 사람이라고 생각해. 역시 엘…… 우읍!"

레우스가 엘프라는 말을 입에 담으려던 순간, 나는 고기를 그의 입에 집어넣었다. 엘프를 노리는 녀석은 많으니, 그 단어를 입에 담는 것은 좋지 않으니까 말이다.

레우스는 입안의 고기를 씹으면서 거기까지 생각이 미쳤는지, 잠시 생각에 잠기면서 고기를 삼켰다.

"으음…… 예쁘기만 한 게 아니라 느낌이 좋은 사람이야. 형님만큼은 아니지만 꽤 믿음직하기도 하다고나 할까? 아무튼 나는 마음에 들어."

"그래. 너도 드디어 이성을 의식하기 시작했구나. 확실히 피아는 아름답……."

"나중에 피아 누나라고 불러도 되는지 물어볼 생각이야!"

아아…… 여성이 아니라 동료로서 좋아한다는 의미인가.

이성에 여전히 무관심한 레우스를 보며 내가 한숨을 내쉬었을 때, 그는 이를 씨익 드러내면서 웃었다.

"애초에 피아 누나는 형님의 여자잖아? 앞으로는 피아 누나도 지킬 수 있을 만큼 강해져야겠네."

"너는 그걸로 괜찮겠어? 나는 에밀리아를 연인으로 삼았는데도 불구하고, 리스와 피아까지 건드리려는 상황이잖아?"

"형님이라면 누나를 분명 행복하게 해줄 텐데 왜 불평을 해야 돼? 게다가 리스 누나와 피아 누나가 형님을 좋아하게 되는 것도 어찌 보면 당연하잖아."

성품과 실력만 있으면 일부다처가 인정되는 세계이기 때문일까, 레우스는 전혀 문제될 게 없다는 듯이 몇 번이나 고개를 끄덕였다.

"누나가 행복하면 나도 행복해. 그리고 형님이라면 리스 누나와 피아 누나도 분명 행복하게 해줄 거라고 믿어."

"너무 성급한 생각 아냐? 아직 결혼도 안 했고, 앞으로 어떻게 될지도 모른다고."

"형님이라면 뭐든 다 해낼 테고, 만약 도울 일이 있다면 나도 최선을 다할게. 게다가 나에게 있어 형님은 가족이자 선생님, 그리고 목표라고. 나는 앞으로도 형님을 따라갈 거야!"

레우스는 소년처럼 순수한 미소를 지으며 그렇게 말했다.

그 솔직한 호의를 느끼고 멋쩍어 하는 가운데, 나는 레우스와 함께 식사를 즐겼다.

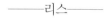

———리스———

시리우스 씨와 레우스가 외출한 후, 에밀리아는 약간 가라앉아 있는 것 같았다. 어쩔 수 없는 상황이었다고 해도 시리우스 씨를 쫓아내버린 거나 마찬가지인 상황에서 자기혐오에 빠져 있는 것 같았다.

여전히 일편단심 시리우스 씨인 에밀리아를 쳐다보며 쓴웃음을 짓고 있을 때, 피아 씨가 에밀리아의 어깨를 가볍게 두드렸다.

"서로가 납득한 일이니까 너무 가라앉지 마. 그만 고민하고 빨리 식사나 하러 가자."

"피아 씨의 말이 맞아. 나도 배가 고프네."

"……알았어요."

그리고 방을 나선 우리는 피아 씨의 뒤를 따르며 여관 식당으로 향했다.

엘프라는 사실을 숨기기 위해 로브를 걸친 피아 씨의 왠지 듬직해 보이는 뒷모습을 보면서, 나는 그리움을 느꼈다.

만난 지 얼마 안 되어 호쿠토와 친해졌을 뿐만 아니라, 다른 이들을 이끌어가는 모습이…… 마치 언니를 연상케 했기 때문일 것이다.

하지만 더 엄청난 점은 에밀리아의 날카로운 시선을 아무렇지 않게 받아넘기며 웃고 있다는 점이다.

우리가 엘리시온의 학교에 다니던 시절, 매직 마스터라 불리는 로드벨 님과 대결을 펼치고 유명해진 시리우스 씨를 많은 여성들이 유혹하려 했다.

언니가 자신의 근위기사로 삼았지만, 일부 귀족은 시리우스 씨를 손에 넣기 위해 자신의 딸이나 손녀를 그에게 보낸 것이다.

물론 진심으로 호의를 보이는 사람도 있었지만, 시리우스 씨에게 다가오는 대부분의 여성은 에밀리아가 미소를 지어 보이자 바로 도망쳤다. 그저 미소를 짓고 있었을 뿐인데, 흑심이 있는 이는 그런 에밀리아를 똑바로 쳐다볼 수가 없는 것이다. 일부 사람들은 그것을 실버리온 스마일이라고 불렀다.

즉, 그 미소는 일종의 통과의례이며, 상대가 진심으로 시리우스 씨를 좋아하는지 확인하기 위해 그런 행동을 취한 것이다. 결코 연인이 된 시리우스 씨를 빼앗기고 싶지 않다거나 질투를 하고 있는 것은 아니라고 생각한다.

어느새 내가 자신을 지그시 쳐다보고 있다는 사실을 눈치챈 피아 씨가 고개를 갸웃거리며 나를 돌아보았다.

"왜 그러니? 내 등에 뭐가 붙어 있기라도 한 거야?"

"아…… 으음, 여관 안에서 로브를 걸치고 있으니 갑갑하지 않나 싶어서요."

"그렇기는 한데, 여관 밖에서 누가 쳐다볼 가능성도 있거든. 조심하는 편이 좋을 거야."

내 시선을 눈치챈 것도 항상 남들의 시선을 느끼고 있었기 때문이리라. 여행은 즐겁다고 말했지만, 엘프라 여러모로 조심을 했어야 할 뿐만 아니라 표적이 되어 고생을 한 적도 있을 것이다.

그런 피아 씨를 돕고 싶다고 생각하던 사이, 식당에 도착한 우리를 카치아 양이 테이블로 안내했다.

다른 테이블에는 우리 이외의 숙박객이 있었고, 모험가로 보이는 두 팀이 우리를 힐끔 쳐다보았지만, 발치에 있는 호쿠토가 무서운지 금세 고개를 돌렸다.

그리고 에밀리아가 피아 씨와 마주 보고 앉았기에, 나는 피아 씨의 옆에 앉았다. 주문을 받으러 온 카치아 양이 우리를 쳐다보며 고개를 갸웃거렸다.

"어? 오빠들은 어디 갔어?"

"여자들끼리 할 이야기가 있거든. 그래서 오늘은 외식을 한다고 했어."

"그랬구나. 그럼 주문을 받을게."

"나는 이 와인으로 할까 하는데, 두 사람은 뭘 마실래?"

"저는 이 과일 음료로 하겠어요."

"그럼 나도 같은 과일 음료로 하겠어."

"응. 그런데…… 언니는 왜 로브를 벗지 않는 거야?"

"남들에게 얼굴을 보여주고 싶지 않거든. 개의치 마."

의문을 느끼면서도 자신이 일을 하고 있다는 걸 떠올린 카치아 양은 식당 안쪽에서 요리를 하고 있는 세실 씨의 곁으로 향했다.

잔뜩 주문한 요리를 기대하면서 기다리고 있을 때, 에밀리아는 진지한 표정을 지으면서 피아 씨를 향해 천천히 고개를 숙였다.

"우선 느닷없이 이런 자리를 마련한 걸 사과드릴게요."

"신경 쓰지 마. 우리는 만난 지 얼마 안 됐으니 지금은 실컷 이야기를 나누면서 친분을 쌓자. 그러니까 존댓말을 쓰지 않아도 돼."

"저는 시종이라 원래 이런 말투를 쓰거든요. 그러니 신경 쓰지 마세요."

에밀리아는 그렇게 말했지만, 나는 그녀의 말투와 태도가 평소보다 딱딱하다는 것을 눈치챘다.

아직 피아 씨를 향한 경계심을 풀지 않은 것 같지만, 주인인 시리우스 씨는 그녀를 동료로서 받아들였으며, 아마 에밀리아도 이미 피아 씨를 받아들였을 것이다.

때때로 스스럼없이 대하는 데다, 진심으로 피아 씨를 경계하고 있다면 시종일관 미소를 짓고 있을 것이다.

주문한 음식과 음료가 나오자, 피아 씨는 컵을 들어 올리면서…….

"그럼 건배하자. 건배사는 누가 할래?"

"그럼 외람되지만 제가 하겠어요. 피아 씨와의 만남을 기념하며……."

"""건배."""

우리는 가볍게 컵을 맞대면서 건배를 했다.

건배를 하자마자 피아 씨는 와인을 단숨에 들이키더니, 숨을 토하면서 만족스러운 듯이 미소를 지었다.

역시…… 엄청 색기가 넘쳤다. 행동 하나하나가 요염하다고나 할까, 겉보기에는 언니와 나이 차가 나지 않을 것 같지만 왠지 어른 같았다. 엘프는 하나같이 다 이런 걸까?

에밀리아 또한 지지 않겠다는 듯이 과일 음료를 전부 마시더니, 컵을 세게 내려놓으면서 날카로운 눈길로 피아 씨를 쳐다보았다.

"다시 묻겠어요. 피아 씨는 시리우스 님을 어떻게 생각하시죠?"

느닷없이 그렇게 단도직입적인 질문을 던지는 거야?!

이럴 때는 보통 잡담 같은 것을 나누다 서서히 본론에 들어가야겠지만, 피아 씨는 우리보다 훨씬 연상에 경험도 많을 테니 차라리 이러는 편이 나을지도 모른다.

"좋아해. 내 모든 것을 바쳐도 괜찮다고 생각할 만큼 말이야."

피아 씨가 미소를 지으며 주저 없이 그렇게 대답하자, 그 말을 들은 우리가 부끄러울 지경이었다.

아직 어린 우리와 다르게, 자신이 어른이라는 점을 과시하고 있는 것만 같았다. 왠지 진 것 같은 느낌도 들었다.

동요한 에밀리아와 내가 대답을 하지 못하자, 피아 씨는 컵에 와인을 따르면서 질문을 던졌다.

"내가 시리우스를 좋아하게 된 이유는 어제 말했지? 이번에는 너희가 이야기해주지 않을래?"

"저희…… 말인가요?"

"응. 두 사람이 어떻게 친해졌는지, 시리우스와 어떻게 만났는지, 그리고 그를 좋아하게 된 이유를 가르쳐줬으면 해. 나만 가르쳐주는 건 불공평하잖아?"

"……예. 시리우스 님이 얼마나 대단하신 분인지 똑똑히 가르쳐드리죠!"

딱히 승부를 하고 있는 건 아니지만, 시리우스 씨가 언급된 덕분에 평정을 되찾은 에밀리아가 반격을 시작했다.

나는 몇 번이나 들은 이야기이기에, 때때로 보충 설명을 하면서 요리를 먹었다. 요리가 식어버리면 아까우니까 말이다.

"그리고 제가 불안과 절망에 빠져있던 바로 그때, 그분은 저를 안아주며 위로해주셨어요."

"아…… 그런 일이 있었다면 끌리는 게 당연해."

처음으로 시리우스 씨와 만났고, 목숨을 구원받았다.

그리고 세상을 살아가는 법을 배웠으며, 부모처럼 자신들을 길러줬다.

피아 씨는 그런 에밀리아의 열변을 즐거운 듯이 듣고 있었다. 좋아하는 사람에 대해 조금이라도 더 알려하는 그 모습을 보며, 그녀가 시리우스 씨를 진심으로 좋아한다는 게 느껴졌다.

아…… 이 닭고기, 부드럽게 잘 삶아져서 맛있네.

"실은 저희도 피아 씨와 비슷한 상황에서 도움을 받은 적이 있어요. 저희가 도저히 당해낼 수 없는 상대를, 진심으로 화난 시리우스 님께서 홀로 적을 전부 해치우셨어요!"

"응, 그때는 정말 대단했어. 좀 무서울 정도였지만, 우리 때문에 그렇게 화를 내는 모습을 보고 기뻤다니깐."

"후후, 정말 너희를 소중히 여기나 보네."

이 수프, 매운 맛이 정말 절묘해서 계속 먹게 되네. 어떤 향신료를 쓴 건지 나중에 물어봐야겠다.

"그리고 부모님의 원수는 직접 갚아야 한다면서, 시리우스 님은 일부러 저한테 쌀쌀맞게 대했어요. 그때는 절망했지만, 저를 생각해서 그러셨던 거였죠. 그리고 드디어…… 저는 시리우스 님과 맺어져떠요!"

어? 에밀리아의 어조가 좀 이상한 것 같은 느낌이 들었다.

그리고 평소와 다르게 대담한 것 같은 느낌도…….

"에밀리아는 이미 안겼구나. 나도 빨리 안기고 싶은데, 리스는 어때?"

"뭐?! 저기…… 나는 아직…….”

"마자요! 리스도 빨리 시리우스 님에게 안기때요! 시리우스 님은 신사시니까, 여성을 정말 상냥하게 대해 주씬다꼬요!"

에밀리아는 컵 안의 내용물을 단숨에 들이키더니, 새빨개진 얼굴로 이야기를 계속했다.

평소와 좀 다르다 했더니, 피아 씨가 자기가 들고 있던 용기 안의 내용물을 에밀리아의 컵에 따라주고 있었다.

저건…… 와인이지?

"그건 기쁜 정보네. 그래……. 상냥하게 대해주는구나."

"여자의 기쁨을 가르쳐쭈때요! 그리고 상냥하기만 한 게 아니라 격렬할 때도 이뜨니까, 저도 도중에 기절하고 마라떠요."

우리는 술을 마셔도 되는 나이이지만, 본격적으로 마셔본 적은 없다.

에밀리아는 시리우스 씨의 시중을 들어야 하기에 집중력이 흐트러질 수 있는 술은 마시지 않았고, 나도 딱히 마실 생각은 들지 않았다.

그러니 지금 처음으로 술을 마셔본 건데, 에밀리아가 이렇게 취할 거라고는 생각도 못했다.

"다음에야말로 제가 시리우스 님을 만족시켜드리고 말꼬예요!

시리우스 님을 위해 갈고닦은 이 가슴과 몸으로 열띰이 봉사를……."

"그 전에 내 차례가 생겼으면 좋겠네. 가슴 크기로는 에밀리아에게 밀리지만, 나는 어른의 색기로 승부할 거야."

"지지 않을꼬예요!"

으으…… 에밀리아가 술에 취해서 부끄러운 소리를 해대고 있다.

다른 숙박객이 식사를 마치고 자리를 비웠지만, 아직 세실 씨와 카치아 양이 남아 있기에 부끄러웠다.

"식기 치울게. 으음…… 요리를 더 내올까?"

"어? 그, 그럼 이걸 더 주문할게. 그리고, 시끄럽게 떠들어대서 미안해."

"시끄럽다니? 언니들의 목소리는 엄청 작아서 잘 들리지 않던데? 왜 그렇게 소곤소곤 이야기하는 거야?"

"소리가 작다고? 그럴 리가……."

"남들에게 들려주고 싶지 않은 이야기를 나누고 있거든. 카치아 양, 여관 일을 할 거면 손님의 대화는 듣고도 못 들은 척하는 편이 좋아."

피아 씨는 한쪽 눈을 찡긋 감으면서 그렇게 말했다. 나는 그 모습을 보고, 오늘 아침에 피아 씨가 했던 말을 떠올렸다.

분명…… 바람의 정령에게 부탁을 해서 우리 목소리를 주위에서 듣지 못하게 하는 마법을 쓸 수 있다고 했는데, 혹시 이게 그 마법인 걸까?

그런 섬세함을 비롯해, 자유자재로 바람의 정령을 조종할 수 있는 점은 정말 대단하다고 생각한다. 그래도 이런 상황을 초래한 사람이 다름 아닌 피아 씨이기에 순순히 칭찬하지는 못할 것 같았다.

그 후에도 에밀리아의 폭주는 계속되었고, 술을 열 잔 정도 들이켰을 즈음에는 그대로 잠들고 말았다.

처음 술을 접하는데도 이만큼이나 마실 수 있는 걸 보면 재능이 있는 것 같네…… 하고 중얼거린 피아 씨는 이미 스무 잔 넘게 마셨지만, 여전히 계속 마실 생각인 것 같았다.

"휴우…… 즐겁게 술을 마신 건 정말 오래간만이야. 술이 술술 들어가네."

"그렇게 마셔도 괜찮아?"

"아직 시작도 안 한 거야. 그러는 리스야말로 괜찮은 거야? 그걸로 스무 접시 째잖아."

"응. 정말 맛있거든. 아, 카치아 양. 이거 더 줘."

"아, 알았어……."

에밀리아가 잠든 후에 마법이 풀린 건지, 나는 카치아 양에게 요리를 주문했다.

카치아 양은 신기하다는 눈길로 쳐다보던데, 무슨 일 있는 걸까? 이렇게 맛있는 요리를 더 달라고 주문하는 건 당연한 일이라고 생각하는데 말이다.

"실제로 보니 정말 엄청나네. 하지만…… 응. 시리우스뿐만 아니라 너희에 대해서도 알아서 기뻐. 특히 에밀리아의 본심을 알았네."

"아하하……. 술에 취하면 말도 안 되는 소리를 하지만, 원래 에밀리아는 상냥하고 멋진 애야."

"그래. 이 애가 얼마나 강한지는 잘 알았어. 나를 경계해서 일부러 악역을 맡을 정도잖아. 시리우스를 향한 마음만 본다면 이기지 못할지도 몰라."

역시…… 피아 씨는 에밀리아의 의도를 눈치채고 있었다.

시리우스 씨가 인정했다고 해도, 10년 만에 만나는 상대의 본성을 꿰뚫어 볼 때까지는 방심해서는 안 된다. 에밀리아는 시종으로서의 스승인 에리나 씨에게서 그렇게 배운 것이다.

그래서 마음속으로는 피아 씨를 인정하면서도 경계심을 풀지 않은 것이다. 하지만…… 피아 씨는 이미 그걸 알고 있었다.

마치 어머니 같은 상냥한 미소를 지으며 에밀리아를 쳐다보던 피아 씨가 와인을 컵에 따르면서 말했다.

"그렇다고 질 생각은 없지만 말이야. 이제 에밀리아와도 친해질 수 있다면 좋겠네."

"괜찮을…… 거야. 에밀리아가 알고 싶어 한 것은 피아 씨가 시리우스 씨를 진심으로 마음에 품고 있느냐, 였거든."

"그럼 다행이네. 그러고 보니 아직 네 본심은 듣지 못했네? 리스는 나를 어떻게 생각해?"

"같은 힘을 지녀서 그런지, 나는 피아 씨를 언니처럼 생각해."

아직 이야기는 하지 않았지만, 에밀리아와 레우스가 폭주했을 때 같이 그들을 말려주는 것을 기대하고 있기도 했다.

"고마워. 그럼 시리우스는 어떻게 생각해? 에밀리아는 첫째 부인 자리는 리스라고 말했는데, 실은 아직 연인 사이도 되지 않은 거지?"

"윽? 마, 맞아……."

"뭐, 네가 시리우스를 어떻게 생각하는지는 태도만 보면 감이 오지만 말이야. 그렇기 때문에 물어보는 건데, 시리우스를 독점 하고 싶다는 생각은 없어?"

"없다……고 딱 잘라 말할 수는 없지만, 나는 에밀리아도 좋 아하니까 다 같이 행복해졌으면 좋겠어. 그리고 앞으로는 피아 씨와도 같이할 수 있었으면 좋겠네……."

이것이 내 본심이다.

시리우스 씨가 얼마나 대단한지 알기에, 나 혼자서 그를 떠받 칠 수 없을 거라는 불안을 느꼈다. 그래서 한 명보다는 두 명이 나을 테고…… 그 상대가 나 또한 정말 좋아하는 사람이라면 더 욱 기쁠 거라는 생각이 들었다.

피아 씨는 내 말을 듣더니 컵에 따른 와인을 단숨에 들이키며 만족한 것처럼 고개를 끄덕였다.

"……그래. 우리는 사이좋게 지낼 수 있겠네. 앞으로 정말 즐 거울 것 같아."

"나도 마찬가지야. 오늘처럼 여자들끼리 시간을 가지는 것도 좋지만, 다 같이 케이크를 먹으면서 이야기를 나누는 것도 즐거 울 거야."

"맞아. 너희가 푹 빠져 있는 케이크라는 걸 나도 빨리 맛보고 싶네."

"……멍!"

웃으면서 이야기를 나누고 있을 때, 발치에 앉아 있던 호쿠토가 낮게 짖으면서 벌떡 일어섰다.

나는 그 모습을 보고 고개를 갸웃거렸지만, 위험이 닥쳤을 때 이외에 호쿠토가 이런 반응을 보일 이유라면 하나뿐이다. 호쿠토가 쳐다보는 곳을 보니, 예상대로 시리우스 씨와 레우스가 여관 안으로 들어오고 있었다.

"어라? 아직 안 끝났구나."

"아…… 시리우스 니임……."

"어이쿠, 혹시 술을 마신 거야?"

"예에~. 하지만 시리우스 님의 냄새가 가장 쪼아요……."

이제는 본능인 것일까?

시리우스 씨의 목소리를 듣자마자 에밀리아는 몸을 일으키더니, 그대로 그의 품에 안겨서 어리광을 부리기 시작했다.

시리우스 씨는 약간 어이없어 하면서도 아버지처럼 상냥한 눈길로 에밀리아를 쳐다보며 그녀의 머리를 쓰다듬어주자…….

"으음…… 쿠울……."

"어머나, 벌써 잠들었네."

"원래 이래. 하아, 대체 얼마나 마신 거야?"

"미안해. 조금만 먹일 생각이었는데, 의외로 잘 마시지 뭐야. 그래서……."

"술을 먹이지 말라는 건 아니지만 과음은 시키지 마. 나는 에밀리아를 방에 옮기고 올 테니까, 두 사람도 이제 그만 방으로 돌아가는 게 어때?"

"알았어. 아, 레우스 군을 잠시 빌려도 될까? 좀 할 이야기가 있거든."

"그건 레우스 본인에게 물어봐. 그럼 먼저 실례할게."

"응. 에밀리아를 잘 부탁해."

시리우스 씨는 에밀리아를 안아 들고 우리 방으로 돌아갔다.

그리고 피아 씨는 레우스를 불러서 의자에 앉혔다. 하지만 피아 씨가 무슨 말을 하기도 전에 레우스가 먼저 질문을 던졌다.

"저기, 피아 씨는 형님의 여자가 될 거지? 그럼 앞으로는 피아 누나라고 불러도 돼?"

"좋아. 그럼 나는 너를 레우스라고 부를게. 먹다 남은 거지만 맛 좀 볼래?"

"응! 고마워, 피아 누나."

레우스의 이 빠른 적응력은 역시 대단했다.

우리와 다르게 금방 친해진 두 사람을 쳐다보면서 내가 감탄하고 있을 때, 피아 씨가 레우스의 머리를 쓰다듬으면서 어떤 부탁을 했다.

"저기, 레우스. 너는 오늘 우리 방에서 자지 않을래?"

"그건 괜찮은데, 그럼 그쪽 방의 침대가 부족하지 않아? 뭐, 내가 바닥에서 자면 되지만 말이야."

"걱정하지 마. 리스는 시리우스의 방에서 잘 거니까 침대가 하나 비거든."

"그렇구나. 그럼 괜찮겠네."

"···········뭐?"

뭐가······ 괜찮다는 거야?

내가 시리우스 씨의 방에서······ 어?

"아직 에밀리아를 간호하고 있을지도 모르니까, 리스는 좀 있다가 시리우스의 방으로 가. 시리우스라면 에밀리아가 걱정되어서 계속 붙어 있을지도 모르지만, 내가 간병하겠다고 말하면 방으로 돌아갈 거야."

"저기, 내가 시리우스의 방에 가서, 뭘······?"

"걱정하지 마. 에밀리아가 아까 상냥하게 해줬다고 말했잖아? 시리우스는 언제든 너를 받아줄 거야. 그러니 이제 네가 용기를 내기만 하면 될 거라고 생각해."

내가 당혹스러워하는 사이에도 이야기가 계속 진행되자, 나는 남은 요리를 먹고 있는 레우스에게 호소했다.

"레, 레우스는 시리우스 씨와 한 방에서 자고 싶지?"

"으음······ 리스 누나도 누나처럼 되는 거지? 리스 누나도 누나처럼 행복해진다면, 나는 길바닥에서 잘 수도 있어."

"아······ 아아······."

이성에게는 관심이 없지만, 이 애는 전부 이해하고 있다.

레우스는 만면에 미소를 짓더니, 이것이 내가 행복해지는 길이라 믿어 의심치 않는 듯한 눈길로 쳐다보고 있었다.

트, 틀린 말은 아니지만······ 으으······.

그 후, 나는…….

"…………."

피아 씨가 먼저 우리 방으로 돌아간 후, 시리우스 씨의 방 앞으로 이동했다.

몇 번이나 문을 향해 손을 뻗었다가 다시 내리기를 반복하는 것은 내가 아직 망설이고 있기 때문이다. 왜냐하면 이곳에 오기 전에 피아 씨가 한 말이 머릿속에서 떠나지 않았다.

『나는 내일부터도 괜찮으니까, 오늘은 리스에게 양보해줄게. 기회를 헛되이 하지 마.』

에밀리아가 등을 밀어줬을 때도 나는 겁쟁이라 결국 아무것도 하지 못했지만, 이번에는 피아 씨도 내 등을 밀어줬다.

시리우스 씨를 향한 마음을 10년 동안 품어왔을 테니 실은 자기가 먼저 가고 싶을 텐데도, 피아 씨는 나에게 양보를 한 것이다.

그런 사람의 마음을 헛되이 할 수는 없다.

확실히 피아 씨의 강한 마음에 압도당하기는 했지만…… 나도 시리우스 씨를 좋아한다.

그 달빛 아래에서 시작된 가슴의 두근거림은 지금도 빛바래지 않은 채 존재했다.

그래……. 두려워할 필요는 없다. 필요한 것은 앞으로 나아갈

용기뿐이다.

나는 각오를 다진 후, 긴장한 손길로 문에 노크를 했다.

"시리우스 씨. 저기…… 오늘은 같이 자도 돼?"

───시리우스───

"……아침이구나."

가라프에 도착할 때까지 야영을 계속했던지라, 오래간만에 침대에서 잤더니 아침에 기분 좋게 일어날 수 있었다.

창문을 통해 쏟아져 들어오는 빛으로 볼 때 평소와 비슷한 시간에 일어난 것 같았기에, 어제부터 하려고 마음먹어뒀던 것을 할 생각이었지만…… 나는 침대에서 벗어날 수가 없었다.

"……쿠울."

이유는 옆에서 자고 있는 리스가 나를 꼭 끌어안고 있었기 때문이다.

에밀리아는 내 팔을 안고 자는데, 리스는 몸 전체로 나를 끌어안는 버릇이 있는 것 같았다. 리스는 허그 베개 파인 걸지도 모른다.

아무튼 이대로는 일어날 수가 없기에 어떻게든 리스를 떼어내려 했지만, 그녀가 꽤나 세게 나를 안고 있었다. 억지로 떼어냈다간 그녀를 깨우고 말 것이다.

"리스. 나, 슬슬 일어나고 싶은데 말이야."

"……케이크~."

하지만 상냥하게 깨우려고 해도, 숙면을 취하고 있는 탓에 좀처럼 깨지 않았다.

　그건 그렇고…… 정말 무방비한 얼굴로 자고 있었다. 입도 약
간 벌리고 있었기에, 침을 흘리지나 않을지 걱정됐다.

　어린애처럼 순진무구하고 귀여운 얼굴을 쳐다보니 마음이 치
유되는 것 같지만…… 이대로 계속 쳐다보고 있을 수도 없다.

　하지만 약간 그녀를 골려주면서 깨우기로 마음먹었다.

　"그래. 케이크가 먹고 싶은 거지? 자아, 치즈케이크가 다 만
들어졌어."

　"……더 먹을래~."

　벌써 다 먹은 거냐고 물어보고 싶지만…… 일단 반응은 보였
다. 그럼 계속 공격해보도록 할까.

　"지금 바로 일어나면, 치즈케이크를 구워줄게. 자아…… 눈
을 떠."

　"으음…… 일어날…… 어?"

　그제야 눈을 뜬 리스가 내 얼굴을 쳐다보며 그대로 굳어버
렸다.

　정신이 든 리스의 얼굴이 새빨개지더니, 펄쩍 뛰듯 몸을 일으
킨 그녀는 시트로 몸을 가렸다. 그 때 묻지 않은 반응을 본 나는
무심코 미소를 지었다.

　"좋은 아침이야, 리스."

　"……응."

　부끄러운 나머지 금방이라도 도망칠 것 같지만, 자신이 어디
에 있는지 완전히 떠올린 리스는 시트에서 얼굴만 쏙 내밀면서

나를 향해 미소 지었다.

"몸은 괜찮아?"

"좀 위화감이 느껴지는 정도니까 괜찮을 거야. 하지만……응. 에밀리아의 마음이 왠지 이해가 될 것 같아."

어젯밤에는 이런저런 일이 있었지만, 기뻐하고 있는 리스를 보니 안심이 됐다.

아직 무리해서 일어날 시간은 아니니, 나는 리스에게 천천히 쉬고 있으라고 말하며 옷을 갈아입었다.

"좀 더 쉬고 있어도 돼. 나는 마차에 갔다 올게."

"마차에는 왜?"

"어제 말했지? 케이크를 구울 거야."

케이크를 맛보게 해주겠다는 약속도 했고, 우리의 결속을 다지기 위해서라도 준비하는 편이 좋을 것이다.

리스가 그 말을 듣고 눈을 반짝이자, 나는 쓴웃음을 지으면서 방을 나서려 했다. 하지만 리스가 나를 불렀기에, 그녀를 향해 돌아보았다.

부끄러워하면서도 진지한 표정으로 나를 쳐다보는 그 모습을 보고, 무슨 말이 하고 싶은 건지 눈치챈 나는 리스에게 다가가서 평소처럼 머리를 쓰다듬어줬다.

"시리우스 씨. 저기, 나……."

"리스의 마음은 알아. 앞으로는 제자로서만이 아니라, 연인으로서도 잘 부탁해."

"……응! 힘낼게!"

리스가 부끄러워하면서도 행복한 미소를 짓자, 나는 그 모습을 보며 만족감을 느꼈다.

"멍!"

"좋은 아침이야, 호쿠토."

복도로 나와 보니, 호쿠토가 나를 기다리고 있었다.

어젯밤, 리스가 내 방에 오자, 호쿠토는 눈치를 발휘해 방에서 나갔다. 그리고 여성들의 방에 가서 잔 것 같았다.

배려심을 지닌 호쿠토의 머리를 쓰다듬어주면서 아침 인사를 마친 후, 나는 마차를 주차해둔 오두막으로 향했다.

"형님, 좋은 아침이야!"

호쿠토를 데리고 밖으로 나가보니, 레우스가 앞뜰에서 아침 훈련을 하고 있었다.

앞뜰은 달리기를 하기엔 좁은지 팔굽혀펴기를 하고 있었는데, 나를 보자마자 다가와서 힘차게 인사를 했다.

"좋은 아침이야, 레우스. 잘 잤어?"

"응. 푹 잤지. 오늘부터 가볍게 마을 안을 뛸 생각인데, 형님도 같이 어때?"

"지금은 할 일이 있으니까 다음에 같이 뛰자."

"그래? 오래간만에 형님과 경주를 하고 싶었는데 말이야."

"미안해. 피아를 위해 케이크를 구울……."

"금방 갔다 올게!"

레우스는 케이크라는 말을 듣자마자 흙먼지를 일으키면서 부리나케 뛰어갔다.

레우스가 자기 입으로 방금 말한 것처럼 금방 돌아올 거라고 생각하며 오두막에 들어간 나는 도난방지용 장치를 해제한 후, 마차 안에 있는 앞치마를 착용하며 작업을 시작했다.

곧 케이크가 완성됐기에, 근처에서 몸을 웅크린 채 기다리고 있던 호쿠토에게 보여줬다.

"좋아, 완성됐어. 맛을 볼래?"

"멍!"

백랑인 호쿠토는 음식을 먹지 않아도 괜찮지만, 그렇다고 음식물을 섭취하지 못하는 것은 아니다.

스킨십 삼아 남아 있던 부분을 호쿠토에게 먹여주고 있을 때, 누군가가 마차에 다가오는 기척이 느껴졌다.

"안녕. 좋은 냄새가 나네."

나타난 이는 바로 피아였다.

어젯밤에 꽤나 와인을 마셨는데도, 보아하니 멀쩡해 보였다. 술에 세다는 이야기는 들었지만, 사실인 것 같았다.

평소와 마찬가지로 로브를 걸친 피아에게 인사를 건넨 나는 완성된 케이크를 그녀에게 내밀었다.

"그게 케이크야? 예쁘게 생겼네."

"피아와의 재회를 기념해서 만든 거니까, 장식에도 신경을 써 봤어. 먹어볼래?"

"먹고 싶지만, 이런 건 다 같이 먹으면 더 맛있잖아? 나중에 맛볼게."

"그건 그래. 먼저 맛보면 다른 애들의 원성이 자자하겠지."

피아는 이미 제자들의 성격을 얼추 파악한 것 같았다.

이번에는 무난한 쇼트케이크를 만들었지만, 리스는 치즈케이크를 먹고 싶어 하는 것 같으니 그것도 만들어서 카치아와 세실에게 나눠주도록 할까.

"지금부터 하나 더 만들 건데, 피아는 어떻게 할래? 아침 식사 시간까지는 끝나니까, 방으로 돌아가도 돼."

"방해가 안 된다면, 옆에서 구경해도 돼?"

"딱히 상관은 없는데, 그냥 요리를 할 뿐이거든?"

"보고 있기만 해도 즐거워. 참, 앞치마도 잘 어울리네."

딱히 거절한 이유도 없기에, 나는 피아의 시선을 받으며 케이크를 만들었다.

몇 번이나 해봤던 작업이기에 재빨리 재료를 섞어서 틀에 넣었을 때, 피아가 탄성을 터뜨렸다.

"흐음…… 솜씨가 정말 좋네. 시리우스는 요리사가 될 거야?"

"그럴 생각은 없어. 이건 어디까지나 취미야."

"취미도 이 정도 수준에 이르니 정말 대단하네. 야영 때도 맛있는 음식을 맛볼 수 있잖아. 앞으로의 여행이 더욱 기대돼."

"그러는 피아는 요리 솜씨가 어느 정도야?"

"할 줄은 아는데, 항상 혼자 다녀서 간단한 것만 만들 줄 알아."

그런 식으로 피아와 잡담을 나누면서 작업을 계속하던 나는 마지막 단계인 굽기를 시작했다.

이제 케이크가 타지 않도록 지켜보기만 하면 되지만, 내 옆에 다가온 피아가 의미심장한 미소를 지으면서 내 귀에 입을 대며 말했다.

"그런데 리스와 함께한 어젯밤은 어땠어?"

"……내 나름대로 그녀의 마음에 답했어."

"그랬구나. 아까 리스를 살펴보고 왔는데, 엄청 만족스러워했어. 그러니까 나도 기대하고 있을게."

"진짜 적극적이구나. 참, 리스는 이제 일어나서 너희 방으로 돌아간 거야?"

"내가 방을 나설 즈음에 돌아왔어. 볼을 붉힌 채 나한테 고맙다고 하는 모습은 정말 귀여웠지만, 에밀리아를 보고 당황하던걸?"

"에밀리아한테 무슨 일이 있는 거야?"

피아의 반응을 보아하니 큰일이 난 것 같지는 않지만, 나는 진지한 표정으로 물었다. 그러자 피아는 내 시선을 비하면서 볼을 긁적였다.

"그게……. 숙취 때문에 고생하고 있어. 술을 너무 많이 먹었나 봐."

"하아……."

숙취에 불과하다는 사실을 알고 기뻐하면 될지, 아니면 허탈감을 느끼면 될지 모르겠는걸.

그러는 사이에 케이크가 완성됐다. 나는 앞치마를 벗은 후, 간단히 뒷정리를 했다.

"완성된 거야?"

"그래. 에밀리아를 살펴보러 가고 싶지만, 그 전에 숙취를 해소해줄 약을 조합해두도록 할까."

약이라기보다 체내의 대사를 촉진시키는 한방약에 가깝지만 말이다. 극적인 효과는 없겠지만, 이걸 복용하면 숙취가 빨리 가라앉을 테니 먹지 않는 것보다는 훨씬 나을 것이다.

엄마에게 배운 약초학을 떠올리면서 마차에 있는 약초를 조합하고 있을 때, 레우스가 숨을 헐떡이면서 돌아왔다.

"다녀왔어, 형님! 치즈케이크 냄새가 나네!"

"어서 와. 나중에 같이 먹기로 하고, 우선 손이라도 깨끗이 씻고 와."

"알았어!"

"사제지간이라기보다 완전 엄마와 애네."

그 말을 듣고 쓴웃음을 지으면서도 약 제조를 마친 나는 다른 이들과 함께 여관으로 돌아갔다.

그리고 완성된 케이크를 들고 여자애들이 묵는 방으로 향했다.

피아가 문에 노크를 하니 리스가 바로 문을 열어줬지만, 나와 시선이 마주치자 바로 문을 닫았다.

"뭐, 이럴 줄 알았어."

"때 묻지 않은 느낌이라 귀엽네. 하지만 빨리 문을 열어줬으면 좋겠는걸."

"미, 미안해. 저기…… 이제 와서 생각해보니, 너무 부끄러워서……."

"신경 쓰지 마. 그런데 에밀리아가 숙취로 고생하고 있다고 들었는데……."

"아…… 마, 맞다! 드, 들어와."

에밀리아가 걱정된 탓에 부끄러움을 까맣게 잊은 듯한 리스가 우리를 방에 들였다. 하지만 에밀리아가 그렇게 심각한 상태는 아닌 건지, 리스의 시선은 케이크를 향했다.

침대에 누워 있던 에밀리아는 내가 방에 들어왔다는 것을 눈치채더니, 눈을 뜨며 고개를 들었다.

"으으…… 시리우스 님."

"괜찮아?"

리스에게 케이크를 맡긴 내가 에밀리아의 머리맡에 의자를 두고 앉아서 그녀의 머리를 쓰다듬어주자, 그녀는 기분 좋은 듯이 눈을 가늘게 떴다. 그리고 겸사겸사 『스캔』으로 에밀리아의 몸을 조사해보니, 단순한 숙취인 것 같았다.

"이렇게 못난 꼴을 보여 죄송해요."

"뭐, 이럴 때도 있을 거야. 약을 가지고 왔지만, 우선 네 배에 손을 댈게."

숙취는 대략적으로 말해 몸 안의 알코올이 완전히 분해되지 않아서 발생하는 것이다. 그러니 내 재생활성으로 체내의 대사를 향상시키면 금방 나을 것이다.

하지만 에밀리아는 내 손을 잡으며 말렸다.

"아뇨. 이건 자업자득이니 제가 직접 치료하겠어요. 시리우스 님에게 폐를 끼칠 생각은 없습니다."

"그래? 하지만 약은 먹어. 이 약과 함께 물을 많이 마시면 금방 좋아질 거야."

에밀리아의 상반신을 일으켜서 약과 물을 먹인 후, 나는 다시 누운 그녀의 볼을 쓰다듬어줬다.

숙취 때문에 속이 좋지 않을 텐데도, 에밀리아는 내 손을 잡더니 볼을 비볐다. 참고로 이불 안에서 부스럭거리는 소리가 들리는 것은 에밀리아가 꼬리를 마구 흔들고 있기 때문일 것이다.

"우후후…… 시종으로서 이런 생각을 하면 안 되겠지만, 시리우스 님께서 이렇게 병문안을 와주시니 정말 기뻐요."

"병문안만으로 괜찮겠어? 오늘은 별다른 일이 없으니, 좀 나을 때까지 곁에 있어줄게."

투무제는 이틀 후에 개최되니, 지금 서둘러 마을을 관광할 필요는 없다.

그러니 오늘은 휴일로 삼으면서 에밀리아를 간병하며 느긋하게 보낼 생각이었지만, 에밀리아는 쓴웃음을 지으며 고개를 저었다.

"정말 매력적인 말씀이지만, 저는 괜찮아요."

"하지만……."

"실은 시리우스 님께서 오시기 전에 리스와 이야기를 나눴어요. 오늘은 시리우스 님과 피아 씨를 단둘이 있게 해드리자고요."

고개를 돌려보니, 리스가 그 말이 옳다는 것처럼 고개를 끄덕이고 있었다. 참고로 레우스와 함께 케이크를 몰래 먹으려 했지만, 나는 못 본 척하기로 했다.

에밀리아의 말은 나에게 피아와 데이트를 하라는 소리다.

"에밀리아가 피아를 인정한 거라고 생각해도 될까?"

"예. 피아 씨는 저희와 마찬가지로 시리우스 님을 진심으로 좋아한다는 것을 알았어요. 그리고 피아 씨는 10년가량 시리우스 님과 떨어져 있었으니, 오늘 하루 정도는 단둘이 보내게 해 드리지 않으면 불공평할 것 같아요."

"그렇구나. 나는 멋진 연인을 뒀는걸."

"시리우스 님의 시종이기도 하니까요. 하지만 지금은…… 좀 더 쓰다듬어주시지 않겠어요?"

"응, 좋아."

"형님, 겸사겸사 나도 쓰다듬어줘."

"멍!"

"그, 그럼 나도……."

"어머, 나도 쓰다듬어달라고 해야 될 것 같네."

그 후, 나는 아침 식사를 하러 갈 때까지 그들의 머리를 쓰다듬어줬다.

여관에서 준비해준 아침 식사를 먹은 후, 우리는 흩어져서 자유행동을 하기로 했다.

에밀리아는 몸이 좋지 않고, 리스는 그런 에밀리아를 간병하기 위해 여관에 남았다. 그리고 레우스는 모험가 길드에 있는 훈련장에서 검술 훈련을 하고 오겠다며 여관을 나섰다.

그런 와중에 나와 피아는 호쿠토를 데리고 투무제 때문에 북적이는 마을 안을 느긋하게 산책했다.

"사람이 정말 많네. 걷기 힘들지만, 이 즐거운 분위기가 정말 좋아."

"떨어지지 않도록 조심해야겠는걸. 뭐, 나와 호쿠토라면 금방 찾을 수 있겠지만 말이야."

"멍!"

"그럼 이렇게 하면 괜찮지 않을까?"

피아는 그렇게 말하면서 내 팔을 꼭 끌어안았다. 걷기 힘들지만, 피아가 즐거워 보이니 말리지 않기로 했다.

아쉬운 점은 엘프라는 사실을 숨기기 위한 로브 탓에 피아가 좀 갑갑해 보인다는 점이다. 그녀의 아름다운 얼굴을 숨겨야 하는 점이 좀 아쉬웠다.

우리는 마을 안의 여러 가게를 돌고, 다양한 것들을 보거나 사 먹으면서, 단둘만의 데이트를 즐겼다.

도중에 호쿠토가 모습을 감췄지만, 『서치』로 조사를 해보니 건물 뒤편에 숨어 있었다. 아무래도 우리가 단둘이 있을 수 있도록 몰래 지켜보고 있는 것 같았다. 정말 우수한 파트너다.

호쿠토가 혼자 다니면 소동이 벌어질지도 모른다는 생각이 들었지만, 모험가들이 많은 이 마을에서는 종마도 꽤 흔하니 한동안은 문제가 없을 것이다. 백랑이라 매우 눈에 띄지만 호쿠토도 기척을 죽일 수 있는데다, 멍청한 녀석들의 표적이 되더라도 간단히 벗어날 수 있을 테니 걱정할 필요는 없다.

그렇게 마을을 산책하다 보니 점심때가 되었기에, 우리는 오픈테라스가 있는 식당에서 식사를 했다.

대부분의 가게가 손님으로 가득 차 있었지만, 우연히 들어간 가게에 마친 빈자리가 있었다. 운이 좋았는걸.

고기를 향신료와 함께 볶은 요리를 먹은 후, 디저트로서 나온 과일이 들어간 과자를 먹으면서, 나는 피아와의 대화를 즐겼다.

"디저트는 맛있지만, 아침에 먹은 케이크가 몇 배는 더 맛있는 것 같아."

"다음에 또 만들어줄게. 뭐, 정기적으로 만들어주지 않으면 난리가 나거든."

"후후, 확실히 그 애들이라면 그럴 것 같아. 하지만 그렇게 맛있으니 어쩔 수 없을 거야."

케이크는 아침에 먹은 것 이외에도 여러 종류가 있다는 이야기에서 비롯된 대화가 점점 진행되더니, 곧 우리의 훈련에 대한 내용으로 바뀌었다.

"달리면서 여행……을 하는 구나. 평범한 모험가가 본다면 비정상적으로 보일 거야."

"마차에 계속 타고 다니면 몸이 둔해지거든. 순서를 정해서 뛰니까, 기습을 당해도 문제는 없어."

"뭐, 호쿠토도 있으니까 위험하지는 않겠네. 그건 그렇고…… 많이 단련한 것 같네. 어릴 적에는 그렇게 말랑말랑했는데, 지금은 근육 때문에 딱딱해."

"아까 내 팔을 몇 번이나 만진 건 그래서인 거야?"

"응. 딱딱하기만 한 게 아니라 적당히 부드러워서 기분이 좋네. 맞다. 아직 보지 못했지만, 여러 마법도 쓸 수 있지?"

"그래. 내 주위의 사람들을 지킬 수 있도록 계속 수련을 해왔
거든. 하지만 아직 내가 꿈꾸는 경지에는 도달하지 못했으니까,
계속 단련을 해야 할 것 같아."

"네가 꿈꾸는 경지…… 대체 어느 정도인 거야?"

전생을 한 나는 그때보다 훨씬 강해졌지만, 내 벽이자 목표였
던 스승에게는 아직 미치지 못한다.

제자를 지키기 위해서, 그리고 기억 속에 남아 있는 스승에게
이길 때까지, 나는 계속 단련할 생각이다. 어쩌면 평생 동안……
말이다.

"저기, 너와 함께 다니려면 나도 훈련을 받아야겠지?"

"그 세 사람은 내 제자니까 훈련을 시키는 거야. 게다가 지금
은 거의 자주적으로 하고 있으니까, 피아까지 억지로 할 필요는
없어."

"그렇구나. 그럼 실제로 너희의 훈련을 보고 결정할게."

장래를 고려한 이야기를 나누며 식당을 나선 우리는 노점이
줄지어 있는 장소로 향했다.

여행에 도움이 되는 도구와 마도구뿐만 아니라, 장식용 액세
서리 등, 다양한 물품이 줄지어 놓여 있었다.

적당히 둘러보며 돌아다니고 있을 때, 피아가 어떤 노점 앞에
서 멈춰 섰다.

"아, 시리우스. 저기 좀 봐. 괜찮은 게 있어."

"……잠깐만."

피아가 그렇게 말하면서 손에 쥔 것은…… 노예가 차는 예속의 목걸이였다.

이 노점은 노예용 도구를 취급하는 곳이며, 유심히 보니 그 목걸이 이외에도 다양한 조교용 도구가 놓여 있었다. 연인들이 멈춰 설 만한 곳이 아니었다.

또한 피아가 쥔 그 목걸이에서는 마력이 느껴지지 않는 것을 보면, 아무래도 가짜 같았다.

"아가씨, 그건 부서진 거라서 못 써. 단순히 그렇고 그런 플레이를 즐기는 용도로 쓰는 거라고."

"흐음…… 그럼 이걸 살래."

"산다고?!"

가게 주인은 이런 손님에게 익숙한지 별말 없이 돈을 받았다.

나는 피아의 느닷없는 행동에 놀랐지만, 그녀는 미소를 지으면서 나에게 그 목걸이를 쥐어줬다.

"……할 말이 많지만 우선 이것부터 물어봐야겠어. 대체 무슨 속셈이야?"

"뻔하잖아? 내가 찰 거야. 전에도 말했다시피, 노예라면 정체가 드러나더라도 괜한 짓을 하려는 사람이 적지 않겠어?"

예전에 남매도 찼던 예속의 목걸이에는 노예의 위치를 주인에게 알려주는 기능, 그리고 마력을 방출하는 요령으로 발동시키면 먼 거리에서도 목걸이를 찬 이를 죽일 수 있는 기능이 탑재되어 있다.

게다가 목걸이를 채운 이만이 풀 수 있게 되어 있기 때문에,

허튼 짓을 할 엄두를 내지 못할 것이다.

피아가 엘프라는 사실이 알려져도, 이 목걸이는 억지력으로 작용하겠지만…… 남들에게 노예로 보이는 것은 좀 그렇지 않을까?

하아…… 남매만이 아니라 피아 때문에 이 문제로 골치를 썩이게 될 거라고는 생각도 못했다.

"실은 초커가 완성될 때까지 기다릴 생각이었지만, 지금 바로 너와 연인처럼 당당히 함께 걷고 싶어. 이렇게 로브를 쓰고 너와 다니니 왠지 마음이 안타까워……."

"하지만…… 주위 사람 눈에는 노예로 보일 거라고."

"남들 눈보다 내가 어떻게 생각하는지가 더 중요해. 게다가 노예를 데리고 다니는 귀족도 있잖아?"

확실히 자기 물건을 자랑하듯 아름다운 노예를 끌고 다니는 귀족도 있다.

그런 하찮은 짓을 하는 녀석들과 똑같이 취급되는 것은 싫지만, 피아가 바란다면…… 잠깐만?

"후후…… 미안해. 방금 그건 농담이야. 너한테 폐를 끼칠 생각은 없으니까, 이건 반품하고……."

"목걸이 이외에도 방법은 있어."

나는 피아가 엘프라는 점 덕분에 불현듯 다른 아이디어가 생각났다.

"엘리시온에는 매직 마스터라 불리는 사람이 있다는 걸 알아?"

"직접 만나본 적은 없지만, 엘프 맞지?"

"그 사람은 자신의 모습을 바꾸는 마도구를 만들었어. 그걸 이용해 평범한 선생님이나 마을 사람으로 변장해서, 학교나 마을을 자유롭게 돌아다녀."

사실 나는 그 마도구에 새기는 마법진을 배웠다. 변장을 가능하게 되면, 적진에 잠입하거나 숨는 데 도움이 될 것이다.

뭐, 배운 건 좋지만…….

"그런데 마법진을 새기기 위한 마석이 문제야. 순도가 높은 마석이어야 하거든."

복잡하고 섬세한 마법진이라 그런지 평범한 마석에 새기면 발동이 되지 않았다.

참고로 순도가 높은 것은 마력이 얼마나 압축되어 있느냐를 뜻하며, 비싼 마석일수록 뿜어져 나오는 빛이 명백하게 다르다고 한다.

아무튼 변장 마법진을 새기기 위해서는 상위 중의 상위…… 그야말로 수십 년에 한 개 발견될 정도의 희소한 마석이어야만 한다.

"아까 그 가게에 있던 마석이라면 괜찮을지도 몰라."

"엄중하게 보관되어 있던 마석 말이지? 그건 너무 비싸던데…….."

실은 아까 들렀던 고급 액세서리점에서 호객용으로 진열되어 있던 조그마한 마석을 봤다. 그 빛으로 볼 때, 상당한 마력이 농축되어 있는 것 같았다.

금방 팔릴 것 같지만, 그 작은 돌에 마법진을 새길 수 있는 기술자는 드문 데다, 가격이 어마어마해서 아직 팔리지 않은 것 같았다. 부자 귀족이라면 살지도 모르지만, 그런 녀석들은 마석보다 보석을 살 것이다.

우리는 돈이 궁하지는 않지만, 그것은 어디까지나 일상생활을 영위하는 데 있어서 궁하지 않다는 의미다. 솔직히 저 마석을 사는 것은 무리다.

엘리시온에서 돈을 어마어마하게 벌어들이던 시기라면 모르겠지만, 그 마법진은 비술이라 그런지 로드벨도 좀처럼 가르쳐 주지 않았다. 그 마법진을 전수받은 것은 엘리시온을 출발하기 며칠 전이었기에, 결국 아직 시험조차 해보지 않았다.

"지금 바로는 무리겠지만, 언젠가 적당한 마석을 손에 넣으면 만들어줄게. 갑갑해 보이는 로브를 쓰고 다니는 피아보다, 마음껏 얼굴을 드러낸 피아가 매력적일 테니까 말이야."

"후후…… 고마워. 이렇게까지 나를 생각해준다면, 나도 참아야겠지. 그 마석을 선물 받는 날만 고대하고 있을게."

그게 언제일지는 모르겠지만, 다른 마을에서 싼 가격에 입수할 수 있을지도 모른다.

하지만…… 목숨이 걸린 문제는 아니니 서두를 필요는 없지만, 그래도 저 마석을 그냥 놓치는 것은 아쉽다는 생각이 들었다.

"손에 넣을 방법이 없으려나……."

"나도 돈을 보태고 싶지만, 얼마 전까지 계속 이동만 하느라 지금은 주머니 사정이 좋지 않아."

"길드에서 돈을 벌려고 해도, 저 금액을 모으려면 1년 넘게 걸리겠지. 돈을 잔뜩 벌 수 있는 방법이 있으면 좋겠는데 말이야.”

“잔뜩…….”

주위를 둘러보던 나는 뭔가를 눈치챘고, 피아 또한 나와 같은 생각에 도달한 것 같았다.

“투무제에 나가는 건 어떨까? 그 상금이면 저 마석도 살 수 있어.”

“그러다 로브가 벗겨져서 정체가 드러나면 더 성가시지 않겠어?”

확실히 투무제에서 우승하면 방대한 상금을 얻을 수 있지만, 그러다 엘프라는 사실이 들통 나면 본말전도다.

다른 방법이 없는지 생각하며 걷고 있을 때, 강렬한 바람이 분 바람에 피아의 후드가 벗겨질 뻔했다.

피아는 곧 손으로 눌러서 후드가 벗겨지는 것을 막았지만, 다른 생각을 하느라 반응이 약간 늦었던 탓에 아름다운 에메랄드 그린 빛 머리카락이 언뜻 드러났다.

하지만 다행히 엘프의 귀는 드러나지 않은 것 같았다. 주위에 있던 이들이 별 반응을 보이지 않는 것을 보면 틀림없다.

내가 피아와 함께 안도의 한숨을 내쉬었을 때…….

“서, 설마…… 셰미피아 양?!”

“……큰일 났네.”

갑자기 주위에서 큰 목소리가 들리더니, 호위 두 명을 거느린 남자 한 명이 나타났다.

귀족으로 보이는 그 남자는 나보다 약간 연상인 것 같았다.

화려하지는 않지만 고급스러워 보이는 의상을 입은 그 남자는 입을 크게 벌리더니, 피아를 손가락으로 가리키면서 부들부들 떨었다.

피아의 반응을 볼 때, 이 남자와 면식이 있는 것 같았다.

"……저자는 누구지?"

"한 마디로 말하자면, 나한테 한눈에 반했다며 따라다니는 귀족이야."

나와 재회하기 보름 전…… 피아는 어떤 마을에서 필요한 걸 사다가 무심결에 후드를 벗고 말았다.

피아는 바로 후드를 썼지만, 그중 몇 명이 그녀의 모습을 보고 말았다. 그리고 그중 한 명이 바로 저 남자라고 한다.

참고로 저 남자의 이름은 지크이며, 어느 지방을 다스리는 귀족이라고 한다.

"나를 본 주위 사람들은 다들 착해서 별문제가 일어나지 않았지만, 지크는 나한테 한눈에 반했다면서 계속 쫓아왔어."

"엘프를 손에 넣고 싶어 할 뿐인 건 아닌 거야?"

"그게 말이야. 진심으로 나를 아내로 삼고 싶어 하는 것 같아. 그 정열을 싫지 않지만, 그의 성격은 나와 맞지 않더라니깐. 이유는…… 곧 알게 될 거야."

피아가 진심으로 난처한 표정을 지은 가운데, 지크는 미소를 지으면서 뛰어왔다.

그리고 우리 앞에 서더니, 마치 연극배우처럼 두 손을 펼치며 기쁨을 표현했다.

"아아…… 운명의 장난으로 헤어지고 말았던 우리가 이렇게 다시 재회하다니…… 이것도 미라 님의 인도군."

"운명의 장난에…… 미라 님?"

"그저 내가 도망쳤을 뿐이야. 그리고 미라 님은 어떤 종교에서 전해져 내려오는 신의 이름이야."

피아가 차가운 눈길로 쳐다보는데도, 지크는 자기 자신에게 취한 것처럼 전혀 개의치 않았다. 그 정도로 피아를 만난 것이 기쁜 것이리라.

"인도는 무슨. 우연히 재회했을 뿐이잖아. 그것보다 우리는 데이트 중이니까 방해하지 말아줄래?"

"응? 이 남자는 뭐지? 어이, 세미피아 양한테서 떨어져. 그녀가 싫어하고 있잖아?"

"누가 싫어한다는 거지?"

"그래! 나는 좋아서 그와 함께 있는 거야."

뒤늦게 내 존재를 눈치챘지만, 역시 현실이 보이지 않는 것 같았다. 피아는 자기가 저 남자에게서 도망친 이유를 곧 알 수 있을 거라고 말했는데, 이미 그의 성가신 성격은 충분히 파악이 되었다.

나를 노려보는 지크에게 어떻게 설명하면 이해해줄지 고민하고 있을 때, 피아가 과시하듯 내 볼에 입맞춤을 했다.

"아닛?!"

"나는 이 사람과 장래를 약속했어. 그러니까 나는 네 운명의 상대가 아니거든? 이제 그만 포기해!"

"틀린 말은 아니지만, 너무 노골적이지 않아?"

"이렇게 딱 잘라 말하지 않으면 저 남자는 알아듣지 못해. 나한테는 시리우스가 있다고 몇 번이나 말했는데도 포기하지 않았지만, 이렇게 똑똑히 보여주면 결국 이해하겠지."

"아…… 응. 이해했어."

저 남자의 반응을 보니, 피아가 이러는 것도 납득이 됐다.

지크는 절망에 찬 표정을 짓고 있었지만, 곧 정신을 차리면서 나를 노려보았다.

살기 자체는 별것 아니지만…… 불길한 예감이 드는걸.

"오호라, 네놈은 셰미피아 씨의 약점을 잡고 억지로 자기 걸로 만든 거구나!"

"……뭐?"

"네가 들고 있는 그 목걸이가 증거다! 셰미피아 씨를 노예로 만들어서 자기 욕망을 채울 속셈인가 본데, 내가 눈을 시퍼렇게 뜨고 있는 한 절대 그렇게는 안 돼!"

"아아…… 역시 말이 안 통하네."

나는 가방이 없었기에, 방금 피아에게서 건네받은 목걸이를 손에 쥐고 있었다.

그런 상상을 하는 건 가능하겠지만, 그래도 정말 자기에게 유리하게 해석하고 있었다. 피아가 골치를 썩이는 것도 이해가 됐다.

지크는 더욱 열을 올렸지만, 우리는 대조적으로 열기가 식어만 갔다.

"저기, 약점을 잡힌 여성이 이렇게 즐겁게 웃을 거라고 생각해? 좋아한다고 떠벌리면서도, 전혀 그녀를 쳐다보고 있지 않잖아."

"닥쳐! 셰미피아 양을 속이는 자식! 그녀는…… 내가 지키고 말겠다!"

"사랑하는 이의 마음을 이해하지 않는 너 같은 녀석에게 그딴 소리를 듣고 싶지는 않은걸. 게다가 피아는 내가 지킬 거니까 빨리 포기하고 꺼져."

"너처럼 약해빠진 남자가 지킬 수 있을 것 같으냐! 하지만 나는 수많은 모험가를 고용해서 그녀를 지킬 수 있다."

남자의 뒤편에 있던 호위가 앞으로 나서더니, 위압감을 뿜지……는 않았다. 오히려 주군의 행동에 어이없어하면서도, 어쩔 수 없이 앞으로 나선 것 같았다.

그런 걸 알 리 없는 지크는 자신만만한 목소리로 자신의 호위를 소개했다.

"이 남자는 강검 라이오르와 싸운 적이 있는 실력자다. 모레 열리는 투무제에서도 분명 우승하겠지."

"강검……."

이 세계에서는 최강의 검사인 강검 라이오르와 싸워본 적이 있다는 것만으로도, 명성이 높아지는 것 같았다. 뭐, 그 할아버지와 싸운다면, 장래성을 고려해 목숨을 건지거나, 그대로 목이 날아가고 말 테니까 말이다.

그게 사실인지는 알 수 없지만, 저 호위의 태도와 박력으로 볼 때 상당한 실력자인 것 같았다. 투무제에서 우승을 하고도 남을 남자다.

"그리고 이 남자는 그 강검의 라이벌이기도 했던 검성의 아들이다! 이 두 사람이 있다면, 그 누구로부터도 세미피아 양을 지킬 수 있어!"

검성…… 강검 라이오르에게 한 발짝 미치지 못한 채 생애를 마감한 검의 달인이다.

과거에 한 번 할아버지에게서 검성에 대해 이야기를 들은 적이 있는데, 검성은 할아버지가 은거하기 전까지 가장 강력한 라이벌이었다고 한다.

그런 검성의 아들은 보아하니 꽤 젊었다. 키는 나와 비슷하고 선이 가는 남자지만, 몸에서 느껴지는 기운은 범상치 않았다. 짧은 검과 가벼운 방어구를 장비하고 있는 것을 보면, 일격에 모든 것을 거는 것이 아니라 다수의 공격을 장기로 삼는 것 같았다.

확실히 이 정도 실력자라면 피아를 지키는 것도 어렵지 않았다.

하지만…….

"어이, 호위보다 너 자신은 어떤데?"

"힘이라는 것은 자기 완력만 말하는 게 아니다! 나는 그렇게 강하지 않지만, 그걸 보완해줄 재력과 신분을 지녔지. 나는 내가 가진 모든 것을 동원해 그녀를 지킬 거다. ……그것도 어엿한 내 힘이니까 말이야."

무슨 말을 하는 것인지는 이해했고, 동의할 수 있는 부분도 있었다. 실제로 지크는 이 정도 실력자를 찾아내서 호위로 고용할 능력은 지니고 있었다.

하지만…… 그것이 피아의 취향에 맞는지는 완전히 별개의 문제다.

"피아가 질색을 할 만하네."

"그렇지? 저기 말이야. 당신은 그런 의미에서 강할지도 모르지만, 나는 자기 힘으로 나를 지켜주는 사람이 좋아."

"그, 그럼 그 남자는 셰미피아 양을 지킬 수 있다는 거야?"

"응. 나를 지켜줄 거라고 믿어. 게다가 나는 그냥 보호받기만 하는 여자가 아니라는 걸 이해해줘. 네가 한 말을 빌리자면, 그는 나에게 있어 운명의 상대인 거야."

"이, 이런 평민 모험가가 말이야?"

"좋아, 그럼 이렇게 할까."

일편단심인 것은 좋지만, 그는 상대방의 사정을 개의치 않으며 피아만을 쳐다보고 있었다.

좀 더 알기 쉽고, 많은 증인들 앞에서 판가름이 되는 방법을 제안해야 할 것 같았다.

"저 두 호위는 상당한 실력자인 거지? 그리고, 모레 투무제에도 출전한다면서?"

"그래. 투무제에서 우승한 후, 셰미피아 양의 전속 호위로 삼을 거다. 투무제에서 우승한 남자가 지켜준다면, 그녀를 노리는 자도 확 줄겠지."

"그럼 나도 그 대회에 나가겠어. 그리고 저 두 명을 쓰러뜨리거나, 내가 우승한다면 두 번 다시 그녀에게 치근거리지 않겠다고 약속해.”

“뭐?!”

지크는 내 말을 듣고 놀랐고, 호위인 두 사람은 얕보였다고 생각하는 건지 살기를 뿜고 있었다.

내가 그 살기를 태연히 받아넘기면서 가볍게 살기를 뿜자, 호위들은 재미있다는 듯이 웃으면서 지크에게 그 제안을 받아들이라고 말했다.

“……좋아. 받아들이지. 하지만 도망친다면 이 세상 끝까지 쫓아가주겠어!”

“결정됐군. 그럼 우리는 접수처로 가보도록 할까.”

나와 피아는 지크의 대답도 듣지 않고 투기장을 향해 걸음을 옮겼다. 도중에 뒤를 돌아보니, 우리가 도망칠 거라고 생각한 듯한 지크 일행이 따라오고 있었다.

귀찮은 상대지만, 호위에게 시켜서 억지로 피아를 빼앗아 가려 하는 바보는 아닌 것 같았다.

“모처럼의 데이트 중인데 이렇게 되어서 미안해.”

“애초에 나 때문에 벌어진 일이잖아. 나를 위해 이렇게까지 해주는 너한테 다시 반했어. 저기, 오늘 밤에 네 방에 가도 돼? 아니, 갈 거야!”

감격한 피아를 달래면서 투기장으로 향한 나는 접수를 마쳤다. 그렇게, 나는 투무제에 참가하게 됐다.

내가 투무제에 나가기로 결심한 것은 지크를 납득시키기 위해서이기도 하지만, 실은 피아를 지킬 수 있는 남자라는 것을 증명하기 위해서다.

투무제에서 우승해 피아가 내 여자라는 것을 알리면, 그녀가 엘프라는 게 알려지더라도 표적이 될 가능성은 낮아질 것이다.

전 세계로부터 노려지는 엘프…… 피아와 함께 살아간다는 것은 바로 그런 의미다.

뭐, 이미 내 주위에는 매우 눈에 띄는 백랑을 비롯해, 엘프만큼은 아니지만 꽤나 희귀한 은랑족, 그리고 물의 정령이 보이는 성녀 님도 있다. 이제 와서 엘프가 한 명 늘어난들 딱히 문제될 것은 없다.

내가 지금까지 눈에 띄는 행동을 자제했던 것은 어린애라서 얕잡아 보는 녀석들과 시비가 붙는 것을 피하기 위해서였다. 하지만 이제 모험가가 되었으니 남들 눈에 띄는 것을 두려워할 이유가 없다.

게다가…… 제자들만 활약해서, 스승인 내가 얕보이는 것도 싫으니까 말이다.

학교에서 범했던 실수를 반복할 수는 없다.

"어머, 호쿠토잖아. 단둘이 있게 해줘서 고마워."

"멍!"

"앗?! 무, 물러나, 세미피아 양!"

그런 와중에 이제 데이트가 끝났다는 것을 이해한 호쿠토가 모습을 드러내자, 지크는 또 난리법석을 떨기 시작했다.

그 후, 지크와 헤어진 우리가 여관으로 돌아가 보니 저녁때가 되었다.

혹시나 싶어 『서치』로 조사를 해보니, 아무래도 다들 여관에 있었다. 우리가 가장 늦게 돌아온 것 같았다.

그리고 한나절 동안 쉬었으니 괜찮아졌을 에밀리아를 살펴보기 위해 그녀의 방에 들어간 순간, 가슴 쪽에서 충격이 가해졌다.

범인은 내 품에 뛰어든 에밀리아였으며, 상당한 힘을 실으며 내 품에 뛰어들었다. 그런 그녀는 킁킁거리며 내 냄새를 맡았다.

"……피아 씨의 냄새가 나기는 하지만, 아직 관계를 가지지는 않으셨나 보군요."

"할 말이 많기는 하지만, 일단 그걸 이해했으면 좀 떨어지지 않겠어?"

"…………"

"안 떨어질 거야?!"

아무리 설득을 해도 떨어지지 않았기에, 나는 이 자세 그대로 투무제에 참가하기로 했다는 사실과 그렇게 된 경위를 제자들에게 설명했다.

"옳은 판단이라고 생각해요. 시리우스 님이라면 우승은 틀림없으신 데다, 그렇게 되면 피아 씨도 당당하게 시리우스 님이나 저희와 돌아다닐 수 있을 테니까요."

"정열적인 사람이지만, 피아 씨의 마음을 좀 이해해줬으면 좋겠네."

"형님다워. 게다가 피아 누나만 후드를 쓰고 다니는 건 나도 싫거든. 가능한 한 협력할게."

"다들…… 고마워."

제자들의 상냥함을 접한 피아는 만면에 미소를 짓더니, 한 명씩 꼭 안아주면서 감사의 말을 전했다.

"이걸로 투무제의 우승과 준우승은 전부 우리 거네! 물론 우승은 형님이 하겠지만 말이야."

"방심하지는 마. 그 남자가 데려온 호위 두 명은 범상치 않은 것 같았거든."

"당연하지. 형님이 상대더라도, 나는 전력을 다할 거야!"

"그래. 네 모든 것을 나에게 쏟아내 봐."

가라프 마을을 꽤 돌아다녔지만, 지크가 데리고 있던 호위보다 강한 자는 보이지 않았다.

레우스의 벽이 될 상대라면 그 두 명 뿐이겠지만, 방심만 하지 않는다면 괜찮을 것이다.

"라이오르 할아버지와 싸웠던 상대, 그리고 할아버지의 라이벌이었던 검성의 아들이라. 누구와 싸우게 될지는 모르겠지만, 흥분되는걸!"

레우스에 관해 좀 신경 쓰이는 점이 있지만, 그것은 투무제에서 가르쳐주기로 했다.

※ ※ ※ ※ ※

그 후, 마을을 산책하거나 훈련을 하는 사이에 이틀이 지나갔고…… 드디어 가라프의 투무제가 시작됐다.

들은 이야기에 따르면, 이번 투무제에는 400명가량의 인원이 참가한 것 같았다.

커다란 투기장도 이렇게 많은 사람들을 수용할 방은 없었는지, 참가 선수의 대기실은 여덟 개로 나뉘어 있었고, 나와 레우스는 그중 하나에 있었다.

가볍게 둘러보니, 이 방 안에는 얼추 50명가량이 있었다.

나와 레우스는 다소 좁게 느껴지는 대기실 구석의 벽에 기댄 채 다른 선수들을 쳐다보았다.

대회에 참가한 동료와 이야기를 나누는 자.

살기를 뿜어서 주위 선수들을 위협하는 자.

긴장한 건지 필사적으로 숨을 가다듬고 있는 자.

하품을 하는 자……를 비롯해, 일부를 제외하고 다들 긴장한 것 같았다.

참고로 하품을 한 자는 내 옆에 있는 레우스다. 대기실에서는 훈련을 할 수 없어서 심심한 것 같았다.

"하암…… 저기, 형님. 아직 안 끝난 걸까?"

"글쎄. 제한시간도 있는 것 같으니까, 곧 다음 차례로 넘어가겠지."

참가인원이 많기 때문에 투무제 첫날은 예선만 치르고 끝나는 것 같았다.

예선은 배틀로얄 형식이며, 올해는 참가인원 문제로 50명이 한 시합장에서 같이 싸워서 그 안에서 살아남은 두 명이 본선에 진출하는 것 같았다.

그것을 여덟 번 반복하니, 본선에 진출하는 이는 총 열여섯 명이다.

참고로 한 시합에 참가하는 50명은 랜덤으로 정해지며, 나와 레우스에게 주어진 번호는 아직 호명되지 않았다. 시합을 보러 가도 되지만, 언제 호명될지 모르기 때문에 우리는 대기실에서 계속 기다리고 있었다.

현재 투기장에서는 예선 5시합이 치러지고 있지만, 끈질긴 선수가 있는지 시간이 더 걸릴 것 같았다.

"한가한 모양인가 본데, 준비는 완전히 마쳤어?"

"당연하지. 언제든 시합을 치를 수 있어."

일대일로 싸운다면 레우스는 우승 후보라 할 수 있을 것이다. 하지만 집단전에서는 어떤 일이 일어날지 모르니, 조심하는 편이 좋을 것이다.

레우스는 마물과 고블린 집단과 싸우는 데는 익숙하지만, 인간들과의 집단전은 경험이 적다. 그러니 준비만은 철저하게 하라고 말해뒀다.

"그런데 형님은 뭘 선택했어?"

"검과 나이프야. 레우스는 검이 부러지지 않도록 조심해."

"좀 걱정이 되기는 하지만, 어떻게든 해볼게."

투무제의 룰은 다양하며, 기본적으로 선수가 패배를 인정하거나 기절, 혹은 시합장 밖으로 떨어지면 승패가 갈린다.

무기는 자기가 준비한 것을 써도 되지만, 예선에서는 대기실에 있는 무기를 골라서 써야만 한다.

이 룰은 선수 본인의 자질을 파악하기 위한 것이며, 그 외에도 자신에게 맞는 좋은 무기를 고를 눈썰미도 시험하고 있는 것 같았다. 준비된 무기 중에는 무딘 무기도 몇 개나 있으며, 선수의 숫자에 비해 압도적으로 무기가 많았다.

마법을 써도 괜찮지만 상급 마법은 금지되어 있으며, 그걸 쓰면 바로 실격이다. 그 이전에 상급 마법은 영창에 시간이 걸리기 때문에 접근전이 주로 펼쳐지는 시합장에서 싸워야 하는 투무제에서 쓰기에는 적합하지 않다.

참고로 투무제에서는 상대를 죽여도 죄가 되지 않지만, 고의로 살인을 저지르거나 패배를 인정한 상대를 공격하면 바로 연행되어 처분을 받게 되는 것 같았다.

방어구 또한 비교적 자유로우며, 온몸을 완전히 뒤덮는 갑옷 이외에는 전부 허용되는 것 같았다.

일단 시합 전에 심판이 체크를 해서 판단을 내리는 것 같지만, 나와 레우스는 평소와 다름없는 장비를 쓰고 있으니 딱히 걸리지 않을 것이다.

대기실에서 호명될 때까지 기다리고 있는 선수들 때문에 긴장에 휩싸인 가운데, 느긋하게 무기와 방어구를 체크하는 우리 앞에 두 명의 남성이 나타났다.

"하하하, 꽤나 여유가 넘치는걸."

"그러네요. 뭐, 저희를 쓰러뜨리겠다고 선언을 했을 정도니 당연한 걸지도 모르지만 말이죠."

그들은 바로 지크의 호위였던 두 사람이다.

라이오르를 약간 줄인 듯한 체구에 대검을 맨 중년 남성, 그리고 나이와 겉모습이 나와 비슷해 보이는 청년이었다.

"형님, 혹시 이 두 사람이 예의 그 녀석들이야?"

"그래. 우리의 적이라 할 수 있는 건 바로 이 두 사람이겠지."

"입은 번지르르하네. 요즘 젊은 녀석들은 의욕이 넘치는걸."

"의욕에 걸맞은 실력을 지녔기를 빌죠."

중년 남성은 웃고 있었지만, 청년은 불쾌하다는 듯이 우리를 내려다보았다.

나는 이 대조적인 두 사람과 아직 자기소개를 하지 않았다는 것을 눈치챘다.

"그건 시합을 통해 확인하라고 말할 수밖에 없겠지. 아무튼 자기소개라도 해둘까? 나는 시리우스. 이 세상을 마음껏 돌아다니고 있는 모험가야."

"나는 이 사람…… 형님의 제자인 레우스라고 해."

"내 이름은 지킬이다. 지금은 호위지만, 원래는 모험가지."

"……베이올프입니다."

중년 남성…… 지킬은 마음 넓은 남자 같았고, 즐겁게 웃으면서 손을 내밀었다. 혹시 뭔가 수작을 꾸미고 있는가 싶어 경계했지만, 딱히 아무것도 없었기에 나는 악수를 나눴다.

한편, 말투가 정중한 청년…… 베이올프는 모난 성격인 건지 악수는 고사하고 이름만 밝혔다.

"저렇게 차가운 거야? 이 두 사람은 네 라이벌이 될지도 모르잖아."

"라이벌을 정하는 건 바로 저예요. 당신들이 얼마나 강한지는 모르겠지만, 내가 전력을 다하도록 최선을 다하세요."

베이올프는 귀찮다는 듯한 표정을 지으면서 다른 곳으로 가버렸다.

레우스는 그 태도를 보고 불쾌하다는 듯한 표정을 지었지만, 지킬이 쓴웃음을 지으면서 사과를 했기에 별말 하지 않았다.

"미안해. 평소에는 저렇게 차갑지 않은데, 저 녀석은 대검을 쓰는 상대를 싫어하거든. 그래서 저렇게 노골적인 태도를 취하는 거야."

"그게 무슨 소리야? 그러는 지킬 씨도 대검을 쓰잖아?"

"나는 그냥 지킬이라고 불러. 뭐, 나는 저 녀석과 싸워서 인정을 받았거든. 베이올프는 저래 봬도 탐욕적으로 힘을 추구하거든. 그래서 강자에게는 예를 지켜."

"검성의 자식이라 그런 거야?"

"오, 날카로운걸. 그래. 저 녀석은 위대한 아버지를 뛰어넘기 위해 필사적이거든. 젊다니깐……."

강검 라이오르에게는 미치지 못했지만, 검성 또한 유명한 검사다.

그런 위대한 부모를 뛰어넘기 위해, 베이올프는 강자를 찾아 여행을 다니고 있다. 하지만 며칠 전에 노잣돈이 바닥났기 때문에 지크의 호위를 맡기로 한 것 같았다.

호위가 투무제에 참가해도 되는지 의문이지만, 고용주인 지크는 참가해도 괜찮다고 말한 것 같았다. 피아에 관한 일에서는 짜증나게 행동하지만, 호위의 요청을 들어주는 관용은 가지고 있는 것 같았다.

"그런데, 검성의 자식이라는 걸 만난 지 얼마 안 된 우리에게 알려줘도 되는 거야?"

"본인도 숨기지 않는 데다, 강자가 찾아올지도 모르니 널리 퍼뜨려달라고 말하던걸? 개의치 말라고."

"강한 상대를 갈구하는 심정은 이해하지만, 대검을 싫어하는 건 대체 왜야?"

"나로서는 좀 복잡한 심정인데, 그건 라이오르 씨 탓이야."

검성은 강검 라이오르에게 지고 목숨을 잃었다.

검사가 전력을 다해 싸운 결과이기에 라이오르를 원망하지는 않지만, 가족의 목숨을 앗아간 상대이기에 나름 생각하는 바가 있는 것 같았다. 그래서 라이오르를 흉내 내며 대검을 휘두르는 녀석들을 싫어하는 것이다.

"딱히 누가 뭘 들고 다니든 그건 자유잖아? 나도 라이오르 씨를 동경해서 강해진 거라고."

"동경……."

"그래. 젊은 시절에 한 번 싸운 적이 있거든. 내 검은 종잇장처럼 잘려나가지, 뼈는 부러지지…… 정말 호되게 당하기는 했지만, 그래도 그 압도적인 힘에 반해버렸어."

그 변태 할아버지를 동경한다…….

라이오르의 본성을 아는 사람으로서, 지킬과 할아버지를 만나게 해선 안 될 것 같은 느낌이 들었다.

그런 지킬이 과거를 회상하면서 이야기를 시작했을 때, 투무제 스태프가 대기실에 들어와서 번호를 부르기 시작했다.

약 50명가량의 번호를 부른 스태프가 대기실에서 나간 후, 지킬은 손을 들어 올리면서 뒤돌아섰다.

"나는 호명됐지만, 너희는 아직인 것 같은걸. 뭐, 금방 끝내고 돌아오기로 할까."

"여유가 넘치네."

"흥, 그건 내가 할 말이야. 우리 앞에서 태연하기 그지없는 걸 보면, 너희도 꽤나 강할 것 같은걸."

"형님은 최강이라고!"

"하하하! 아무튼 본선에서 기다리겠어. 그 고용주는 개의치 말고, 우리는 싸움을 즐기자고."

지킬은 즐거운 듯한 어조로 그렇게 말하면서 대기실을 빠져나갔다.

방금 호명된 집단이 여섯 번째이니, 우리 차례도 곧 찾아올 것이다.

"형님, 저기 좀 봐. 베이올프라는 녀석도 아직 차례가 안 된 것 같아. 저 녀석은 잘 모르겠지만, 저 지킬이라는 아저씨는 꽤 마음에 드네."

"상식을 가지게 된 라이오르 할아버지 같네. 어느 쪽과 싸우게 될지는 모르겠지만, 마음 단단히 먹고 싸워야겠는걸."

"응. 피아 누나를 위해서라도 질 수는 없어."

뭐, 레우스는 상대를 얕보며 방심하는 남자가 아니니까, 괜히 걱정을 하는 것도 실례일지도 모른다.

때때로는 나도 자기 일에만 집중하도록 할까.

잠시 후, 다음 선수를 호명하기 위해 스태프가 왔다.

아까와 마찬가지로 차례차례 번호가 호명되는 가운데, 드디어 레우스가 번호가 불렸다.

"드디어 내 차례구나! 오, 저 녀석도 불린 것 같네."

고개를 돌려보니, 몸을 일으킨 베이올프가 장검을 한 손에 쥐며 대기실을 나서고 있었다.

참고로 나는 호명되지 않았지만, 레우스의 시합을 보기 위해 대기실을 나섰다. 내가 마지막 시합이라는 게 판명됐으니, 여기 있을 이유가 없는 것이다.

"그럼 형님, 갔다 올게."

"힘내."

레우스와 헤어진 나는 참가 선수와 스태프만이 지나다닐 수 있는 통로를 따라 이동하여, 시합장이 보이는 장소로 향했다.

보아하니 엘리시온에 있던 투기장과 비슷한 구조지만, 본고장이라 그런지 멋진 돌기둥과 석상이 곳곳에 있을 뿐만 아니라 크기도 차이가 났다. 확실히 이 넓이라면 50명이 한꺼번에 싸워도 문제가 없을 것이다.

관객석을 쳐다보니 귀족 전용 구역인 듯한 곳이 비어 있었지만, 일반구역은 사람들로 가득 차 있었다. 내 일행을 찾는 것은 어려울 것 같았지만, 세 사람 곁에 호쿠토가 있었기 때문에 금세 찾을 수 있었다.

원래 종마는 관객석에 들어갈 수 없지만, 저 자리는 지크가 피아를 위해 준비한 귀족용 좌석이며, 개인실 같은 곳이기 때문에 호쿠토도 들어갈 수 있었다.

우리가 시합을 치르는 동안에 지크가 피아에게 허튼 짓을 할지도 모른다고 생각했지만, 투무제가 끝날 때까지는 아무 짓도 하지 않겠다고 말한 그는 다른 자리에 앉아 있었다. 자기가 한 말은 지키는 녀석 같았다.

저곳이라면 사람들이 함부로 다가갈 수 없을 테고, 좁은 바닥에 앉아 있는 호쿠토가 그녀들을 지켜줄 테니 안심해도 될 것이다.

세 사람은 즐겁게 담소를 나누면서 레우스를 응원하고 있었지만, 에밀리아가 나를 발견하더니 손을 흔들었다. 용케도 나를 발견한 것 같기는 하지만, 지금은 동생인 레우스를 응원하라고.

"형님~! 잘 봐!"

……내가 그런 생각을 하고 있을 때, 레우스도 나를 향해 손을 흔들었다.

더는 아무 말도 하지 않기로 했다.

그리고 시합 시작을 알리는 징 소리 같은 것이 울려 퍼지더니, 레우스의 예선이 시작됐다.

시합장에 선 50명이 동시에 움직이기 시작하더니, 다양한 선수들의 싸움이 곳곳에서 펼쳐졌다.

떨어진 곳에서 관전을 하니, 각 선수들의 차이점이 한눈에 들어왔다. 이 시합 한정으로 팀을 짜서 숫자를 줄이려는 녀석도 있었고, 난전을 피해 도망 다니는 비겁한 녀석도 있었다. 하지만 그것도 시합에서 이기기 위한 방식이다.

그런 와중에 레우스는 무기를 치켜든 채, 꼼짝도 하지 않으며 주위를 경계하고 있었다. 난전 때는 주위를 경계하면서 다가오는 녀석들에게 대응하라고 내가 가르쳤던 것이다.

지금의 레우스라면 포위를 당해도 대처할 수 있을 거라고 생각하고 있을 때, 수상한 녀석들을 발견했다.

누구와 싸우든 자유지만, 레우스를 노리는 선수가 다섯 명이나 있었던 것이다.

우연일지도 모르지만, 꽤 떨어진 곳에서 다른 선수를 무시하며 레우스에게 다가가는 것을 보면 그를 노리는 것이 명백했다.

시합장에 선 50명은 랜덤으로 뽑혔으니, 우연히 모든 동료가 이 시합에 배정되어서 강자인 레우스를 노렸다……고 생각할 수도 있다. 하지만 라이오르 할아버지를 동경해 대검을 쥔 선수가 많으며, 게다가 아드로드 대륙에서는 레우스의 이름이 아직 알려지지 않았다.

은랑족이라 특별히 위험시되고 있지는 않으니 표적이 될 가능성은 적다고 생각하지만…… 그중 두 명을 보고 어떻게 된 것인지 이해했다.

"그 녀석들을 무시하니까 이렇게 되는 거야!"

"자아, 빨리 탈락하라고!"

그들은 우리가 가라프에 처음 도착했을 때, 카치아를 때리려 했던 모험가다.

즉…… 그렇게 된 건가? 레우스를 노리는 것은 바람의 곶 여관에 숙박하면 투무제에서 이기지 못한다는 소문을 현실화시키려고 하는 걸까?

그렇게 생각하니, 희미하게 들리는 고함 소리와 행동이 납득됐다. 다른 두 명은 동료가 아니지만, 같은 여관에 묵고 있는 모험가 같았다.

아마 여관 경영자에게 돈을 받고, 우선적으로 레우스를 노리라는 지시에 따르고 있을 것이다.

하아…… 여관을 옮기지 않았다고, 이런 한심한 짓을 벌일 줄이야.

난전에서 즉흥적으로 손을 잡는 것은 드문 일이 아니고, 세 보여서 노렸다고 둘러대면 될 테니 명확한 증거는 없다.

모험가도 일시적으로 손을 잡고 다른 선수를 줄이는 게 나쁜 생각은 아니라고 여긴 거겠지만…… 그들은 치명적인 실수를 범했다.

그것은 바로…….

"우랴아아아압──!"

""끄아아아아아악──?!""

레우스의 실력을 몰랐다는 점이다.

애용하는 대검에 비하면 작지만, 레우스가 휘두른 대검에 휘말린 선수들은 한꺼번에 튕겨져 날아갔다.

첫 번째 공격으로 두 명을 날려버리고, 두 번째 공격으로 남은 셋을 장외로 튕겨내는 광경을 목격한 관객들은 얼이 나간 표정으로 레우스를 쳐다보고 있었다.

"왜 그래? 빨리 덤벼!"

"히익?!"

실력 차이를 눈치챈 다른 선수들은 비명을 지르면서 도망치려 했지만, 상대가 덤비지 않을 거라는 사실을 눈치챈 레우스는 앞으로 나서면서 공격을 펼쳤다.

그리고 강검의 재림이라 외치는 관객들에게 답하듯, 레우스는 차례차례 선수들을 날려버렸다.

"이걸로 열 명째! 다음은…… 윽?!"

순조롭게 선수들을 쓰러뜨리던 레우스는 갑자기 쥐고 있던 검으로 방어 태세를 취했다. 그 순간, 레우스의 검에서 격렬한 충격음이 울려 퍼지더니 검을 휘두른 베이올프의 모습이 그의 눈에 들어왔다.

"흐음…… 이걸 막아낸 건가요."

"별거 아니네. 하지만 기습은 좀 너무한 거 아냐?"

"시험을 해봤을 뿐입니다. 그럼 이건 어떻죠?"

베이올프가 휘두른 검은 칼날이 흐릿하게 보일 정도로 빨랐다. 마치 검이 두 자루인 것처럼 보였다.

하지만 레우스는 검을 휘두르며 펼친 일격과 그어 올리며 펼친 일격으로 그 공격을 튕겨낸 후, 베이올프의 정수리를 향해 다시 검을 그어 내렸다.

"아닛?!"

정통으로 맞으면 죽을 수도 있는 공격이 날아오자, 베이올프는 전력을 다해 지면을 박차며 공격을 피하기 위해 거리를 벌렸다.

"역시 피했구나. 남을 시험하려 드니까 방심하는 거야."

"아무래도 실례를 범한 것 같군요. 이번에는 더욱 전력을 다해볼까요."

"좋아. 다음에는 맞추고 말겠어!"

베이올프가 펼친 공격은 아까보다 더욱 빨랐고, 검 네 개가 동시에 공격을 펼치는 것처럼 보였다.

하지만 레우스는 동시에 다수의 공격을 펼치는 강파일도류의 기술, 참파(斬破)로 그 모든 공격을 쳐냈다.

하지만 베이올프는 공세를 멈추지 않았으며, 속도를 더욱 끌어올리면서 검을 휘둘렀다. 하지만 레우스 또한 검과 미스릴제 토시로 전부 막아냈다.

그런 응수가 스무 합 정도 계속되더니, 서로의 검이 크게 튕겨난 후에야 움직임을 멈췄다.

"꽤 하네. 형님 이외에 이렇게 검을 빠르게 휘두르는 녀석은 처음 봐."

"그러는 당신도 하찮은 놈들과 다르게 진짜배기인 것 같군요. 마음에 들었어요."

서로의 실력을 확인하고 즐겁게 웃고 있을 때, 두 사람이 빈틈을 보였다고 생각한 듯한 다른 선수들이 그들을 등 뒤에서 덮쳤다.

"하지만 이 무기로 더 싸우는 건 무리겠어."

"동감입니다."

두 사람은 뒤를 돌아보며 검을 휘두르더니, 기습을 펼친 선수들을 간단히 쓰러뜨리고 나서 다시 서로를 향해 돌아섰다.

"그럼 본선에서 제대로 싸워보자."

"좋아요. 그럼 방해꾼들을 퇴장시키도록 할까요."

예선용 무기로는 서로가 전력을 발휘할 수 없다는 사실을 눈치챈 것 같았다.

그 후, 두 사람은 서로에게 간섭을 하지 않기로 하며 남은 선수들과 싸웠…… 아니, 유린했다.

아까와 마찬가지로 레우스가 검을 휘두를 때마다 선수들은 날아가서 기절 혹은 시합장 밖으로 떨어졌다. 그리고 베이올프가 검을 휘두를 때마다 상대는 기절하거나 무기가 잘려서 전투불능 상태가 됐다.

레우스가 힘이라면, 베이올프는 기술에 입각해 싸우고 있었다.

두 사람이 차원이 다른 싸움을 펼치자, 관객들의 환성 또한 점점 커졌다.

그리고 두 사람 이외의 선수가 전부 실격되자, 또 징 소리가 울려 퍼지며 시합이 종료됐다.

『본선 출장자는…… 레우스 선수와 베이올프 선수로 결정됐습니다.』

목소리를 넓은 범위에 전하는 바람 마법『에코』에 의한 아나운스로, 본선 출장자가 발표됐다.

참고로 본선에서는 항상 아나운스가 된다고 하지만, 예선에서는 최소한의 아나운스만 이뤄지는 것 같았다.

관객석에서 터져 나온 박수에 레우스는 양손을 흔들며 답했지만, 베이올프는 대충 손을 흔들면서도 사냥감을 발견한 듯한 눈길로 레우스를 계속 쳐다보았다.

"형님! 해냈어!"

하지만…… 그런 베이올프를 눈치채지 못한 레우스는 나를 향해 힘차게 손을 흔들면서 그렇게 말했다.

나는 마음속으로 한숨을 내쉬면서 베이올프에게 관심이 없어 보이는 레우스를 향해 손을 흔들어줬다.

그리고 대기실로 돌아가 보니, 마침 남은 선수들이 호명되고 있었다.

그리고 내 번호가 불리자, 나는 다른 선수들과 함께 시합장으로 향했다.

『곧 이어 오늘 마지막 예선을 시작하겠습니다. 선수 여러분은 시합장에 정렬해주십시오.』

각 선수의 초기 위치는 어느 정도 정해져 있다. 이것 또한 인원수에 따라 달라지지만, 이번에는 시합장 가장자리에 선수들이 원을 그리듯 둘러서게 되어 있었다.

우연히 내 위치는 에밀리아 일행의 앞이었기에, 등 뒤에서 그녀들의 목소리가 들려왔다.

"시리우스 님~!"

"히, 힘내!"

"멋진 모습을 보여줘!"

내가 그녀들을 향해 손을 흔들어주자, 좌우에 서 있던 선수들이 살기를 뿜었다. 아무래도 나는 그들의 표적이 될 것 같았다.

좌우에서 협공을 당하면 성가시겠다고 생각하며 쓴웃음을 짓고 있을 때, 시합 시작을 알리는 징 소리가 울려 퍼졌다.

"우선 네놈부터 해치워주마!"

"팔을 부러뜨리겠어!"

성가시지만…… 표적이 되었다는 사실을 알기에 얼마든지 대처할 수 있었다.

예상대로 시합이 시작되자마자 좌우의 선수가 공격을 해왔지만, 나는 그 둘의 팔을 한 손으로 잡은 후, 합기도의 요령으로 장외로 던져버렸다.

"'어?'"

얼이 나간 표정을 짓고 있던 두 사람은 포물선을 그리면서 허공을 가르더니, 장외로 낙하해서 그대로 실격 처리됐다.

"저 녀석 맞지?"

"빨리 처리하자."

그리고 레우스 때와 마찬가지로 다른 선수들을 무시하며 나에게 곧장 달려드는 선수가 세 명 정도 있었다. 아무래도 레우스를 집단으로 덮쳤던 녀석들의 동료 같았다.

"잡았다……."

"그렇게 무기를 높이 치켜들면 안 될 텐데?"

나는 가장 가까운 곳에 있던 상대가 무기를 휘두르기 직전에 몸을 낮추면서 그대로 상대의 품속에 파고들었다.

상대는 놀라면서도 어떻게든 무기로 나를 가격하려 했지만, 나는 상대의 발을 걸어찼다. 그러자 눈앞의 선수는 앞으로 나아가던 움직임을 멈추지 못하면서 그대로 공중에서 몸을 회전시켰다.

나는 그대로 균형을 잡은 후, 무방비한 상태로 공중에 있는 상대를 향해 돌려차기를 날려서 장외로 말려버렸다.

내가 발차기를 날린 순간에 남은 두 명이 내 눈앞까지 접근했으며, 내가 고개를 그쪽으로 돌리자마자 한 선수가 검을 휘두르려 했다.

하지만 나는 당황하지 않았다. 차분하게 몸을 비틀어서 검을 피하는 것과 동시에, 상대의 팔을 잡고 그대로 뒤편으로 잡아당겼다.

내 뜻밖의 행동에 대응하지 못한 선수는 그대로 균형을 잃으면서 장외로 낙하했다.

"이, 이 자식이……!"

"너는 너무 상대방만 쳐다봐."

앞선 두 명보다 움직임이 날카롭기는 하지만, 공격에 너무 집중하고 있어서 빈틈이 많았다. 그러니 무기를 쥐고 있는 손을 걸어차자, 상대가 놓친 검이 그대로 뒤편으로 날아갔다.

그리고 그 남자가 반사적으로 검을 쳐다본 사이, 그의 등 뒤로 이동한 나는 상대의 목에 손을 둘러서 그대로 졸랐다.

"자아, 질문을 해볼까. 왜 나를 노린 거지? 도저히 우연 같지 않은데 말이야."

"시끄러워! 빨리 놔…… 끄윽?!"

"대답하지 않으면 더 고통을 맛보게 될걸? 아픈 게 싫으면 대답해."

"큭…… 바람의 곳 여관에 묵는 너희를 노리라고…… 가게 주인이 부탁했어. 동화 한 닢으로……."

"어느 가게지? 대답해."

"……커억?! 여, 영광의…… 길……이야."

"수고했어. 이제 자도 돼."

동화 한 닢짜리 일이라 그런지 순순히 실토했다.

아무래도 구두약속을 했을 뿐인 것 같으며, 예선에서 나나 레우스와 싸우게 되면 우선적으로 노리라는 부탁을 받은 것 같았다.

참고로 방금 언급된 영광의 길이란, 우리가 묵고 있는 바람의 곳 여관의 손님을 빼앗아간 여관의 이름이다. 바람의 곳 여관의 영업을 방해하는 게 틀림없어 보이지만, 불평을 해봤자 명확한 증거가 없으니 잡아떼면 그만이다.

내버려 둘 생각이었지만, 우리에게 간섭을 한 이상, 영광의 길 여관은 우리의 적이 되었다. 나중에 대가를 치르게 해줘야겠다.

방침이 결정되었으니 이제 이 녀석은 쓸모없다. 나는 팔에 힘을 줘서 의식을 빼앗은 후, 방해가 되지 않도록 장외로 던져버렸다.

그 남자가 장외로 떨어지는 것은 확인하고 돌아보니, 아까 전의 녀석들과는 관계가 없어 보이는 선수가 나에게 덤벼들었다.

"잡았…… 어엇?!"

빈틈투성이인 것처럼 보인다고, 시합장 가장자리에 있는 상대에게 그렇게 다짜고짜 달려들면 안 되지.

나는 들고 있던 검으로 상대가 휘두른 무기를 흘려낸 후, 그대로 상대의 발을 걷어찼다. 그러자 아까 전의 선수와 마찬가지로 포물선을 그리며 장외에 낙하했다. 아까 떨어진 선수 위에 떨어진 건지, 등 뒤에서 공기가 새어 나오는 듯한 신음소리가 들려왔지만 개의치 않았다.

그 후에도 여러 선수가 나에게 덤볐지만, 나는 상대방의 공격을 전부 흘려내면서 장외로 보내줬다. 그러다 보니, 나를 포함해 총 네 명의 선수만이 남았다.

시합장 중심에서 격렬하게 검술을 겨루고 있는 두 선수를 쳐다보고 있을 때, 남은 선수가 나를 향해 손을 내밀고 있다는 것을 눈치챘다.

"꼼짝도 하지 않을 거라면, 억지로라도 움직이게 만들어주지!"

내가 선수들을 장외로 떨어뜨리는 광경을 본 건지, 그 상대는 접근전이 아니라 마법을 통해 원거리에서 나를 공격하려 했다.

상대가 초급 마법 『플레임』을 사용하자, 나는 지탄(指彈)을 날리는 요령으로 『임팩트』를 써서 바로 상쇄시켰다.

"……어라?"

"자기 공격이 요격 당했다고 긴장을 풀면 안 되지."

나는 빈틈을 보인 상대의 안면에 『임팩트』를 날려서 그대로 기절시켰다.

이것으로 남은 건 현재 한창 싸우고 있는 두 사람이지만, 나를 노리지 않으니 그냥 기다리기만 하면 될 것 같았다.

남은 두 선수 중 한 명은 대검을 휘두르는 거한이며, 다른 한 명은 머리카락 전체를 감추듯 천을 머리에 두르고 얼굴을 가면으로 가린 청년이었다. 얼굴이 보이지 않지만, 움직임을 보아하니 남자라는 사실을 바로 알 수 있었다.

"……기술이 대단한걸."

아까부터 거한이 힘에 의존해 휘두르는 대검을, 청년은 장검으로 흘려내고 있었다. 그 광경을 보다보니, 나는 저 청년에게 흥미가 생겼다.

솔직히 말해, 저 청년은 레우스보다 약할 것이다.

하지만 상대의 공격을 흘려내는 기술은 그야말로 대단했다. 힘으로는 완전히 뒤지고 있는데도, 그 차이를 메우고도 남을 기술에서 가능성이 느껴졌다.

누가 이기든 내가 본선에 출전하는 것은 변함없지만…… 그가 예선에서 떨어지게 두는 것은 아쉬웠다.

"큭?!"

"꽤 성가셨지만, 이걸로 끝이다!"

운이 나쁘게도, 그 청년은 다른 선수가 떨어뜨린 무기에 발이 걸려 넘어질 뻔했다. 어찌 어찌 균형을 잡기는 했지만, 거한은 그 틈을 놓치지 않겠다는 듯이 최후의 일격을 날리기 위해 검을 치켜들었다.

바로 균형을 잡았다면 흘려보낼 수 있었겠지만, 동요한 청년은 상대와 정면승부를 벌이기 시작했다. 아직 미숙한 면이 있지만, 끝까지 포기하지 않는 점은 나쁘지 않았다.

힘에서 밀리는 청년은 압도적으로 불리한 상황에 처했다.

이대로 계속 정면승부를 벌였다간 청년이 패배할 거라고 누구나 생각한 바로 그때……

"내가 이겼…… 윽?!"

"앗?! 지금이다!"

거한은 옆쪽에서 날아온 무언가에 충격을 받은 탓에 자세가 무너졌고, 휘두른 대검 또한 청년의 어깨를 스치기만 했다.

그에 반해 청년의 검은 상대를 정확하게 포착했으며, 얼굴의 옆면에 검으로 타격을 가해서 상대방의 의식을 빼앗았다.

『본선 출전자는…… 시리우스 선수와 콘 선수로 결정됐습니다.』

관객의 환성 속에서 시합 종료의 징과 아나운스가 들려오자, 나는 조용히 한숨을 내쉬었다. 레우스 때에 비해 환성이 작기는 했지만, 관객들을 즐겁게 해주는 데는 성공한 것 같았다.

쓰러진 선수들이 치료를 받기 위해 옮겨지는 광경을 보고 있을 때, 나와 함께 마지막까지 남은 청년……이 다가왔다.

시합이 끝나고도 가면을 벗지 않는 것을 보면, 저것은 방어구가 아니라 자신의 정체를 감추기 위한 것일지도 모른다. 좀 수상한 청년이지만, 내 앞에 선 그는 공손한 태도로 감사의 뜻을 표했다.

"시리우스 씨……죠? 본선 출전 축하드립니다. 그리고, 감사합니다."

"아, 너도 축하해. 그런데 왜 나한테 감사하는 건데?"

"아까 당신이 도와주지 않았다면 저는 졌을 테니까요."

눈치를 챘던 건가?

아까…… 나는 거한을 향해 몰래 『임팩트』를 날렸다.

최대한 작게 만들어서 날렸기 때문에 마력 반응도 없었으니, 코앞에서 보지 않는다면 눈치채지 못할 거라고 생각했다. 하지만 이 청년은 꽤나 감이 날카로운 것 같았다.

"왜 내가 도왔다고 생각하는 건데?"

"그 상황에서 상대가 공격을 실수할 리가 없고, 움직임이 부자연스러웠어요. 즉, 근처에 있던 당신이 뭔가를 한 게 분명하다고 생각했죠."

"……괜한 짓을 했다면 사과할게. 나는 단둘만의 대결에 찬물을 끼얹은 거나 다름없으니까 말이야."

"아뇨. 이 시합은 일대일로 펼치는 게 아니니, 개의치 마세요."

이야기를 듣자하니, 저 거한에게는 동료가 있어서 처음에는 두 명을 동시에 상대했어야 했다고 한다.

그래도 어찌 어찌 한 명은 쓰러뜨렸지만, 피로가 쌓여서 공격을 흘려내는 것만으로도 벅찬 상황이었다고 한다.

"덕분에 더 강한 상대와 싸울 수 있게 되었어요. 게다가…… 실은 노잣돈이 없어서 고생하던 참이거든요. 덕분에 살았습니다."

본선에 진출하면 상금을 받을 수 있다고 한다. 참고로 예선에서 지면 한 푼도 못 받지만, 상처 치료 정도는 해주는 것 같았다.

그건 그렇고, 매끄러운 검술, 그리고 정체를 감추는 가면 등을 볼 때 뭔가 사연이 있는 청년 같지만…… 초면에 그런 것을 캐묻는다면 실례일 것이다.

"나도 변덕을 좀 부린 것뿐이니까 신경 쓰지 말아줬으면 좋겠어. 그럼 내일 본선에서도 힘내자."

"예. 그럼 이만 실례하죠."

공손히 인사를 한 청년은 상큼한 미소를 지으며 시합장에서 사라졌다.

저 청년의 정체가 신경 쓰이기는 하지만, 동료들이 기다리고 있을 테니 나도 돌아가야겠다.

무사히 예선을 돌파한 이들은 투무제 스태프에게서 본선 출전에 관한 설명을 듣고 해산했다.

내일부터의 대략적인 흐름을 설명하자면, 지정된 시간에 예선을 돌파한 열여섯 명이 투기장에 모여서 대진표를 짠 후 그대로 본선을 진행하는 것 같았다.

오늘 대진을 짜도 괜찮을 것 같지만, 과거에 대전 상대를 암습하는 자가 있었기 때문에 당일에 대진을 짜도록 룰이 바뀌었다고 한다.

예선에서 진 선수로부터 격려와 질투에 찬 시선을 받으면서 내가 레우스와 함께 투기장을 나서자, 우리를 기다리고 있던 여성들에게 환대를 받았다.

"시리우스 님, 축하드려요. 레우스도, 잘 싸웠어."

"상대가 많아서 좀 걱정했지만, 다치지 않아서 다행이야."

"헤헷, 당연하잖아. 그 어떤 상대라도 형님과 나라면 식은 죽 먹기야!"

"그래. 숫자가 많더라도 방심만 하지 않으면 어떻게든 돼."

"그렇구나. 하긴, 너희의 움직임은 다른 사람들보다 훨씬 뛰어났어. 아무래도 우승을 기대해도 될 것 같네."

오늘 시합을 돌이켜보며 여관으로 향하고 있을 때, 내 팔을 안고 있던 피아가 나에게 질문을 던졌다.

"저기, 시리우스는 왜 시합장 가장자리에 쭉 있었던 거야? 게다가 마법도 거의 안 썼지?"

"내가 속한 조는 강자가 몇 안 됐거든. 그래서 훈련을 겸해 나한테 제한을 두면서 싸운 거야."

시합장 가장자리에서는 장외패를 할 위험이 크지만, 등 뒤에서 공격을 당할 걱정을 하지 않아도 된다는 이점이 있다. 일종의 배수진인 것이다.

난전에서 조심해야 하는 것은 바로 포위당하는 것이니까 말이다.

쉴 새 없이 움직인다는 방법도 있지만, 체력 소모가 격렬하다. 그래서 나는 내일 본선에 대비해 체력을 아끼며 싸운 것이다.

피아는 내 설명을 듣고 납득했지만, 에밀리아는 약간 의문을 느끼고 있는 것 같았다.

"하지만 시리우스 님은 오늘 평소보다 차분하게 싸우시지 않았나요? 딱히 강하지는 않더라도 전부 적이니까, 안전을 생각해 마법을 주로 사용하실 거라고 생각했어요."

"맞아. 형님은 할 때는 하는 남자니까, 마법으로 단숨에 다른 녀석들을 전부 날려버릴 거라고 생각했어."

아무래도 두 사람은 엘리시온에서 나와 학교장과 펼쳤던 대결을 떠올리고 있는 것 같았다.

그때는 학교장과 전력으로 싸우고 싶어서 전력을 다했으니, 제자들이 보기에 오늘 내가 펼친 싸움은 밋밋해 보였을 것이다.

"예선을 돌파한 것만으로도 충분히 눈에 띄겠지만, 그래도 내 실력을 가능한 한 드러내지 않으면서 싸울 생각이었어."

"우승을 노릴 거면 화끈하게 싸우는 편이 낫지 않아?"

"혹시 상대를 방심시키려는 작전인 거야?"

"그렇기도 한데, 본선 정도 되면 시합 결과를 가지고 도박도 하지 않겠어?"

예선에서는 하지 않았지만, 본선에서는 공식적으로 도박이 벌어진다고 한다.

강하다고 여겨지는 상대와 약하다고 여겨지는 상대가 싸우게 됐을 때, 누구에게 걸 것인가…… 그야 뻔했다.

하지만 부정행위나 다름없는 짓이기에 제자들은 내 말을 듣고 미묘한 표정을 지었다.

"시합에서는 무슨 일이 일어날지 모르고, 우승을 못 할 가능성도 생각해서 가능한 한 돈을 벌어두고 싶어. 게다가…… 지금은 여유가 있더라도, 이렇게 여행을 하다 보면 주머니 사정이 나빠질 수도 있잖아. 그렇게 되면 과자도 만들 수 없을지도……."

"""내일, 전 재산을 걸죠!"""

과거에 비슷한 이야기를 나눈 적이 있는 것 같은 느낌도 드는데, 아무튼 제자들은 납득한 것 같았다.

나 스스로도 쪼잔한 짓이라는 생각이 들지만, 나는 이 파티의 재산을 관리하고 있다. 성인군자도 아니고, 피아도 동료가 되었으니 돈을 벌 수 있을 때 최대한 벌어두고 싶다.

"당연히 나도 시리우스에게 걸게. 이기면 너희에게 한턱 쏘겠어."

"피아 누나, 정말이야? 그럼 나는 고기가 먹고 싶어!"

"그럼 호의를 감사히 받아들이도록 할까요. 고기도 좋지만, 채소도 먹어야 할 텐데…… 고민이 되네요."

"뭘 먹을까? 맛있는 걸 실컷 먹을 수 있는 가게가 없는지 나중에 카치아 양에게 물어봐야지."

다들 사양을 하지 않는 것을 보면 꽤 친해진 것 같았다.

겨우 며칠 만에 모두의 언니누나 같은 역할을 손에 넣은 피아가, 나는 믿음직했다.

"먹는 것 말고 다른 것도 괜찮아. 너무 비싸면 무리지만 말이야. 액세서리 같은 건 어때?"

"나는 먹을 게 좋아."

"마찬가지야."

"액세서리는 시리우스 님에게 받은 걸로 충분하니까요."

"시리우스······."

"아니, 뭐····· 순수하고 착한 아이들이지?"

피아는 물욕이 없는 제자들을 보고 복잡한 표정을 지었다.

나쁘지는 않지만, 그래도 좀 쓸쓸하네······ 하고 말하는 듯한 피아의 시선에, 나는 동의한다는 듯이 고개를 끄덕였다.

그날 밤, 나는 변장을 하고 가라프 마을을 걷고 있었다.

손님을 받는 매춘부처럼 밤일을 하는 사람들에게 들키지 않도록 기척을 죽인 채 이동을 한 나는 어느 여관을 찾았다.

『영광의 길』······ 그곳은 투무제 예선에서 나와 레우스를 탈락시키려고 한 녀석들의 입에서 나온 여관이다.

바람의 곳 여관보다 크고 호화로운 건물인데도 숙박비가 양심적이기 때문에 최근 인기를 얻기 시작한 곳이지만, 내가 나름대로 조사를 해보니 이곳에는 검은 소문이 꽤 나오고 있었다.

잘 숨기고 있지만, 몰래 나쁜 짓을 벌이고 있는 것 같았다.

바람의 곳 여관에 영업방해를 한 것도 그중 하나이며, 그곳의 경영권을 빼앗아서 지점을 차릴 심산인 것 같았다. 돈을 벌고 싶은 것은 물론이고, 자신의 가게를 더욱 확장시키고 싶다는 욕망에 사로잡혀 있는 것 같았다.

비겁하지만····· 그것 또한 상인의 싸움이다.

제자들에게도 말했다시피, 상인들 간의 싸움에 일개 모험가인 내가 개입할 생각은 없었지만······.

"······충고만 했다면, 나도 나서지 않았을 텐데 말이야."

피해를 입은 것은 아니지만, 나는 예선에서 방해를 당해 기분이 불쾌해졌다.

그런 생각이 든 나는 아무에게도 들키지 않게 작업을 마친 후, 바람의 곳 여관으로 돌아갔다.

다음 날, 아침 식사를 마치고 투기장으로 향하던 우리는 어느 여관에 이 마을 경비대가 쳐들어가는 광경을 목격했다.

"어라, 무슨 일이지? 사람들이 꽤나 몰려 있는데……."

"어, 저기 좀 봐. 누가 잡혀가잖아."

"풍채가 좋은 걸 보면, 저 여관의 주인 아닐까요?"

"아까 세실 씨에게 들었는데, 어떤 여관의 부정행위와 횡령에 대한 증거서류가 이 마을의 영주에게 전달되어서 소동이 일어난 것 같아. 아무래도 저 여관 같네."

"즉, 나쁜 짓을 했다는 거네? 그럼 저렇게 되는 게 당연하다고. 형님, 안 그래?"

"그래. 자기 주제를 모르며 행동하니까 저렇게 되는 거야."

이날, 가라프에 존재하던 여관 하나가 사라졌다.

그런 사소한 문제가 벌어진 가운데, 우리는 투기장으로 향했다.

《투무제 본선》

투무제 2일차 아침.

나와 레우스를 비롯해, 본선에 진출한 열여섯 명이 시합장에 줄지어 서 있었다.

이제부터 토너먼트 추첨이 시작되는데, 먼저 투무제 진행을 관리하고 있는 자가 룰을 다시 설명했다.

대전 상대가 패배를 인정하거나, 상대를 장외에 떨어뜨리면 이기며, 고의로 죽이면 패배라는 점은 예선과 동일했다.

크게 다른 점은 각자가 평소 사용하는 무기로 싸울 수 있다는 점이다.

집단전에서 살아남을 수 없는 선수, 그리고 뛰어난 무기에 의존하는 선수는 이미 사라졌으니, 이 자리에 서 있는 선수는 진정한 강자일 것이다.

그런 이들 중에서도…… 레우스는 유난히 주목을 받고 있었다.

예선에서의 펼쳤던 싸움뿐만 아니라, 레우스의 무기가 거대한 대검이기 때문이다.

"어이. 저건 강검을 흉내 내는 걸까?"

"어제 휘두르던 검보다 몇 배는 더 크지 않아? 진짜로 저걸 쓸 수 있는 걸까?"

"아무리 강검을 동경하더라도…… 저렇게까지 흉내를 낼 필요는 없을 텐데 말이야."

관객석에서는 어이없어하는 목소리가 들려왔지만, 레우스는 묵묵히 준비체조를 하면서 추첨이 시작되기만 기다리고 있었다.

지나치게 긴장하지 않은 채 자기 컨디션을 자연스럽게 유지하고 있는 레우스를 보고 감탄하고 있을 때, 조금 떨어진 곳에 있던 지킬이 웃으면서 내 곁으로 다가왔다.

"여어. 컨디션은 좀 어때?"

"나쁘지는 않아. 그쪽한테는 물어볼 필요도 없겠지만 말이야."

"당연하지. 강한 녀석이 이렇게 잔뜩 모여 있는데, 의욕이 나지 않는 게 오히려 이상하잖아."

팔짱을 끼면서 입을 크게 벌리고 웃는 모습이 영락없는 라이오르 할아버지다. 뭐, 지킬은 할아버지를 흉내 내다 보니 자연스럽게 그런 행동을 할 수 있게 된 것 같지만 말이다.

참고로 지킬 또한 자기 키만한 대검을 짊어지고 있지만, 레우스의 검보다 약간 작았다. 하지만 저 대검에서 마력이 느껴지는 것을 보면, 특수한 능력이 담겨 있을지도 모른다.

그런 생각을 하고 있을 때, 레우스를 쳐다보던 지킬이 탄성을 터뜨렸다.

"그건 그렇고…… 라이오르 씨 말고 저렇게 커다란 검을 휘두르는 녀석은 처음 봤어."

"제대로 휘두를 수 있으니까 걱정하지 마."

"그런 걱정은 안 해. 네 실력을 눈치채지 못할 만큼 실력이 바닥은 아니거든."

다른 선수들을 쳐다보니 절반은 관객들과 마찬가지로 어이없다는 듯한 반응을 보이고 있었으며, 남은 절반은 진지한 표정으로 레우스를 주시하고 있었다.

"……눈치챈 녀석은 절반 정도인 것 같네. 뭐, 싸우게 되면 잘 부탁한다고."

"응. 나야말로 잘 부탁해."

지킬은 약간 호전적인 미소를 지으면서 베이올프에게 다가가서 말을 걸었다. 참고로 베이올프는 여전히 퉁명한 태도를 취하고 있지만, 레우스를 향해 뜨거운 시선을 몇 번이나 보냈다. 아무래도 레우스를 표적으로 삼은 것 같았다.

기나긴 설명이 끝난 후, 준비를 마친 스태프가 우리 앞에 서더니 투기장 전체에 울려 퍼지는 목소리로 말했다.

『그럼 투무제 추첨을 시작하겠습니다.』

사전에 들은 대로, 본선부터는 실황중계가 이뤄지는 것 같았다.

『에코』 마법진이 새겨진 마도구로 실황 중계를 하는 이는 여성이며, 그녀는 이 업계의 베테랑 같았다. 전생에 존재했던 아나운서 같은 사람 같았다.

실황중계자로 선정된 만큼 목소리를 맑았으며, 외모 또한 아름다워서 가라프에서는 상당한 인기를 구가하고 있다고 한다.

그런 아름다운 목소리로 실황중계가 되고 있는 가운데, 토너먼트 추첨회가 시작됐다.

『우선 예선 제1시합에서 승리한 드럼 선수부터…….』

추첨은 나무 상자 안에 들어 있는 종이를 뽑아서, 거기에 적힌 번호로 정해진다. 뽑은 번호의 1번과 2번이 제1시합을 벌이는 형식의, 일반적인 추첨 방법이다.

종이를 뽑는 것은 예선을 통과한 순서인 것 같으니, 나는 가장 마지막에 뽑게 될 것 같았다.

『다음은 예선 제3시합에서 승리하신 아크리 선수.』

지금까지는 모르는 선수였지만, 예선을 통과한 이들답게 꽤 강해 보였다.

하지만…… 대부분 내 흥미를 끌 수준은 되지 못했다. 현 시점에서 내가 관심을 가진 선수는 레우스를 포함해 네 명 정도였다.

별다른 문제없이 추첨이 진행되더니, 곧 지킬의 차례가 되었다.

즐거운 듯이 미소를 지으면서 지킬이 뽑은 종이에는 15번이라고 적혀 있었다.

그 뒤를 이어 검성의 아들인 베이올프가 뽑은 종이에는 2번이라고 적혀 있었다.

전원의 추첨이 끝나면 바로 시합이 치러지지만, 그는 1번이라고 적힌 종이를 뽑은 선수보다 레우스가 뽑는 번호가 더 신경이 쓰이는 눈치였다.

그 뜨거운 시선을 눈치채지 못한 레우스가 뽑은 번호는…… 11번이었다.

즉, 결승까지 진출하지 않으면 레우스와 싸울 수 없는 것이다. 베이올프는 분하다는 듯이 혀를 찼다.

그 외에 내가 신경이 쓰이는 선수는 나와 함께 예선을 통과한 콘이다.

여전히 가면으로 얼굴을 가린 그가 뽑은 번호는 10번이었다. 대전 상대인 9번 선수와 비교해보니, 콘이 약간 더 강해 보였다.

아무래도 첫 시합에서는 승리할 수 있겠지만, 그 다음 상대는 레우스이니 애도의 뜻을 표할 수밖에 없었다.

『마지막으로 시리우스 선수는 남은 번호인 7번으로 결정됐습니다. 대진이 결정됐으니, 제1시합의 선수 이외에는 시합장 밖으로 나가주십시오.』

실황중계자의 목소리에 따라 베이올프와 1번을 뽑은 선수 이외에는 시합장에서 나가더니, 약간 떨어진 곳에 설치된 관전석으로 향했다. 그중에는 시합 내용에 흥미가 없는지, 조용히 집중을 하고 싶다면서 대기실로 향하는 선수도 있었다.

당연히 나와 레우스는 시합을 관전하기 위해 관전석으로 향했지만, 시합 전인데도 베이올프의 시선은 레우스를 향하고 있었다.

"……저 녀석, 아까부터 왜 저러는 거지?"

"눈치챘으면 반응을 보이는 게 어때? 너와 싸우고 싶어 어쩔 줄을 모르는 것 같은데 말이야."

"역시 그런 거야? 하지만 대진이 영……."

『그럼 두 선수를 간략하게 소개할까 합니다. 우선 아크리 선수는…….』

레우스가 불쌍하다는 듯한 시선으로 쳐다본 순간, 실황 중계자가 추첨 전에 작성해서 제출했던 개인 정보를 발표했다.

자율적으로 신고하는 것이니 쓰지 않아도 무방하지만, 분위기를 띄우기 위해 적어줬으면 한다면 부탁을 받았던 것이다.

나는 일단 무난하게 적어서 제출했지만, 현재 발표되고 있는 1번 선수…… 아크리는 꽤 자세하게 적어서 냈는지 자신의 주무기와 강대한 마물과 싸운 경력 등이 발표되고 있었다.

그 경력을 들은 관객들은 흥분했지만, 나는 지금부터 싸워야 할 상대에게 너무 많은 정보를 주는 게 아닌가 하고 생각하며 약간 어이없어했다.

『다음은 베이올프 선수입니다만…… 이거 정말 엄청나군요! 그는 그 유명한 검성의 아들이라고 합니다!』

검성이라는 말에 관객들의 환호성은 더욱 커졌다.

베이올프의 정체가 밝혀졌지만, 본인은 강자를 갈구하고 있기에 자신의 정체가 밝혀지는 것도 개의치 않는 것 같았다.

『그 이외에는 아무것도 적혀 있지 않습니다만, 정말 기대가 되는 군요! 그럼 제1시합…… 시작!』

흥분에 사로잡힌 실황중계자의 선언에 맞춰 징이 울린 순간, 시합이 시작됐다.

소문에 따르면, 검성은 라이오르 할아버지와 다르게 날카로운 장검을 사용했다고 한다.

하지만 베이올프의 무기는 일반적인 장검보다 약간 짧은 검 두 자루로 펼치는 쌍검술이었다.

"저 녀석, 검을 두 자루 쓰는 구나. 신기하네."

검 두 자루를 한꺼번에 휘두르면 강할지도 모르지만, 어디까지나 그 두 검을 자유자재로 다룰 수 있다는 전제하에서의 이야기다.

주로 쓰는 손에 쥔 검에만 집중한 나머지 다른 손에 쥔 검을 제대로 다루지 못한다면, 결국 공격 횟수가 늘어나는 것은 고사하고 공격 한 방 한 방에 실린 위력이 부족한 탓에 공격이 어중간해질 것이다.

"그러고 보니 너도 옛날에 쌍검을 쓴 적이 있지? 한 자루로도 강하니까, 두 자루를 쓰면 더 강할 거라면서 말이야."

라이오르 할아버지에게 검술을 배우던 시절, 레우스는 할아버지에게 이기지 못하는 게 분한 나머지 목검 두 자루를 들고 할아버지에게 덤빈 적이 있다.

그 결과는…… 쉬이 상상이 될 것이다.

"으…… 그 이야기는 하지 마, 형님. 그것보다 저 녀석은 다른 것 같네."

"응. 멋진 쌍검술인걸."

시합이 시작되자마자 몸을 날린 베이올프는 왼손에 쥔 검으로 찌르기를 날리면서 오른손의 검으로 베기를 펼쳤다.

한편, 대전 상대인 아크리의 무기는 핼버드이며, 그는 도끼 부분으로 찌르기를 막고, 자루 부분으로 베기를 쳐냈다.

두 자루의 검을 자유자재로 다루는 베이올프, 그리고 핼버드로 그 공격을 막아내는 아크리는 막상막하의 대결을 펼치는 것 같지만…… 기량 자체는 베이올프가 훨씬 앞섰다.

서로의 무기가 격돌한 횟수가 스무 번이 넘어갔을 즈음, 베이올프는 한숨을 내쉬면서 검의 움직임에 변화를 줬다.

"……당신의 실력은 충분히 봤습니다. 이제 그만 끝내죠."

검을 휘두르는 속도가 더욱 빨라졌나 싶더니, 왼손의 검으로 아크리 선수의 손을 살짝 베고, 오른손에 쥔 검으로 핼버드를 쳐올렸다.

손을 베인 탓에 악력이 한순간 약해진 순간에 무기를 강타당하자, 아크리의 핼버드는 그대로 허공을 가르며 날아갔다.

베이올프는 그 틈을 놓치지 않겠다는 듯이 아크리의 목에 칼을 겨눴다.

"……항복하겠습니까?"

"큭! 알았어! 내가 졌다고!"

그리고 장외에 핼버드가 떨어진 순간, 시합이 끝났다는 사실을 눈치챈 관객들이 흥분으로 가득 찬 환성을 질렀다.

『어……어마어마한 속도입니다! 저 공격을 막아낸 아크리 선수도 대단하지만, 역시 검성의 아들은 레벨이 다르군요! 저는 강한 사람을 좋아해요! 시합이 끝난 후에 같이 식사라도 하지 않겠어요?! 꺄아~!』

흥분한 바람에 본성이 드러낸 실황중계자 때문에 우리가 어이없어 하고 있을 때, 옆에 앉아 있던 지킬이 베이올프를 엄지로 가리키면서 우리를 쳐다보았다.

"저 녀석도, 대단하지?"

"대단했지? 형님."

"그래, 대단하네."

뭐가 대단하냐면…… 저 실황중계자의 변모가 말이다.

흥분하면 성격이 크게 달라지는 사람 같았다. 미인이기도 하지만, 저런 차이점이 인기의 이유일지도 모른다.

……농담은 그만하고, 확실히 베이올프는 검성의 아들에 걸맞은 실력을 지녔다. 처음에는 봐줬지만, 두 자루의 검을 자유자재로 다루는 기술은 정말 대단했다.

관객과 함께 박수를 치고 있을 때, 시합을 마친 베이올프가 우리 곁으로 돌아왔다.

"어땠나요? 제 실력을 잘 보셨나요?"

"그래. 상당한 기술이던걸. 그게 진짜 네 실력이구나."

"아직 연습 수준이에요. 당신을 쓰러뜨리는 건 바로 저니까, 꼭 결승까지 올라오세요."

"그건 아마 무리일걸?"

"……뭐라고요?"

레우스가 태연한 어조로 그렇게 말하자, 베이올프는 미간을 찌푸렸다. 하지만 추첨이 끝나고 작성된 토너먼트 표를 보더니 납득한 것처럼 고개를 끄덕였다.

"아하, 지킬 씨가 상대이기 때문에 힘들 거라는 거군요. 하지만 그렇게 소극적이어서야…… ."

"그런 게 아냐. 나는 결승에 갈 수 있겠지만, 너는 무리일 거라는 소리라고."

"제가…… 무리라고요?"

"왜냐하면 네가 결승에 가려면 형님과 싸워야 하잖아? 네가 형님을 이기는 건 무리라고."

"…………."

레우스가 딱 잘라서 한 말을 듣고, 베이올프는 언짢은 표정을 지었지만 곧 내 얼굴을 쳐다보며 자신만만한 미소를 지었다.

"왜 그런 표정을 짓는 건데? 농담이 아니라 진심으로 한 말이거든?"

"어쨌든 상관없다는 걸 눈치챘을 뿐이죠. 이 사람을 쓰러뜨려서, 당신의 그 신뢰에 찬 미소를 없애드리죠."

그렇게 결론을 낸 베이올프는 우리와 떨어진 곳에 앉더니, 무기를 손질하기 시작했다.

단 한 시합을 치렀을 뿐인데 무기를 손질하는 것을 보면, 상대를 봐주는 경우는 있어도 방심은 하지 않는 것 같았다. 꽤 성가신 상대 같았다.

그리고 우리의 이야기가 재미있었던 건지, 지킬은 웃으면서 레우스의 어깨를 두드렸다.

"하하하! 즉, 나를 쓰러뜨릴 심산이라는 거지? 재미있군. 어디 한번 해보라고."

"당연하잖아? 나와 형님이 우승과 준우승을 차지할 생각이니까, 지킬에게 질 수는 없어."

"기백 한번 좋군. 너와 싸울 때가 고대되는걸!"

진심으로 즐거워하며 우리 곁을 떠난 지킬은 베이올프의 옆에 앉아서 괜한 참견을 하고 있었다.

좀 후덥지근한 부분이 있기는 하지만, 라이오르 할아버지에 비하면 친해지기 쉬운 상대다.

그리고 제2시합과 제3시합이 끝나고, 내 차례가 되었다.

베이올프는 제1시합이었기 때문에 그대로 시합장에 있었지만, 다음 시합에 나가야 하는 선수는 대기실에 가서 투무제의 스태프에게 장비를 심사받도록 되어 있다.

심사는 독처럼 투무제에 걸맞지 않은 무기나 방어구를 쓰지 않는지 체크하기 위한 것이지만, 나는 평소와 다름없는 장비를 들고 있었다. 그리고 몸 곳곳에 숨겨둔 나이프와 자작 암기는 빼뒀으니, 심사에 문제없이 통과됐다. 오히려 그런 가벼운 장비로 괜찮은지 걱정을 해줄 정도였다.

그리고 대기실에서 시합장으로 향하자, 투기장 전체에 울려 퍼지는 환성이 나를 감쌌다.

에밀리아 일행의 성원이 들려서 손을 흔들어주자, 일부 관객이 질투와 선망에 찬 눈길로 나를 쳐다보았다. 피아는 후드를 쓰고 있지만, 에밀리아와 리스의 용모를 생각하면 저런 반응을 보이는 것도 어찌 보면 당연했다.

하지만 시합장에 서기는 했지만 내 심사가 빨리 끝난 바람에 아직 대전 상대가 오지 않았다.

『먼저 입장한 시리우스 선수부터 소개할까 합니다. 자료에 따르면 시리우스 선수는 여행자이며, 우연히 투무제가 개최되는 시기에 가라프에 왔다고 합니다. 그리고 나이 또한 겉모습에 걸맞게 젊군요. 저렇게 젊은 나이에 본선까지 올라온 것만 봐도, 정말 기대되는 신인이에요.』

순서로 보면 상대 선수부터 소개해야 하지만, 오늘 안에 준준결승까지 치를 예정이기에 빠르게 진행하는 것 같았다.

『예선에서는 무기가 아니라 체술을 구사해서 돌파했습니다. 그리고 투무제에 출전한 이유는 연인을 위해서라고 적혀 있군요. 정말 좋네요. 마음에 들어요. 신경이 쓰이는 점은 주무기가 상황에 따라 달라진다는 점인데, 이 시합에서 주무기가 뭔지 판명될까요?』

의미심장한 그 말을 듣고 관객들이 고개를 갸웃거리고 있을 때, 심사를 마친 대전 상대가 시합장에 나타났다.

『경장비라는 점이 신경 쓰입니다만, 시리우스 선수의 소개는 이것으로 마치겠습니다. 그럼 고도진 선수를 소개하겠습니다. 고도진 선수는 뛰어난 창술사이며, 정확한 찌르기가 특기라고 합니다.』

나타난 이는 자신의 기만한 창을 쥔 중년의 남성이었다. 당당한 몸가짐에서는 수많은 아수라장을 헤쳐온 역전의 용사라는 분위기가 느껴졌다.

실황중계자의 말에 따르면, 고도진은 나란히 놓인 세 개의 표적에 거의 동시에 찌르기를 날릴 수 있다고 한다.

자신의 특기를 알려주는 것은 여러모로 좀 그렇지만, 숨기지 않는 것을 보면 그만큼 자신이 있다는 증거이리라. 공표해서 우월감에 젖는 게 아니라, 깰 수 있으면 어디 깨보라는 전사의 기질을 지닌 것 같았다.

"……젊군. 그런데 주무기가 상황에 따라 달라진다는 게 어떤 의미지?"

"말 그대로예요. 임기응변으로 싸우는 게 제 전투 스타일이거든요."

"그 검은 액세서리 같아 보이지는 않는데…… 뭐, 좋다. 싸워보면 알 수 있겠지."

"그렇겠죠."

『오래 기다리셨습니다. 그럼 시리우스 선수와 고도진 선수의 제4시합…… 시작!』

예선에서는 기다리는 전법을 썼으니 이번에는 주도적으로 공격을 펼칠 생각이었지만, 나보다 먼저 고도진이 선수를 치며 돌격을 해왔다.

징소리가 울리자마자 앞으로 나서며 순식간에 거리를 좁힌 고도진이 창을 내지른 것이다.

그 창은 날카롭게 내 가슴을 정확하게 찌르려 했지만…….

"……영차!"

"아니?!"

간파를 못할 정도는 아니기에, 나는 과장스럽게 몸을 비틀면서 회피했다.

그리고 나는 창을 잡기 위해 손을 뻗었지만, 고도진이 순식간에 창을 회수했기 때문에 내 손은 그저 허공을 갈랐다.

『시리우스 선수, 저렇게 빠른 찌르기를 피했습니다! 하지만 고도진 선수의 공격은 아직 끝나지 않은 것 같습니다!』

그 이후로 노도와 같은 연속 찌르기가 펼쳐졌지만, 나는 겨우 겨우 피하기만 하는 것처럼 아슬아슬하게 공격을 회피했다. 가능하면 운 좋게 이긴 것처럼 꾸미고 싶지만, 고도진의 실력을 볼 때 그것은 힘들 것 같았다.

"……꽤 하는 군! 하지만 회피만 해도 되겠나? 나는 더 빠른 공격을 펼칠 수 있다!"

"할 수 있으면 해보시죠!"

고도진이 공격 속도를 더욱 높이자, 나도 몸만 놀려서 공격을 피할 수 없기에 결국 창을 뽑아들었다.

『시리우스 선수, 고도진 선수의 맹공을 버텨내는 것만으로도 힘든 것 같습니다! 서서히 시합장 가장자리로 몰리고 있군요.』

창이 쉴 새 없이 날아오자, 나는 몸놀림과 검으로 공격을 저지하면서 서서히 후퇴했다.

남들이 보기에는 내가 밀리고 있는 것처럼 보이겠지만, 고도진을 비롯한 상당한 눈썰미와 실력을 지닌 자라면 눈치챘을 것이다.

초조하기 시작한 이는 바로 고도진이라는 사실을 말이다.

"큭…… 어떻게 된 거지?!"

"너무 정확한 것도 생각해볼 일이네."

그렇다. 창이 수없이 많이 보일 정도의 속도로 공격을 날렸지만, 내 몸은 고사하고 옷조차 스치지 않았던 것이다.

확실히 고도진의 창은 빠르고 날카롭지만, 너무 정확했기 때문에 궤도만 읽으면 피하는 것도 어렵지 않은 것이다.

나는 상대의 눈과 손목의 움직임으로 창의 궤도를 미리 읽어서 공격을 피했다. 이것은 상대의 기술을 신뢰하고 있기에 가능한 회피라고 할 수 있다.

알게 쉽게 말하자면, 페인트가 없는 것이다.

지금까지 고도진은 허를 찌르는 공격을 하지 않더라도, 철저하게 단련한 창술로 이길 수 있었을지도 모른다. 나쁘게 말하면, 나처럼 회피에 중시하는 상대와 싸운 경험이 부족한 것이다.

시합장 가장자리까지 후퇴했을 즈음에는 그 창놀림에도 익숙해졌기에, 이제 그만 나설 수 있을 것 같았다.

나는 기회를 봐서 상대가 회심의 찌르기를 날리는 순간에 몸을 움직였다.

"이걸로…… 아니?!"

나는 몸을 비틀어서 공격을 피한 후, 이번에야말로 창을 움켜쥔 것이다.

나한테 창을 잡히는 것을 전혀 예상하지 못한 고도진은 그대로 앞쪽으로 쓰러질 뻔했다. 그래도 어찌 어찌 버텨낸 고도진은 앞으로 한 걸음 내디뎌서 버렸지만…… 나로서는 그것만으로 충분했다.

나는 그 틈을 이용해 몸을 비틀면서 공중 돌려차기를 고도진에게 날렸다.

『아앗?! 시리우스 선수가 고도진 선수의 균형을 무너뜨린 것 같습니다. 그 뒤를 이어 시리우스 선수가 날린 돌려차기는 과연 명중할까요?!』

내가 고도진을 장외로 날려버릴 기세로 날린 돌려차기는……
빗나가고 말았다.

고도진은 반사적으로 몸에서 힘을 빼며 앞쪽으로 쓰러지더니,
그대로 종이 한 장 차이로 내 발차기를 피한 것이다.

『피했습니다! 고도진 선수, 멋진 판단으로…… 오오?!』

공교롭게도 내 공격은 아직 끝나지 않았다.

내가 공중에서 몸을 비튼 후, 다른 한 발로 또 발차기를 날렸
기 때문이다.

"커억?!"

두 번째 발차기를 피하지 못한 고도진은 정통으로 맞더니 그
대로 튕겨져 날아갔고, 지면을 몇 번이나 구른 후에야 움직임을
멈췄다.

발차기를 너무 세게 날린 건 아닐까 하고 생각한 나는 낙법을
취하면서도 일부러 꼴사납게 시합장에 착지했다. 남들이 보기
에는 무턱대고 날린 발차기가 운 좋게 명중한 것처럼 보일 것
이다.

『고, 고도진 선수, 장외! 시리우스 선수가 승리했습니다!』

승패를 알리는 실황중계가 울려 퍼진 순간, 환성이 터져 나
왔다.

일단 고전 끝에 겨우 이긴 것처럼 꾸미기는 했지만, 결과 자체
는 나쁘지 않았다.

내가 만족스러운 표정으로 시합장에서 내려와 선수용 좌석으

로 향하자, 레우스가 환하게 웃으면서 나를 맞이해줬다.

"해냈구나, 형님! 좀 이상하기는 했지만, 손쉽게 이겼네."

"고마워. 레우스가 위화감만 느낀 정도라면 대부분 속았을 것 같네."

준준결승에서 싸울 상대는 방금 전 시합 상대보다 약해 보이기 때문에, 다음 도박에서도 한몫 잡을 수 있을 것 같았다.

약간 음흉한 미소를 짓고 있을 때, 지킬과 베이올프가 다가왔다.

"축하해. 질 거라고는 생각하지 않았지만, 네가 마음만 먹었다면 더 여유롭게 이길 수 있었던 거 아냐?"

"상상에 맡기겠어."

"뭐, 좋아. 나도 옛날에는 비슷한 짓을 했으니까, 나와 싸울 때만 전력을 다해주면 불만은 없어."

"잠깐! 지킬이 형님과 싸울 일은 없을 거라고 내가 말했을 텐데?"

"참, 그랬지. 하하하!"

모험가로서 많은 경험이 풍부한 듯한 지킬은 내가 뭘 하려는 건지 눈치챈 것 같았다. 하지만 모험가가 얼마나 고생하는지도 알기에 그냥 못 본 척해주려는 것 같았다.

하지만 납득하지 못하는 이도 물론 있었다.

"……무슨 짓거리를 하는 거죠?"

베이올프다.

베이올프가 불쾌감이 묻어나는 표정으로 나를 노려보자, 지킬이 그를 말리려 했다.

"어이어이, 너도 모험가잖아? 돈이 얼마나 중요한지는 알고 있을 테고, 너도 아까 손속에 사정을 뒀잖아."

"그건 그렇지만, 하다못해 상대를 쓰러뜨릴 때는 실력 차를 보여줘야만 해요. 운으로 이긴 것처럼 보이게 하는 당신의 행동이 정말 마음에 들지 않는 군요."

지킬이 어깨를 두드려주며 달랬지만, 베이올프의 짜증은 풀리지 않았다.

"상대방이 비참해지는 싸움은 관두세요!"

너무 과격한 반응이었기에, 나도 얼이 나갔다.

그게 틀린 생각이라고 여기지는 않지만, 자신의 생각을 강요하는 것은 곤란했다.

지킬도 달랬지만, 흥분한 베이올프에게는 무슨 말을 해봤자 역효과인 것 같았다. 이럴 때는 한동안 멋대로 하게 두는 편이 나을 것이다.

"당신에게는 절대 지고 싶지 않아요! 내일 준결승에서 당신의 정체를 까발리고 말겠습니다."

예상대로 자기 할 말을 다하고 마음이 진정된 듯한 베이올프는 나를 쓰러뜨리겠다고 선언하더니, 자기 자리로 돌아갔다.

검성이라는 위대한 아버지를 뒀다는 중압감 때문일까? 베이올프가 품고 있는 어둠은 깊은 것 같았다.

우리가 이러는 사이에 다음 시합이 시작되려 했기에, 나는 베이올프에게서 시선을 떼면서 시합장을 쳐다보았다. 다음 시합은 바로 내가 신경을 쓰고 있는 콘의 시합인 것이다.

예선에서는 장검을 썼던 콘의 원래 무기는 한 손으로도, 양손으로도 쓸 수 있는 바스타드 소드였다.

한편, 콘의 대전 상대는 양손으로 쥐는 거대한 도끼를 든 남자였다. 겉모습만 봐도 알 수 있듯, 힘을 이용한 싸움이 특기인 것 같은데, 내가 싸웠던 고도진보다 약해 보였다.

『가면으로 얼굴을 가린 콘 선수에 관한 정보는 거의 없군요. 유일하게 아는 것은 그가 강해지기 위해 여행을 하고 있는 모험가라는 점입니다.』

어제 나와 대화를 나눌 때도, 콘은 강한 상대와 싸우고 싶다는 말을 했다. 레우스와 베이올프 못지않게 강함에 대해 탐욕적인 것 같았다.

그리고 서로의 소개가 끝나고 시합이 시작됐는데, 서로의 무기가 맞부딪치는 격렬한 싸움이 펼쳐졌다.

콘의 기술은 여전히 대단했으며, 도끼의 무게를 이용한 공격을 검으로 절묘하게 흘려내고 있었다. 또한 자신이 신뢰하는 무기를 쓰고 있기 때문인지 예선 때보다 적극적으로 검을 휘둘러 서서히 상대를 궁지에 몰아넣고 있었다.

검을 다루는 기술을 비롯해, 콘은 상대의 움직임을 읽는 것이 능했다. 줄타기를 하는 듯한 공방전을 당연한 듯이 펼치고 있었다.

하지만 허를 찔릴 때면 희미하게 망설이는 듯한 반응을 보였다. 아무래도 경험이 부족한 것 같았다. 그 점만큼은 싸움을 치르면서 직접 보완하는 수밖에 없을 것이다.

"오오, 대단하네. 나도 저러는 건 힘들 거야."

"배울 점이 많은걸. 유심히 관찰하면서 배워둬."

"응! 게다가 내가 다음에 싸울 상대는 저 녀석으로 결정된 거나 다름없잖아. 저 방어를 뚫고 정체를 까발려주겠어!"

"관둬."

고의로 가면을 벗기지 말라고 일러줘야겠다. 확실히 신경이 쓰이기는 하지만, 나쁜 남자는 아닌 것 같으니까 말이다.

시합에서는 콘이 완전히 압도하고 있으며, 슬슬 결판이 날 것 같아 보일 즈음에 투무제 스태프가 다가와서 레우스에게 말을 걸었다.

"레우스 선수. 다음 시합이시니 대기실로 이동해주십시오."

"아, 맞다! 형님, 그럼 갔다 올게!"

"그래. 힘내."

원래 자기 전 시합이 시작되었을 즈음에 대기실로 가야겠지만, 레우스는 콘의 싸움에 열중한 나머지 깜빡한 것 같았다.

허둥지둥 몸을 일으킨 레우스는 대기실을 향해 뛰어갔다.

『제5시합의 승자는…… 콘 선수입니다!』

콘은 착실하게 승리를 거머쥐었지만, 시간이 너무 걸린 탓에 꽤 지친 것 같았다. 그래서 대기실에 가서 휴식을 취할 줄 알았는데, 갑자기 나를 향해 걸어왔다.

가면 때문에 다른 선수들의 주목을 모으면서 다가온 콘은 무슨 생각인지 내 옆자리에 앉았다.

잘은 모르겠지만, 내 옆에 앉은 만큼 말을 걸어봐야겠다.

"축하해. 멋진 솜씨였어."

"감사합니다. 하지만 당신에게는 아직 미치지 못해요."

목소리로 볼 때, 진심으로 그렇게 생각하는 것 같았다. 내가 일부러 고전한 척을 했다는 사실을 눈치챈 것 같았다.

"그런데 이러고 있어도 괜찮겠어? 눈에 띄는 상처는 없지만, 그래도 대기실에 가서 치료를 받는 편이 나을 것 같은데 말이야."

"이 정도는 여기서도 치료할 수 있고, 다음 상대인 레우스 군이 어떤 싸움을 펼치는지도 궁금해서 말이죠."

상처는 깊은 편이 아니니, 지금은 대전 상대의 정보를 모으는 것을 우선하는 편이 나을지도 모른다.

응급처치를 시작한 콘과 잡담을 나누고 있을 때, 환성이 들리더니 레우스가 시합장에 모습을 드러냈다. 예선에서 돋보인 만큼 환성도 크지만, 레우스는 태연하게 시합장에 서서 시합이 시작되기만 기다렸다.

그런 레우스의 상대는 타워실드라 불리는 커다란 방패와 핼버드를 장비한 거한이었다. 겉모습에 걸맞게 꽤나 튼튼해 보였다.

실황중계자의 소개에 따르면, 파티의 전위에 서서 동료를 지키는 방패 역할을 하는 남자라고 한다. 원래 온몸을 가리는 갑옷을 장비하지만, 심사를 통과하기 위해 급소를 가리는 갑옷으로 입었다고 한다.

『그리고 레우스 선수는 보다시피 멋진 대검을 짊어지고 있습니다. 강검을 방불케 합니다만, 그럴 만도 합니다. 레우스 선수는 바로 그 강검에게서 검술을 배운 적이 있다니까요!』

강검이 언급되자, 환성을 더욱 커졌다. 그 이름만으로도 이런 반응이 터져 나올 줄이야.

『하지만 자신은 어디까지나 형님의 제자라고 적혀 있습니다. 형님이 누구인지는 모르겠습니다만, 누가 상대든 최선을 다하겠다고 적혀 있군요. 이거 정말 기대가 되는걸요. 그럼 시합…… 시작!』

실황중계자가 열변을 통하는 와중에 시합이 시작되더니, 징이 울리자마자 레우스가 앞으로 몸을 날렸다.

대검을 머리 위로 치켜든 레우스가 바닥에 금이 갈 정도로 세게 내디디며 엄청난 속도로 다가오자, 상대는 반사적으로 방패를 치켜들며 방어 태세를 취했지만…….

"우랴아아아아압——!"

강파일도류의 기본 기술…… 강천(剛天)을 펼친 대검은 두꺼운 강철 방패가 우그러뜨리면서 충격파를 일으키더니, 그대로 대전 상대를 장외로 날려버렸다.

엄청난 힘을 본 관객들은 얼이 나가버렸지만, 레우스는 이래 봬도 손속에 사정을 뒀다. 만약 레우스가 전력을 다해 검을 휘둘렀다면 방패와 상대방이 두 동강이 나고 말았을 것이다.

상대가 장외로 날아간 것을 확인한 레우스는 가볍게 숨을 내쉬면서 대검을 등에 짊어지더니, 나를 향해 엄지를 치켜들었다.

『스, 승자는…… 레우스 선수! 그야말로 일격! 저 방패를 일격에 파괴했습니다! 그는 지금까지 봤던 가짜가 아니라 진짜입니다! 진정한 강검의 재림이군요. 저와 데이트 하지 않겠어요?!』

관객들이 흥분에 휩싸였고, 실황중계자의 텐션도 이상해졌다. 하지만 레우스는 그런 것들을 전혀 개의치 않으면서 에밀리아 일행을 향해 손을 흔들더니, 곧 내 곁으로 돌아왔다.

참고로 콘은 시합이 끝나자마자 대기실로 향했다. 아무래도 레우스와 싸우기 위해서는 만전을 기해야 한다는 사실을 눈치 챈 것 같았다.

하지만 레우스의 실력을 보고도 포기할 생각이 전혀 없는 것 같았다. 꽤 담력이 좋은 것 같았다.

"수고했어, 레우스. 절묘하게 힘조절을 한 멋진 일격이었어."

"응! 이 기세로 쑥쑥 올라가겠어!"

주위에 있는 다른 선수들의 시선이 레우스를 향한 가운데, 베이올프와 지킬은 진지한 표정으로 레우스를 응시하고 있었다.

"저걸 막는 건 무리겠군요."

"힘만 본다면 나보다 나을지도 모르겠는걸. 이거, 질 수야 없지……."

베이올프는 물론이고, 지킬도 웃고 있을 때가 아니라는 사실을 눈치챈 것 같았다.

그 후에도 시합은 진행되었고, 주목을 모으는 카드인 지킬의 시합이 펼쳐졌다. 그리고 그는 일부러 레우스와 같은 방식으로 승리를 거뒀다.

아무래도 자신도 같은 게 가능하다는 것을 남들에게 알리고 싶었던 것 같았다. 그 행동에 관객들은 더욱 흥분했고, 준결승에서 격돌할 레우스와 지킬의 시합이 기대를 모으고 있었다.

분위기를 적절한 타이밍에 멋지게 띄우는 것만 봐도, 지킬은 엔터테이너로서 재능이 있는 것 같았다.

이렇게 1회전 시합이 전부 끝난 후, 준준결승전 시합이 시작되는 사이에 약간 휴식 시간을 가지는 것 같았기에 나와 레우스는 관객석에 있는 다른 일행들을 찾아갔다.

"형님. 누나들의 자리는 이쪽에 있는 거야?"

"그래. 귀족용 구역이거든."

그녀들이 있는 자리는 지크가 준비한 귀족용 좌석이며, 의자만 줄지어 놓여 있는 일반 좌석과 다르게 개인실처럼 꾸며져 있다.

잠금장치가 달린 문도 있기에, 나와 레우스는 노크를 하고 안으로 들어갔다. 그러자 우리가 다가오고 있다는 것을 미리 눈치챈 에밀리아와 호쿠토가 꼬리를 흔들며 맞이해줬다.

"수고하셨어요, 시리우스 님."

"멍!"

"너희도 아무 일 없었던 것 같네."

"응. 호쿠토가 경계를 해줘서, 우리는 시합을 즐길 수 있었어."

다들 별문제 없이 시합을 관람한 것 같지만, 리스는 약간 긴장한 표정으로 가죽제 주머니를 움켜쥐고 있었다.

유심히 보니 에밀리아와 피아도 같은 주머니를 쥐고 있었으며, 어찌 된 영문인지 호쿠토도 주머니를 물고 있었다.

"그건 혹시……."

"으, 응! 시리우스 씨에게 건 돈이야!"

"후후, 전 재산을 건 덕분에 잔뜩 벌었어."

투무제의 도박은 1회전마다 걸 수 있게 되어 있다.

그러니 이런 휴식시간이 존재하는 주된 이유는 선수들을 쉬게 한다기보다 배당금 수령과 준준결승전에도 돈을 걸기 위해서라고 한다.

참고로 파티 전원의 자금은 내가 관리하고 있으며, 제자들은 매달 은화 한 닢을 용돈으로 주고 있다. 남매는 내 시종이기도 하니 급료 삼아서 말이다.

시종의 급료치고는 적을지도 모르지만, 여행비용과 생활비용은 전부 부담하는 데다, 이 세계의 평민에게 은화 한 닢은 꽤나 큰돈이다.

게다가 제자들은 여행 중이라 그런지 필요 없는 물건은 거의 사지 않았고, 내가 준 돈도 마을에 들렀을 때 군것질을 하는 데나 썼다. 그러면서 남은 돈을 이번에 전부 나에게 걸었으니, 제자들은 겨우 몇 시간 만에 거금을 번 것이다.

적은 쪽부터 본다면 리스, 피아, 그리고 에밀리아 순서로 돈을 번 것 같았다. 참고로 리스가 가장 적게 번 이유는 소비량…… 즉, 군것질 횟수가 가장 많기 때문이다. 그래도 금화를 몇 닢이나 손에 넣었으며, 처음으로 이렇게 거금을 만져보는 것에 긴장한 리스는 돈이 든 주머니를 나에게 맡기려 했다.

"나는 이렇게 많이 필요 없으니까, 시리우스 씨에게 맡겨둘게."

"제 몫도 맡아주세요."

"잠깐만. 이건 너희 돈이잖아."

어제는 언젠가 주머니 사정이 나빠질 거라고 말했지만, 아직 꽤 여유가 있었다.

그렇기에 나는 받을 수 없다고 말했지만, 에밀리아와 리스는 물러나지 않았다.

"저는 시리우스 님의 곁에 있는 것만으로도 행복하니까요. 꼭 필요한 금액만 있으면 충분해요."

"거금을 가지고 다니는 건 무섭고, 우리에게는 너무 많아."

"그렇지만 너희는 돈 관리를 못하는 어린애도 아니잖아."

"혹시 예의 마석이 비싸져서 상금만으로 사지 못할 가능성도 있잖아요? 그럴 때는 이 돈을 보태주세요."

"그럼 내 몫도 맡겨둘게. 금화 한 닢은 내가 가지고 있을 테니까, 남은 돈은 일행 모두를 위해 써줘."

"그럼 내 돈도 같이 맡아줘. 누나의 주머니 안에 같이 들어 있을 거야."

에밀리아의 주머니가 큰 것은 레우스의 몫도 들어 있었기 때문인가.

이런 말을 듣고도 거절할 수는 없었기에, 결국 다들 금화 한 닢만 남기고 남은 돈을 전부 나에게 맡기기로 했다.

정말…… 돈에 욕심이라고는 정말 없는 제자들이다.

하지만 이정도 돈이면 투무제 상금을 타지 못하더라도 마석을 손에 넣을 수 있을지도 모른다. 그들의 진심에 감사해야 할지도 모른다.

하지만 나는 시합을 더 치러야 하기에 이 돈은 일단 에밀리아에게 맡겨두기로 했다.

내가 돈을 맡길 정도로 신뢰한다는 사실이 기쁜지, 시종으로서의 사명감에 불타고 있는 에밀리아가 돈을 하나로 모아둔 주머니를 들고 방을 나서려 했다.

"그럼 이 돈은 시리우스 님에게 걸어둘게요."

"잠깐만 있어봐. 이제 도박은 그만하자. 괜한 일에 휘말릴지도 몰라."

마음만 먹으면 더 벌 수 있겠지만, 더 벌어들였다간 거금을 가지고 있는 탓에 불한당들에게 표적이 되거나, 도박장의 물을 흐트러뜨렸다면서 거물이 나설지도 모른다.

내 의도를 눈치채고 돌아온 에밀리아의 머리를 쓰다듬어주고 있을 때, 근처에 있던 호쿠토가 입에 물고 있던 주머니를 내 손바닥 위에 놓았다.

내가 고개를 갸웃거리면서 안에 들어 있는 것을 확인해보니, 그 안에는 은화가 몇 닢이나 들어 있었다.

"설마…… 너도 도박을 한 거야?!"

"멍!"

"떨어져 있던 동화를 주워서 걸었나 봐요. 그러니까 사양하지 말아주세요."

"아니, 내가 놀란 건 돈 때문이 아니라……."

말을 하지 못하는 종마가 도박장에서 어떻게 돈을 건 걸까?

내가 고개를 갸웃거리자, 도박장의 접수를 맡고 있던 이가 늑대 수인이었다고 에밀리아가 말했다.

"처음에는 당혹스러워 했지만, 곧 호쿠토 씨의 위광을 느끼고 바로 처리를 해줬어요."

"나중에 사과를…… 아, 그럴 필요는 없겠군."

종마라고 해도 정식적으로 돈을 걸었고, 늑대 수인 입장에서 호쿠토는 신의 사도니까 말이다. 그 접수원도 불만은 없을 것이다.

그건 그렇고, 설마 호쿠토한테서도 돈을 받을 거라고는 생각도 못했다. 제자들을 비롯해, 왠지 효도를 받은 듯한 느낌이 든 나는 가슴 속이 따뜻해졌다.

호쿠토가 칭찬을 해달라는 것처럼 꼬리를 흔들면서 다가오자, 나는 감사의 마음을 담아 머리를 쓰다듬어줬다.

"고마워. 여관에 돌아가면 빗질을 해줄게."

"멍!"

"시리우스 님, 저도 해주세요!"

"저기…… 나도…….."

"어머, 그럼 나도 머리카락을 빗겨달라고 할까?"

"나도 해줘!"

"……어쩔 수 없지."

여관에 돌아간 후에도 내 시합은 계속될 것 같았다.

그리고 휴식시간이 끝난 후, 준준결승전이 시작됐다.

제1시합에 나선 베이올프는 1회전과 마찬가지로 상대를 압도

하더니, 자신의 실력을 뽐내며 승리를 거머쥐었다.

한편, 준준결승전에서의 내 상대는 대검을 쓰는 남자였지만, 라이오르 할아버지와 싸운 덕분에 나는 대검을 쓰는 검사에게는 익숙했다.

상대가 휘두른 대검을 종이 한 장 차이로 피한 후, 무기를 쳐서 날려버리면서 주먹으로 상대의 턱을 가격하자 그대로 시합은 끝났다. 이제 상대를 봐줄 필요는 없기에, 나는 재빨리 시합을 마쳤다.

엄청난 기술을 선보인 나에게도 관객들의 기대가 쏠리는 가운데, 다음 시합인 레우스와 콘의 대결이 시작됐다.

솔직히 말해, 콘의 실력으로 레우스에게 이기는 것은 힘들 것이다. 기술은 약간 앞설지도 모르지만, 종합적인 능력으로는 레우스가 우위인 것이다.

설령 콘이 레우스가 휘두른 검을 흘려내려 하더라도, 레우스의 검은 미동조차 하지 않을 것이다. 레우스의 힘은 그 정도로 엄청난 것이다.

관객 또한 압도적인 일격에 의해 승부가 갈리는 것을 기대하고 있었으며, 콘의 패배가 농후하다는 듯한 분위기 속에서 시합이 시작됐지만…….

"우랴아아아아아압――!"

"……거기닷!"

시합이 시작되자마자 레우스가 휘두른 검을, 콘은 놀랍게도 피했다.

최고의 타이밍에 신의 한수라 해도 될 각도로 검을 치면서, 힘에서 현격하게 차이가 나는데도 레우스의 대검을 약간이지만 빗겨나게 한 것이다. 그 무시무시한 집중력과 기술에 나는 정말 놀랐다.

그리고 레우스의 검이 시합장 바닥에 박힌 순간, 콘은 재빨리 레우스의 가슴…… 방어구를 향해 검을 내질렀다. 아마 검이 닿기 직전에 멈춘 후, 레우스에게 패배를 인정하게 할 생각일 것이다.

하지만…… 레우스의 공격은 아직 끝나지 않았다.

"하아아아앗──!"

"아닛?!"

검을 휘두르는 것과 동시에 그어 올리는 강파일도류 강상(剛翔)을 펼치자, 레우스의 검은 자신을 향해 날아오는 콘의 검을 쳐냈다. 콘의 일격은 어찌 어찌 막아냈지만, 레우스는 동요한 바람에 검에 힘을 너무 실었다. 결국 레우스는 검을 너무 치켜 올린 나머지 상당한 빈틈을 보이고 말았다.

내가 콘이라면 튕겨난 기세를 이용해 검은 돌린 후, 손잡이 쪽으로 레우스의 옆구리를 공격했을 것이다.

하지만 콘은 손목을 다쳤는지, 방금 그 충격을 견뎌내지 못하고 검을 놓치고 말았다. 최후의 일격이 찌르기였던 것도 검을 휘두를 악력이 없었기 때문이리라.

그리고 회전하면서 허공을 가르던 검이 시합장에 떨어진 순간…… 승부는 갈렸다.

"……제가 졌습니다."

『겨, 결판이 났습니다! 잠시 동안의 공방이었지만, 정말 긴장감 넘치는 이 싸움의 승자는 바로 레우스 선수입니다!』

시합이 끝나서 긴장이 풀린 듯한 콘은 지쳤는지 그대로 시합장에 주저앉았다. 짧은 공방이었지만 저렇게 지칠 정도로 집중을 하고 있었던 것 같았다.

다음 시합이 있으니 빨리 시합장에서 내려가야 하지만, 몸을 일으킨 콘은 손에 힘이 들어가지 않는지 좀처럼 검을 줍지 못했다.

"자아, 내가 주워줄 테니까, 내려가자."

"고마워. 손에 힘이 들어가지 않거든."

"신경 쓰지 마. 형님 말고 내 검을 흘려낼 수 있는 녀석이 있을 줄은 몰랐거든. 아, 형님에게 좀 봐달라고 하는 건 어때? 뼈가 부러지기라도 했다면 너도 곤란하잖아?"

"그 사람은 치료 마법도 쓸 수 있는 거야?"

레우스는 자기 일격이 막혀서 분통을 터뜨리고 있을 줄 알았지만, 그는 콘과 즐겁게 이야기를 나누고 있었다. 가면으로 얼굴을 가리기는 했지만, 몸매와 목소리를 통해 상대가 자신과 비슷한 또래라 여기기에 그런 걸지도 모른다.

자연스럽게 친해진 두 사람이 내 앞으로 오자, 나는 레우스의 요청에 따라 콘의 상처를 봐주기로 했다.

"죄송합니다. 나중에 치료비를 드릴게요."

"아냐. 돈은 됐어. 그것보다 용케도 레우스의 일격을 빗겨

냈네.”

“예. 몇 번이나 연습했으니까요.”

1회전에서 본 레우스의 움직임을 떠올리고, 휴식 시간에 대기실에서 몇 번이나 연습을 한 것 같았다.

레우스의 호흡과 파고드는 속도, 그리고 검을 휘두르는 타이밍…… 콘은 그 모든 것을 딱 한 번 보고 눈에 새긴 것이다. 대단한 관찰안이다. 물론 레우스가 힘 조절을 하느라 타이밍을 바꿀 가능성도 있으니, 도박에 가까울 테지만 말이다.

아무튼 장래가 유망한 청년이다. 나는 상대방의 내부를 조사하는 마법『스캔』으로 콘을 세세하게 진찰했다.

“……근육은 다쳤지만, 뼈에는 이상이 없는 것 같군.”

“그, 그런가요…….”

겉보기에는 그저 손만 대고 있을 뿐이기에 콘은 내 말을 반신반의하는 것 같지만, 마력을 흘러 넣어서 상대의 치유력을 높여주자 그는 놀란 표정을 지었다. 마취에 가까운 처치를 해서, 고통도 완화시켜줬기 때문이다.

“통증이…… 이런 마법도 있군요.”

“통증을 느끼지 못하게 했을 뿐이야. 잠시 동안 안정을 취하면 깨끗하게 나을 테니까, 내일까지는 검을 휘두르지 마.”

“감사합니다. 레우스 군, 고마워.”

“고맙다는 말을 해야 하는 사람은 바로 나야. 방금 일격이 막힌 덕분에 내가 아직 멀었다는 걸 눈치챘거든.”

“하하하. 긍정적이네. 지기는 했지만, 이 대회에 참가하기를 정말 잘했어. 귀중한 경험을 했으니까 말이야."

"그렇구나. 저기, 좀 아플지도 모르지만……."

"아니, 나도 바라는 바야."

콘이 근육을 다쳤는데도 불구하고, 두 사람은 악수를 나눴다.

투무제의 선수를 지더라도 시합이 끝날 때까지 관전을 할 수 있지만, 콘은 볼일이 있기 때문에 이대로 여관으로 돌아간다고 했기에, 우리는 작별인사를 하며 그를 배웅했다.

그리고 콘이 돌아갈 즈음에는 다음 시합도 끝났고, 지킬은 승리의 함성을 질렀다. 준결승에서 싸울 나와 레우스의 상대가 결정된 것 같았다.

이것으로 오늘 예정되어 있던 시합이 전부 끝났기에, 실황중계자는 토너먼트의 결과를 설명하며 행사를 마무리했다.

『올해 투무제는 정말 격렬하군요! 몇 년 전, 강검 님께서 나타나셨을 때의 감동을 다시 한 번 맛볼 수 있을지도 모르겠습니다. 그럼 내일 준결승의 대진을 발표하겠습니다.』

토너먼트 표에는 이미 적혀 있지만, 멀어서 보이지 않을 사람들을 위해, 실황중계자가 다시 발표하는 것 같았다.

『내일 준결승, 제1시합은 베이올프 선수와 시리우스 선수가 격돌합니다. 지금까지 모든 공격을 완벽하게 피해온 시리우스 선수는 과연 베이올프 선수의 쌍검술에 어떻게 맞설까요? 눈을 뗄 수 없는 일전이 될 것 같군요!』

베이올프가 격앙된 눈길로 나를 쳐다보았지만, 나는 못 본 척하면서 관객들을 향해 손을 흔들었다. 이제 와서 무슨 말을 해 봤자 소용없을 테니, 실제로 싸우면서 납득을 시키기로 마음먹었다.

『그리고 준결승 제2시합은 지킬 선수와 레우스 선수의 시합입니다. 강검을 동경하는 두 사람이 격돌하면, 과연 어떤 일이 벌어질까요? 두 사람 다 범상치 않은 힘을 지닌 만큼, 박력 넘치는 파워 승부를 기대할 수 있을 것 같군요!』

한편, 레우스와 지킬은 미소를 지으며 서로를 쳐다보고 있었으며, 금방이라도 싸움을 벌일 듯한 분위기를 자아내고 있었다.

성격이 약간 닮기도 했지만, 서로의 힘을 전력을 다해 퍼부을 수 있는 상대와 만났기 때문인지 환한 미소를 지으며 내일을 고대하고 있는 것 같았다.

『그럼 여러분, 오늘은 이쯤에서 해산하도록 하겠습니다. 내일을 위해 과음은 자제하세요.』

무사히 오늘 시합은 끝났지만, 나와 레우스에게 있어서는 내일부터 본격적인 시합이 시작된다고 할 수 있다.

긴장이 풀리지 않도록, 나는 베이올프를 쳐다보면서 조용히 마음을 다졌다.

준결승 전날 밤…… 나는 바람의 곳 여관의 방에서 호쿠토에게 빗질을 해주고 있었다.

바닥에 드러누워 빗질을 당하고 있던 호쿠토는 기분이 좋은지 꼬리를 천천히 흔들고 있었으며, 옆에 있는 침대에는 레우스가 내일 시합에 대비해 일찌감치 잠자리에 들었다.

"하암…… 나는 슬슬 잘 건데, 형님은 어쩔 거야?"

"아, 나도 거의 다 됐어. 이제 그만 잘까?"

"멍!"

나는 빗을 집어넣은 후, 얼굴을 부비는 호쿠토를 달래면서 빛을 뿜는 마도구를 껐다.

그리고 어두워진 방에서 침대에 드러누워 있을 때, 갑자기 레우스의 시선이 느껴졌다.

"……왜 그래?"

"아, 내일 내가 지킬을 쓰러뜨리면 그 다음에는 형님과 싸우잖아? 훈련 때는 몇 번이나 싸웠지만, 수많은 사람들이 보는 앞에서 싸우는 건 처음인 것 같아서 말이야."

"그러고 보니 그렇군. 하지만 훈련 때와 다르게 나는 전력을 다해 싸울 거야. 각오는 단단히 해둬."

"물론이지. 나는 언제나 전력을 다한다고!"

"그랬지. 내일…… 네 모든 것을 보여 봐."

대화를 마치자마자 코를 골며 자기 시작한 레우스를 확인한 후, 나는 화장실에 가는 척을 하면서 방을 나섰다.

내가 향한 곳은 화장실이 아니라 여성들이 쓰는 방이지만, 딱히 그녀들을 덮치러 가는 것은 아니기에 당당히 문에 노크를 했다.

"예, 누구세요?"

"나야, 미안한데 잠시 문을 열어주겠어?"

"시리우스 님?! 그, 금방 열어드릴게요!"

에밀리아는 노크를 한 이가 나라는 것을 알자마자 재빠르게 반응하더니, 활짝 열린 문 너머에는 만면에 미소를 짓고 있는 에밀리아가 있었다.

무턱대고 문을 열지 말라는 말을 할까도 했지만, 에밀리아는 나를 분간하는데 있어 천재적인 재능을 지녔으니 실수를 범할 리가 없다.

"시리우스 님, 제 침대에 걸터앉으세요."

"어?! 무, 무슨 일이야?"

"어머? 혹시 우리를 덮치러 온 거야?"

방에 들어가 보니, 침대에 앉아서 담소를 나누고 있던 리스와 피아도 놀란 듯한 눈길로 나를 쳐다보았다. 피아는 놀랐다기보다 기뻐하고 있는 것 같지만…… 개의치 말자.

"덮치러 온 게 아니니까 옷을 벗지 마. 기대에 부응하지 못해 미안하지만, 실은 진지한 이야기를 하러 온 거야."

"유감이네. 우리 중 한 명을 골라서 다른 방으로 데려갈 줄 알았어."

"시리우스 님, 저는 항상 준비가 되어 있답니다!"

"어버버……."

"부탁이니까, 그런 생각에서 벗어나."

적극적인 것은 싫지 않지만, 내일은 중요한 시합을 치러야 하니 좀 자중해줬으면 좋겠다.

나는 그녀들을 어찌 어찌 진정시킨 후, 비어 있는 침대에 앉아서 진지한 표정으로 설명을 시작했다.

"아마…… 내일 결승전에서는 나와 레우스가 싸우게 될 가능성이 커. 지킬은 강하지만, 지금의 레우스라면 충분히 이길 수 있는 상대거든."

"그럼 조금 안심해도 되겠네. 두 사람이 평소처럼 모의전을 펼쳐도 관객들은 만족할 거야."

"아니, 모의전 수준에서 그칠 생각은 없어. 나는 전력을 다할 거야."

"그런가요. 모처럼 무대가 갖춰졌으니, 그 애도 시리우스 님과 전력을 다해 싸우는 것을 바라고 있을 거예요."

에밀리아는 납득한 것처럼 고개를 끄덕였지만, 그녀는 내 분위기가 평소와 다르다는 사실을 눈치챈 것 같았다.

"에밀리아…… 나는 레우스를 죽일 생각으로 싸울 거야."

"흉흉한 발언이네. 분명 이유가 있어서 그런 소리를 하는 거겠지만……."

"그래. 레우스에게 한 단계 위의 싸움을 경험하게 해주고 싶거든."

"그럼 꼭 시합 때 그럴 필요는……."

"이번 시합에서 그걸 하려는 이유는 또 있어. 그리고 내가 하려는 건 레우스에게 거쳐야 할 길이지만, 자칫하면 레우스가 죽을 가능성도 있거든. 에밀리아, 그때는 나를……."

"시리우스 님."

미워해도 괜찮아…… 하고 내가 말하려던 순간, 에밀리아는 온화한 어조로 내 말을 막았다.

"저는 신경 쓰지 마시고, 마음껏 싸우세요. 시리우스 님에게 가르침을 받는 것은 레우스가 선택한 일이며, 최악의 상황이 벌어지더라도…… 저는 시리우스 님을 원망할 생각은 없답니다."

"레우스를 위한 일……인 거지? 그럼 나는 두 사람을 전력을 다해 치료해줄 거야."

"우리가 참견한 일은 아닌 것 같으니까, 두 사람의 싸움을 똑똑히 지켜보겠어."

"……고마워."

레우스를 희생시킬 생각은 없지만, 전력을 다해 싸우다 보면 만일의 사태가 벌어질 수도 있다. 그래서 이런 설명을 한 것이지만, 지금까지 쌓아온 신뢰 관계 덕분에 다들 이 상황을 받아들여 준 것 같았다.

그 후, 나는 귀족용 구역에서도 시합장이 시끌벅적한 분위기에 편승해 너희를 노리는 자가 있을 수도 있으니 조심하라고 전하고 천천히 몸을 일으켰다.

"호쿠토가 있으니 별문제는 없겠지만, 그래도 방심하지는 마."

"예."

"시리우스 씨도 조심해."

"물론이지. 그럼 나는 슬슬……."

"어머, 벌써 돌아가는 거야?"

"이대로 제 침대에서 자셔도 괜찮아요."

하지만 방에 돌아가려 하는 내 소매를 피아가 잡고, 반대편 손을 에밀리아가 꼭 끌어안았다.

그리고 보니 세 사람은 여관에서 지급되는 잠옷 대용인 로브만 걸치고 있었기에, 남자인 나는 휩싸였다.

하지만 그 색욕을 조절…… 관리한 후, 나는 냉정한 척하면서 방문 손잡이를 움켜잡았다.

"오늘은 마음만 받아둘게. 그럼 잘 자."

"""어?"""

그녀들에게는 미안하지만, 오늘은 수면을 우선하기로 했다.

실은 나도 여관에서 준 잠옷을 입고 있었는데, 두 사람에게 잡힌 상태에서 그것을 벗으며 문 쪽으로 이동했다.

탈피라도 하는 듯한 기술로 도망친 나는 얼이 나간 그녀들을 향해 손을 흔들어주면서 방을 나섰다. 참고로 로브 안에는 셔츠와 바지를 입고 있었기에, 로브를 벗어도 딱히 문제될 것은 없었다.

『대단하네. 잡고 있었는데도 도망쳤어.』

『어떻게 하면 저런 게 가능한 걸까? 하지만 좀 더 이야기를 나누고 싶었어.』

『저기, 다음에 셋이서 덮치는 건 어떨까? 우리가 힘을 합치면 시리우스에게 이길 수 있을 거야.』

『뭐어?! 저, 저기, 에밀리아! 조용히 있지 말고…… 뭐, 뭐하는 거야?』

『……로브에서 시리우스 님의 냄새가 나요.』

『아, 진짜네.』

『이게 있으면 푹 잘 수 있을 것 같아요.』

미안한 마음에 청력을 강화해서 방 안의 대화를 들어보니…… 그녀들은 사이가 좋은 것 같아서 안심이 되었다.

상황 자체는 여러모로 좀 그렇지만, 그녀들이 잘 지내는 것 같아 다행이다. 나는 약간 만족감을 느끼며 방으로 돌아갔다.

그리고 다음 날…… 시합에서 이기고 올라온 네 사람이 시합장에 나란히 서더니, 준비를 마쳤을 즈음에 실황중계자의 목소리가 울려 퍼졌다.

『여러분, 오래 기다리셨습니다! 이제부터 투무제의 준결승전을 시작하겠습니다. 우선 베이올프 선수와 시리우스 선수의 시합을 시작하겠으니, 두 선수는 시합장 중앙에 서주십시오.』

관객들의 환성이 들리는 가운데, 레우스와 지킬이 시합장에서 내려갔다. 그리고 나와 베이올프는 시합장 중앙에서 약간 거리를 두며 마주 섰다.

베이올프의 장비를 다시 살펴보니, 급소를 지키는 최소한의 방어구와 두 자루의 검뿐이었다. 움직임을 최대한 방해하지 않는 장비였다.

『솔직히 말해 이 시합의 결과는 상상조차 되지 않습니다. 이제까지의 시합에서 보여줬던 엄청난 회피 능력을 지닌 시리우스 선수가 이길지, 검성의 아들인 베이올프 선수가 쌍검이 이길지…… 솔직히, 어느 쪽이 이겨도 이상하지 않을 것 같군요.』

장비의 최종 점검을 하면서 시합이 시작되기만 기다리고 있을 때, 이미 검을 뽑아들며 임전태세를 취한 베이올프가 입을 열었다.

"……오늘은 잘 부탁드립니다."

"그래. 나야말로 잘 부탁해. 의욕이 넘치는 것 같아 보기 좋네."

"당연하죠. 어제는 그런 소리를 하기는 했지만, 당신의 실력은 인정하고 있으니까요. 당신이 지금까지 치른 시합을 보니, 당신이라면 전력을 다해도 될 것 같군요."

"그거 영광인걸. 그럼 기대에 부응하도록 할까."

"그 여유를 곧 없애드리죠."

『그럼…… 시작!』

베이올프가 살기를 뿜으면서 나를 노려본 순간, 징이 울리면서 준결승 제1시합인 나와 베이올프의 시합이 시작됐다.

우리는 징이 울리자마자 서로를 향해 쇄도하며 무기를 휘둘렀다.

베이올프는 왼손에 쥔 검으로 날카로운 찌르기를 펼치면서 오른손에 쥔 검을 내 움직임을 견제하려 했지만, 나는 손에 쥔 검으로 그 베이올프가 찌르기를 날린 검을 쳐냈다. 그리고 그 검을 왼쪽으로 쳐내면서, 베이올프가 오른손에 쥔 검을 휘두르는 것을 방해했다.

하지만 베이올프는 내 행동을 예상했던 것인지 자세를 낮추며 몸을 비틀더니, 약간 무리를 하며 베기를 날렸다.

나는 바로 도약을 하면서 검을 피한 후, 그와 동시에 공중에서 돌려차기를 날렸다.

"그 움직임은 어제 봤습니다!"

하지만 베이올프가 왼손의 검으로 내 다리를 노렸기에, 나는 돌려차기를 멈출 수밖에 없었다.

공중에서 자세를 바꾸며 검을 피하면서 착지를 한 순간, 베이올프가 다시 달려들더니 양손의 검을 교차시키며 베기를 날렸다.

"이걸 피할 수 있을까요?"

"당연하지!"

내가 베이올프의 검이 교차된 지점에 검을 대며 막아내자, 격렬한 충격이 느껴지며 뒤편으로 튕겨졌지만…… 나는 아무 일도 없었다는 듯이 공중에서 몸을 회전시키며 지면에 착지했다.

"……튼튼한 검이군요. 게다가 전혀 충격을 받지 않은 건가요."

"소중한 사람한테서 받은 검이거든. 게다가 정면에서 격돌을 하더라도 충격을 흘려보내는 건 어렵지 않아."

검이 닿는 순간에 뒤편으로 도약하기만 하면 되는 것이다.

그건 그렇고, 첫수로 찌르기를 날리고, 튕겨낸 후의 틈을 노리지 않는 것을 보면 아직 나를 얕보고 있는 것 같았다.

"그것보다 검성의 기술은 안 쓸 거야? 환류검(幻流劍)…… 아직 한 번도 안 썼지?"

환류검.

검성이 쓰던 유파이며, 검 한 자루가 수없이 많아 보일 정도의 속도로 휘두르기 때문에 환상으로 착각될 정도라 그렇게 불렸다고 한다. 과거에 검성이 수많은 적에게 둘러 싸였을 때도, 한 자루의 검으로 펼친 수많은 공격으로 적들을 전부 해치웠다는 일화가 있다.

라이오르 할아버지에게 들은 이야기에 따르면, 검성과 싸울 때는 1대2로 싸우는 것 같은 느낌이었으며, 몇 번이나 목이 날아갈 뻔했다고 한다.

"쓰면…… 죽을 텐데요?"

"아까 일격으로 확신했어. 할 수 있으면 어디 해봐."

"……좋습니다. 후회하게 만들어드리죠."

베이올프는 내 도발을 듣고 분위기를 바꾸더니, 두 자루의 검을 내 쪽으로 들면서 살기를 뿜었다.

원래 환류검은 검 하나로 펼치는 유파다.

하지만 베이올프는 그것을 두 자루로 펼치는 것 같으며, 그것이 어느 정도의 위력일지는 그야말로 미지수였다.

"환섬(幻閃)!"

그리고 베이올프가 쇄도하면서 휘두른 검은 두 자루의 검이 여덟 자루처럼 보일 만큼 빨랐다.

모든 검이 살아 있는 것처럼 꿈틀거리면서 다양한 각도에서 나를 노리는 가운데…….

『이건?! 베이올프 선수의 검이 늘어났습니다?! 검성이라는 이름에 걸맞은 그 공격을 시리우스 선수가 어떻게 막아…… 어엇?!』

나는 미스릴 나이프를 꺼내 쥔 후, 두 자루의 검으로 상대가 날린 여덟 자루의 검을 전부 쳐냈다.

베이올프는 두 자루의 검을 절묘하게 다루고 있지만, 나는 멀티태스크(병렬사고)에 의해 오른손과 왼손을 완전히 독립시킨 상태에서 움직이게 하는 것이 가능한 것이다. 그리고 무기가 부딪치며 여덟 개의 불꽃이 생겨난 순간, 베이올프는 믿기지 않는다는 듯이 눈을 치켜뜨며 그대로 굳었다.

빈틈투성이인 상대의 가슴을 걷어차자, 베이올프는 낙법도 하지 못해서 시합장 위를 꼴사납게 굴렀다.

『……마, 막아냈습니다! 시리우스 선수, 베이올프 선수의 무시무시한 연속 공격을 전부 막아냈을 뿐만 아니라 반격까지 펼쳤습니다!』

베이올프는 대미지를 심하게 입지는 않았는지 금세 몸을 일으켰지만, 아직 혼란에서 벗어나지 못했다.

"이, 이럴 수가! 그걸 막아내다니……."

"비슷한 공격을 몇 번이나 받아낸 적이 있거든."

이런 말을 하는 것은 좀 그렇지만, 내가 수도 없이 싸웠던 라이오르 할아버지가 썼던 여덟 번의 공격을 동시에 날리는 산파(散破)에 비하면 느려 터졌다.

또한, 검이 동시에 휘두르는 것처럼 보이지만, 약간 시간 차이가 있었기 때문에 쉽게 막아낼 수 있었다.

"소문에 따르면 검성이 휘두른 공격은 열 개가 넘는다고 들었어. 그리고 그 공격 하나하나가 필살의 일격이었다던데…… 네 검은 너무 가벼워. 아직 쌍검술에 익숙하지 않은 거지?"

익숙하지 않다고 말하기는 했지만, 전투 중에 펼치기에는 충분한 레벨이다. 두 자루의 검으로 여덟 개의 공격을 펼쳤으니까 말이다.

하지만 내가 보기에는 아직 유치한 수준이며, 공격 하나하나에 담긴 힘 또한 약했다. 그래서 나는 손에 많은 힘을 줄 필요가 없었고, 그만큼 빠르게 손을 놀릴 수 있었던 것이다.

검을 한 손으로 휘두를 힘은 있지만, 속도에 너무 치중한 나머지 근본적인 근력이 약한 것이다.

"강해지기 위해 계속 싸워오고 있는 것 같은데, 강자와 싸울 때마다 자기 자신을 다시 되돌아보고 있기는 한 거야?"

"큭…… 제 공격을 겨우 한 번 막아내고 선생질을 하려는 건가요? 얕보지 마시죠!"

검을 움켜쥔 베이올프는 심호흡을 하면서 나를 노려보더니, 되뇌듯이 이렇게 중얼거렸다.

"다음에는 더 빠르게, 더…… 더…… 빠르게!"

베이올프의 기운이 점점 날카로워지더니, 세 번째 호흡과 동시에 나를 향해 쇄도했다.

『베이올프 선수가 또 맹공을 펼칩니다! 여전히 검이 보이지 않지만, 아까보다 더 빠른 것은 분명──?!』

베이올프는 아홉 번의 공격을 동시에 날렸지만…… 속도가 빨라졌을 뿐, 본질에는 변함이 없었다.

나는 차분하게 검과 나이프로 쳐내고, 흘려내며, 막아낸 후에 다시 상대의 가슴을 걷어찼다.

"어째……서?"

"아까와 마찬가지로 빈틈투성이인걸. 자기 기술이 통하진 않았을 때 어떻게 행동할지를 생각해둬. 최악의 상황에 유의하라고."

"그러니까…… 왜 그렇게 거만한 태도를 취하는 거죠?!"

"너 같은 녀석은 한 번 제대로 박살이 나지 않으면 남의 말을 듣지 않거든."

바로 해치우지 않는 것은 베이올프의 실력이 아깝기 때문이다.

검성인 아버지에게서 어떤 가르침을 받은 건지는 모르겠지만, 움직임이 거칠고 낭비가 많았다. 그래서 자신이 익힌 기술을 완전히 활용하지 못하고 있었다.

강해질 수 있도록 조언을 해주고 싶으니, 우선 내 말에 귀를 기울이도록 굴복시키기로 한 것이다.

"네 검에서 망설임이 느껴지는데, 실은 실력이 늘지 않아서 고민하고 있는 거 아냐?"

"아무것도 모르는 당신에게 그런 소리를 듣고 싶지 않군요!"

"그래? 미안하군."

아직 자기 기술 중 하나만 파훼됐기 때문인지 마음이 꺾이지 않은 것 같았다.

내 태도 때문에 짜증이 난 듯한 베이올프는 분노를 드러내더니, 나를 향해 돌격하면서 마력을 끌어올렸다.

"이거라면…… 아지랑이!"

마력이 한순간 부풀어 오르더니, 베이올프의 몸이 분신이라도 한 것처럼 보였다. 반사적으로 베었지만 허공을 베기만 했다. 아무래도 자신을 향해 쇄도한 것은 잔상 같았다.

『베이올프 선수가 두 명으로 늘어난 것 같더니, 어느새 시리우스 선수의 등 뒤로 이동했습니다! 이것도 검성의 기술인 걸까요?!』

오호라…… 온몸으로 마력을 방출하며 고속으로 이동해서, 마력을 통한 잔상을 만든 후에 등 뒤로 이동하는 기술인가. 속도와 기술이 주체인 환류검과 궁합이 좋은 기술 같았다.

잔상을 미끼로 삼은 베이올프가 내 등 뒤에서 기습을 했지만, 나는 그가 휘두른 오른손의 검을 보지도 않고 피한 후, 뒤돌아서면서 휘두른 미스릴 나이프로 상대가 휘두른 왼손의 검을 쳐냈다.

"아니?!"

"상대가 덤빌 것을 안다면 간단히 대처할 수 있지. 게다가 사각지대인 등 뒤를 항상 경계하는 건 기본이잖아?"

환영으로 시각을 속이더라도, 전투 시에는『서치』를 주위에 계속 펼쳐두기에 적의 위치는 언제든 파악할 수 있다. 설령『서치』를 쓰지 않더라도 잔상에 이은 기습에는 시간차가 발생하기 때문에 기척을 감지하려고 하면 충분히 대응할 수 있는 것이다.

또 가슴을 걷어차려 했지만, 베이올프가 대비를 하고 있었다. 그래서 나는 반격을 하지 않으며 가볍게 거리를 벌렸다.

방금 기술에도 지적할 점은 있었기에, 나는 베이올프가 아지랑이라 불리는 기술을 사용했을 때 취한 자세와 똑같은 자세를 취하며 입을 열었다.

"게다가 방금 기술은 다른 기술과 조합해서 쓰는 기술이지? 즉, 상대가 쳐다보는 상황에서 써봤자 효과가 적지. 하지만……."

"설마?!"

베이올프가 내가 취한 자세가 지닌 의미를 눈치챈 순간, 나는 온몸으로 마력을 뿜어서 잔상을 만든 후, 그대로 지면을 박차면서 베이올프의 측면으로 이동했다.

"내 기술을?! 하지만, 상대가 쳐다보는 상황에서 써봤자 효과가 적다고 자기 입으로…… 윽?!"

베이올프는 측면으로 이동한 나를 베려고 했지만…… 아무런 감촉도 느껴지지 않자 경악했다.

그것도 무리는 아니다. 그가 벤 것은 내가 마력으로 만들어낸 미끼인 것이다.

나는 측면으로 이동한 후에 또 같은 요령으로 마력으로 된 잔상을 만들었고, 그 틈에 등 뒤로 이동한 것이다. 즉, 상대의 허를 연이어 찌른 것이다.

완전히 그 미끼에 정신이 팔려 있던 베이올프는 완벽하게 빈틈을 드러냈지만, 나는 검으로 베지 않고 단순히 발로 걷어차기만 했다.

"커억?!"

"방금처럼 상대가 쳐다보고 있더라도 요령에 따라서는 기습이 가능하지."

나는 시합장 바닥에 쓰러진 베이올프를 내려다보면서 지적을 했다.

『뜨, 뜻밖의 전개입니다! 엄청난 속도를 지닌 베이올프 선수가 완전히 농락당하고 있습니다! 저…… 시리우스 선수에게 반해버릴 것만 같아요! 시합이 끝난 후에 데이트하지 않겠어요?』

실황중계자가 흥분한 나머지 이상한 소리를 늘어놓는 가운데, 천천히 몸을 일으킨 베이올프의 표정에서는 분노가 아니라 납득에서 비롯된 쓴웃음이 어려 있었다.

"이해했습니다. 당신은…… 검성에게 검술을 배운 적이 있는 거죠?"

"왜 그렇게 생각하지?"

"환섬도, 아지랑이도 필살의 일격입니다. 처음 본 사람이 피할 수 있을 리가 없죠. 그러니 당신은 검성에게 가르침을 받았거나, 아니면 직접 싸워본 적이 있을 겁니다. 아니, 연령적으로 생각해보면 가르침을 받았을 게 틀림없을 것 같군요."

"미안하지만 그렇지 않아. 나는 검성에 대한 이야기만 들어봤을 뿐이고, 네가 펼친 기술도 오늘 처음 봤어. 비슷한 기술이라면 본 적이 있지만 말이야."

강파일도류의 산파는 환섬과 비슷한 기술이며, 원래 라이오르가 검성이 펼치는 환섬에 대적하기 위한 기술 같았다. 그러니 비슷한 게 당연할지도 모른다.

그리고 허를 찌르는 전법을 주로 사용하는 나에게 있어서, 아지랑이 같은 기술은 익숙했다. 마법도 쓸 수 있으니, 처음 보더라도 얼마든지 회피할 수 있다.

"거짓말하지 마세요! 자화자찬처럼 들릴지도 모르지만, 제 기술은 그렇게 쉽게 간파할 수 있을 리가 없어요! 검성급의 실력자가 아니면 피하지도……."

"힌트를 하나 주지. 네가 눈독을 들인 레우스의 유파는 뭐지?"

"강파일도류죠? 어제 실황중계자의 소개가 거짓말이 아니라면, 그는 강검 본인에게 가르침을 받았겠죠."

"그래. 그리고 나는 그런 레우스의 스승이자, 형님뻘이기도 하지."

"……설마 당신도 강검에게 검술을 배운 건가요?!"

"약간 달라."

이번에는 내가 앞으로 나서며 공격을 펼치자, 베이올프는 반사적으로 내 검을 막아냈다. 동요한 상태에서도 몸을 움직일 수 있는 점은 칭찬해줄 만한 것 같았다.

그대로 내가 연이어 펼친 공격을 어찌 어찌 막아내고 있는 베이올프를 쳐다보면서, 나는 말을 이었다.

"나는 강검과 싸우면서 지인이 됐거든. 즉, 너보다 훨씬 빠르고, 묵직하며, 날카로운 검을 경험해본 적이 있는 거야."

"저, 저와 비슷한 또래인 당신이……?!"

"믿든 말든 나와는 상관없지만, 내 실력은 이렇게 싸워보면서 이해했을 거야. 누가 더 세냐, 같은 한심한 생각을 버리지 않았다간 추태를 보이게 될걸?!"

"큭?! 맞는 말인 것 같군요!"

내 말을 이해한 베이올프는 서서히 냉정함을 되찾더니, 속도를 높이며 내 공격에 대처하기 시작했다.

그렇게 잠시 동안 격렬한 공방을 펼쳐지자, 강철과 강철이 부딪치는 소리만이 투기장에 울려 퍼졌다.

흠…… 이 정도는 따라올 수 있는 것 같으니, 좀 더 속도를 높여볼까.

『두 선수는 한 걸음도 물러서지 않으며 격돌하고 있습니다! 그뿐만 아니라 점점 속도를 높이고 있군요!』

서서히 올라가는 속도에 베이올프는 서서히 따라오지 못하고 있는 것 같았다.

내가 보기에 베이올프의 실력은 레우스보다 약간 못한 정도인 것 같았다. 상성 문제도 있으니, 실제로 승부를 겨뤄보지 않으면 누가 이길지 모르지만 말이다.

그리고 한계를 느낀 베이올프는 내 공격에 그대로 밀려나면서 거리를 벌렸다.

이게 시합이 아니었다면 마법을 쓰거나 나이프를 투척했겠지만, 베이올프가 뭔가를 하려는 것처럼 보였기에 일부러 공격을 펼치지 않았다. 내가 봐주고 있다는 사실을 눈치챈 듯한 베이올프는 메마른 미소를 지으면서 땅이 꺼져라 한숨을 내쉬었다.

"하하…… 인정할 수밖에 없겠군요. 결승까지 아껴두고 싶었지만…… 그건 힘들 것 같네요."

"비장의 카드가 있는 거야?"

"아뇨. 그저 지금 이 시합에서 제 모든 것을 드러낼 결의를 했을 뿐입니다! 내 마력을 힘으로……『부스트』."

환섬과 아지랑이를 쓸 때처럼 마력을 통해 일시적으로 신체를 강화한 것 같았다. 내가 전력을 다해 싸워야 하는 상대라는 것을 드디어 깨달은 것 같았다.

나와 레우스가 쓰는『부스트』에 비해 허술한 신체강화지만, 베이올프의 능력은 상당히 강화된 것 같았다. 그걸 증명하듯, 베이올프가 바닥을 박차자 튼튼한 바위 바닥이 깨지면서 사방으로 돌가루가 튀었다.

신체강화를 한 베이올프를 맨몸으로 상대하는 것은 힘들 것 같았기에, 나 또한『부스트』를 펼쳤다. 그리고 그를 도발하듯 손가락을 까딱거렸다.

"멋진 결의군. 전력을 다해 덤벼봐."

"안 그래도 그럴 생각입니다! 환섬!"

아까 내가 해준 지적을 활용하는 건지, 검의 개수가 한 개 줄어든 대신 공격 하나하나가 묵직해졌다.

하지만 나도 몸을 강화했기에 간단히 공격을 막아내며 문제점을 지적해줬다.

"기술을 펼친 후에도 긴장을 풀지 마! 계속 머리를 굴리면서 상대의 행동을 예측하며 움직이는 거야!"

"큭?! 아, 아직 멀었습니다!"

베이올프는 기술을 펼친 순간에 숨을 내쉬는 버릇이 있었다. 금방 고치는 것을 어렵겠지만, 그 크나큰 호흡 탓에 상당한 빈틈이 발생하는 것이다.

나는 그 점을 명확하게 알려주기 위해, 빈틈을 보인 베이올프의 복부에 발차기를 꽂았다.

"커억?! 그, 그런가요. 꽤 큰 빈틈이 있었군요."

베이올프는 바로 이해했는지 기술을 펼친 후에 호흡을 통한 빈틈을 없앴지만…….

"아얏?! 대체 어디서……?!"

"적이 나 뿐일 거라고 생각하지 마! 항상 주위를 경계하면서 불의의 일격에 대비해!"

때때로 부서진 바닥 파편을 걷어차서, 불의의 일격에 대비하는 감각을 가르쳤다.

그러자 이번에는 불의의 일격을 경계하느라 발치에 대한 주의가 허술해졌다.

"아까부터 몇 번이나 내 발에 걷어차인 걸 잊은 거냐?! 인간의 온몸은 무기가 될 수 있어. 한 부분에만 정신을 팔지 마!"

"으윽! 예!"

레우스를 상대로 모의전을 하듯, 나는 전투를 펼치면서 베이올프에게 계속 지적을 했다.

아무래도 베이올프는 레우스와 마찬가지로 몸으로 익히는 타입인 것 같기에, 계속 지적을 하면서 반복학습을 시킬 수밖에 없었다.

『어, 어떻게 된 걸까요? 격렬한 전투가 분명합니다만, 시합을 치르고 있는 것처럼 보이지 않는 군요. 하지만…… 눈을 뗄 수 없습니다.』

우리의 공방에는 실황중계자 뿐만 아니라 관객들도 당황했지만, 비판의 목소리는 들리지 않았다.

투무제의 취지에 벗어난 싸움이지만, 격렬한 격돌에 관객들은 매료된 것 같았다.

"이건 어떤가요?!"

"괜찮은 공격이군!"

어느새 솔직해진 베이올프가 내가 지적한 부분을 수정하면서 공격을 펼치고 있었다. 습득 속도가 빠른 점은 대단하지만, 베이올프의 마력이 한계에 도달한 건지 움직임이 둔해지기 시작했다.

내 빈틈을 찌르려는 듯이 날린 일격을 검으로 쳐내면서 거리를 벌린 나는 검지를 세우면서 선언했다.

"다음이 마지막이야. 전력을 다해 덤벼!"

"……갑니다!"

베이올프가 마지막으로 펼친 환섬은 이전과 크게 다르지는 않았지만, 전력을 쥐어짜낸 공격 하나하나는 예전보다 위력적이었으며, 전부 쳐내지 못했기에 결국 회피를 선택할 수밖에 없었다.

그리고 마지막 검을 쳐내기 위해 손을 휘두른 순간…… 나는 위화감을 느끼면서 뒤편에 의식을 집중했다.

"하아아아앗!"

베이올프는 마지막 공격을 펼치는 것과 동시에 아지랑이를 쓰면서 내 뒤편으로 이동했다.

얼마 남지 않은 마력을 쥐어짜내서 멋진 페인트를 사용한 점에는 감탄했다. 내 가르침을 그 자리에서 응용하는 자세는 정말 대단했다.

나는 자연스레 미소를 지으면서, 베이올프가 검을 휘두르기도 전에 뒤도 돌아보지 않은 채 그대로 상대의 품속으로 파고들었고, 그대로 위로 올려치듯 팔꿈치 치기를 날렸다.

"윽?!"

"간발의 차이……였는걸."

검을 치켜드느라 텅 빈 상대방의 옆구리에 내 팔꿈치가 꽂히자, 그대로 베이올프의 움직임이 봉쇄됐다.

그 상황에서도 베이올프는 다른 손에 쥔 검으로 공격을 하려 했지만, 나는 팔꿈치치기를 명중시킨 방향으로 몸을 이동시키면서 그대로 베이올프의 등 뒤로 이동했다.

한순간 등을 맞댄 상태에서, 나는 상대가 움직이기 전에 어깨 너머로 베이올프의 멱살을 잡은 후, 다리를 걷어차면서 등을 기점으로 업어치기를 날렸다.

그대로 뒤집힌 채 공중으로 내던져진 베이올프와 눈이 마주치자, 나는 손바닥을 내밀면서 말했다.

"마지막으로 하나 더. 접근전 중이라고 상대가 마법을 쓰지 않을 거라고 생각하지는 마."

"……예……."

마력 고갈로 의식이 몽롱해졌지만, 어째선지 만족스러운 미소를 짓고 있는 베이올프를 향해 나는 『임팩트』를 날려서 장외로 날려버렸다.

『겨…… 결판이 났습니다! 시리우스 선수가 승리했습니다! 베이올프 선수의 멋진 검술도 시리우스 선수를 쓰러뜨리지는 못한 것 같군요!』

시합 종료 선언과 관객들의 환성이 울려 퍼지는 가운데, 나는 장외에서 치료를 받고 있는 베이올프를 쳐다보았다.

의료반은 물의 치료마법을 쓰고 있지만, 베이올프가 입은 상처는 내 발차기와 마지막 『임팩트』에 의한 것이 전부였다. 그러니 지금은 피로와 마력 고갈에 의해 의식을 잃었을 뿐이다. 안정을 취하다 보면 곧 정신이 들 것이다.

어찌 된 영문인지 레우스가 베이올프의 옆에 서더니, 그를 쳐다보며 몇 번이나 고개를 끄덕였다.

"이해해. 형님의 훈련은…… 정말 힘들거든. 나도 항상 비슷한 꼴이 돼."

레우스는 같은 고통을 맛본 친구를 쳐다보듯 상냥한 표정을 짓고 있었다.

어이, 레우스. 베이올프는 시합 중이라서 좀 봐주면서 했지만, 너 때는 더 격렬하다고.

요즘은 움직임에 변화를 줘도 바로 대응을 하는 데다, 레우스도 더욱 격렬한 것을 원하기에 미리 생각해뒀던 것보다 과할 때도 있었다. 몸이 망가지지 않도록 손속에 사정을 두는 것은 하루가 멀다 하고 어려워지지만, 그것은 레우스가 성장했다는 증거이기도 하기에 기쁜 비명이라고도 할 수 있었다.

잠시 후, 나와 레우스는 치료실에서 잠들어 있는 베이올프의 앞에 섰다.

다음 시합을 앞둔 레우스까지 여기에 있는 것은 시합장이 앞선 시합의 여파로 박살이 났기 때문에 수리에 시간이 걸리기 때문이다. 지금쯤 시합장에서는 흙 속성 마법을 쓰는 이들이 열심히 수리와 강화를 하고 있을 것이다.

그래서 한 시간 정도 임시 휴식을 가지게 되었기에, 우리는 베이올프를 살펴보기 위해 이곳으로 왔다.

"어이, 형님. 이 녀석의 아버지는 라이오르 할아버지와 싸운 검성이지?"

"그런 것 같아. 라이오르한테서 들었던 기술도 쓰니까 말이야."

"그렇구나. 자식이 있는데 왜 할아버지에게 덤빈 걸까?"

검성은 강검에게 도전했다가 죽었지만, 라이오르의 할아버지에게 들은 이야기에 따르면 그렇지 않은 것 같았다.

아들이 있는데도 할아버지에게 도전한 이유는 본인만이 알겠지만, 나는 라이오르에게서 진상을 들었기에 짐작이 됐다.

"너처럼 가족을 지키기 위해 강해지려는 자는 이해하기 힘들지도 모르겠는걸. 아마 검성은 자신이 죽을 자리를 찾고 있었던 걸 거야."

"죽을 장소? 나는 할아버지 손에 죽는 건 싫어. 죽는다면 에리나 씨처럼 친한 이들에게 둘러싸여서 죽고 싶은데…… 형님은 검성에 관해서 아는 거야?"

"어림짐작이지만 말이야."

"가르쳐……주시겠습니까?"

"어? 정신이 들었구나!"

베이올프는 아무래도 우리 목소리 때문에 깬 것 같았다.

나는 미안한 마음에 사과를 했지만, 베이올프는 빨리 가르쳐달라며 재촉했다.

마치 어린애 같은 베이올프의 눈길을 본 순간, 나는 그가 자신의 아버지에 대해 아무것도 알지 못한다는 사실을 눈치챘다. 검성도 참 너무한 사람 같았다.

"혹시 아는 게 있다면 가르쳐주세요. 저는 아버지에 대해 알고 싶어서 지금까지 계속 강해지려 했던 거예요……."

"내 추측에 불과한데도, 괜찮아?"

"상관없습니다. 조금이라도 아버지에 대해 알 수 있다면……."

"알았어. 하지만 그 전에 물어볼 게 있어. 네 어머니는 어떻게 되셨지?"

"어머니는…… 아버지의 뒤를 따르듯 유행병으로 돌아가셨습니다."

예상대로였기에, 내 추측도 더욱 신빙성을 지녔다.

라이오르 할아버지가 전하는 편이 가장 좋겠지만, 이것도 어떻게 보면 인연이다. 내가 알고 있는 점을 가르쳐주도록 할까.

"괜한 걸 물어서 미안해. 그럼 본론에 들어갈까. 우선 나는 강검 라이오르의 지인이라는 건 설명했지?"

"예. 당신의 실력을 파악한 지금은 그 말도 믿을 수 있습니다."

"그 강검한테서 검성의 최후에 대해 들었어. 검성은 강검과 싸운 탓이 아니라, 싸운 후에 병으로 목숨을 잃었던 거야."

"예?!"

라이오르 할아버지가 은거하기 전의 일이다. 느닷없이 할아버지 앞에 검성이 나타나서 도전했다고 한다.

사력을 다해 싸운 끝에 할아버지는 이겼지만, 그때까지는 검성도 목숨을 부지하고 있었다. 할아버지의 말에 따르면, 또 싸우고 싶은 상대인지라 무의식적으로 목숨을 빼앗지는 않았다고 한다.

하지만 검성은 갑자기 피를 토하더니, 자신이 병에 걸렸다는 이야기를 했다고 한다.

"네 어머니는 유행병에 걸렸다며? 검성도 같은 병에 걸렸어도 이상할 게 없어."

"뭐라고요?! 아버지는 병에 걸린 어머니를 두고 강검에게 도전했다 돌아가셨다고…… 쭉…….."

"잠깐만, 형님! 그런 짓을 대체 왜 하는데?!"

"명예를 지키고 싶었겠지."

검성은 피를 토하면서, 라이오르 할아버지에게 자신이 싸우다 죽은 것으로 해달라고 애원했다.

자신을 즐겁게 해준 이의 부탁을 들어준 할아버지는 병에 걸려 숨을 거둔 검성을 매장한 후, 자신이 그를 쓰러뜨렸다고 공표했다. 할아버지가 적극적으로 공표했을 것 같지는 않지만, 강검의 명성 덕분에 멋대로 퍼져 나갔을 것이다.

"병에 걸려 죽는 것보다, 강검에게 도전했다가 져서 목숨을 잃는 편이 검사로서…… 검성에 걸맞다고 생각한 거겠지. 잔혹한 말일지도 모르지만, 그 사람은 마지막에 아버지이기보다 검성이기를 선택했다고 생각해."

"……나는 이해가 안 돼."

"저는…… 아버지를 용서할 수 없었어요. 병에 걸린 어머니를 내버려 둔 걸로 모자라, 강검에게 도전했다가 멋대로 죽어버린 그 사람을 도저히 용서할 수가 없었죠."

진상을 안 베이올프의 눈에서 눈물이 흘러내렸지만, 그는 왠지 개운한 듯한 표정을 짓고 있었다.

"하지만 어머니는 아버지를 원망하지 않으셨죠. 분명 아버지는 어머니에게만 사실대로 이야기를 했고, 어머니는 그걸 받아들이신 게 분명해요. 나만 따돌리다니, 정말 너무하네요……."

"이것도 내 추측인데, 네가 아버지를 향한 원망을 삶의 원동력으로 삼기를 바란 걸지도 몰라."

"어찌 됐든 간에 너무해요. 너무하지만…… 그래도 저는 아버지를 동경했죠. 갓난아기 때부터 몇 번이나 본 아버지의 검술이 너무 멋져서…… 저도 그렇게 되고 싶다 생각하며 계속 실력을 갈고닦았어요. 그래서 방금 그 말에 납득이 되는군요."

강한 남자구나.

부모님이 죽은 후로 고생을 했을 텐데도, 그것을 받아들이며 앞으로 나아가고 있었다.

"물론 용서 못 한다는 심정도 있습니다. 하지만 아버지는 제 우상이자…… 죽을 때까지 검성이었군요. 그걸 안 것만으로도 충분해요. 이야기해주셔서…… 감사합니다."

베이올프는 고맙다고 말하더니, 나를 향해 처음으로 온화한 미소를 지었다.

우리는 혼자 있게 해달라는 베이올프를 두고 치료실을 나섰다. 그런데 레우스가 아까부터 계속 조용한 게 마음에 걸렸다.

진지한 표정으로 생각에 잠겨 있는 레우스에게 말을 걸어보니, 그는 내 눈을 응시하면서 자신의 속내를 털어놓았다.

"저기…… 형님. 나는 검을 좋아하지만, 가족과 검중에 하나를 골라야 한다면 분명 가족을 선택할 거야."

"너라면 당연히 그렇게 하겠지."

"그러니까 나는 베이올프처럼 진실을 알아도 납득을 못 할 것 같지만, 검성을 형님이나 아버지로 바꿔서 생각하면 이해가 되긴 해."

이제 레우스는 남의 관점에서 생각을 할 수 있게 된 건가. 정신적으로 성장하고 있는 것 같았다.

"동경하는 사람이 곁을 떠나는 건 싫지만, 그 사람의 꼴사나운 모습은 보고 싶지 않거든. 베이올프도 그런 심정인 거겠지?"

"그래. 베이올프는 아버지가 검성이라는 것을 긍지로 여기고 있을 거야. 너는 이해가 안 되겠지만 말이야."

"으음…… 이해는 안 되지만, 그래도 딱 하나는 알겠어. 검성이 자신의 신념을 관철한 건 대단하다고 생각해."

"그걸 안 것만으로도 충분해. 네 신념은 가족을 지키는 거지?"

"그것 말고도, 형님이 등을 맡길 수 있을 만큼 강해지는 것도 있어. 그런데, 형님의 신념은 뭐야?"

"너와 비슷한데, 가족인 너희와 제자를 지키면서 멋지게 길러내는 거지. 불합리한 이유로 너희를 위험에 처하게 하는 자가 있다면, 그게 국가일지라도 나는 최선을 다해 싸울 거야."

"역시 형님은 대단하다니깐!"

무엇을 믿고, 무엇을 자신의 신념으로 삼을지는 사람에 따라 다르다.

레우스가 말한 것처럼, 중요한 점은 그것을 관철하는 것이다. 그러기만 한다면, 적어도 긍지를 가지고 살아갈 수 있을 것이다.

참고로 전생의 내가 교육자가 되기 전에 가지고 있었던 신념은, 파트너가 목표로 삼은 이상을 실현시킬 수 있도록 돕는 것이다.

남들이 코웃음 칠 듯한 이상을, 진심으로 이루려 하는 파트너의 신념에 나는 반했던 것이다. 뭐, 전생한 지금은 제자들을 기르는 교육자로서의 신념만이 나에게 남아 있지만 말이다.

"자아, 곧 시합이 시작될 것 같네. 지킬은 강하지만, 네 실력이라면 충분히 이길 수 있을 거야."

"응! 지켜봐달라고, 형님!"

이런저런 생각을 하느라 좀 기분이 가라앉았지만, 레우스는 곧 투지를 불태우면서 시합장으로 향했다.

1회전과 준준결승전의 시합을 볼 때, 지킬은 라이오르 할아버지에게는 미치지 못해도 그에 대비한 가상의 적으로는 손색이 없는 상대일 것이다.

힘은 수인인 레우스가 뛰어나겠지만, 경험 면에서는 지킬이 앞선다. 레우스의 힘과 신념이 이길지, 지킬의 기술과 경험이 이길지…… 그것만은 나도 예상을 할 수 없었다.

"뭐, 어찌 되든 간에 레우스에게는 좋은 경험이 되겠지. 그건 그렇고…… 정말 많이 컸구나."

나는 항상 올곧게 나아가는 제자의 등을 가늘게 뜬 눈으로 응시했다.

─────레우스─────

"아, 레우스 선수! 시합장의 수리가 끝났으니, 올라가 주십시오."

나는 형님과 헤어진 나는 투무제 스태프의 말을 듣고 시합장에 올라갔다.

이미 대전 상대인 지킬은 검을 뽑아들고 나를 기다리고 있었으며, 나를 보자마자 즐겁다는 듯이 미소를 지었다.

강한 상대와 싸우는 기쁨은 알지만, 저렇게 솔직히 기뻐하는 녀석은 드물다. 저런 녀석은 라이오르 할아버지뿐일 줄 알았다.

"자아, 왔구나! 드디어 즐길 맛이 나는 싸움을 할 수 있겠군."

"그래. 하지만 나는 이다음에 형님과도 싸워야 하니까, 단숨에 결판을 내주겠어."

"형님……. 뭐, 네 형님은 진짜 괴물이던걸? 그 베이올프를 어린애 취급했잖아. 대체 어떻게 하면 그렇게 강해질 수 있는 건데?"

"그야 훈련 덕분이지. 그리고 누나에게 들은 건데, 형님은 갓난아기 때부터 훈련을 했다더라고."

"농담으로만 들리지만, 농담으로 들리지 않으니 무시무시한걸."

"역시…… 그렇게 생각하지? 형님은 진짜 비정상적이야.

하지만 형님과 나란히 서기 위해 나는 여기까지 왔어. ……아니, 앞으로 더 나아가야만 해.

그러니 조금이라도 더 다가가기 위해, 지킬을 쓰러뜨리고 형님과 싸워야만 한다고.

시선을 느끼고 고개를 돌려보니, 형님이 선수용 좌석에 앉아서 시합을 관전하고 있었다. 그리고 나뿐만 아니라 지킬도 형님을 쳐다보고 있었다.

"아무리 봐도 젊은 모험가로만 보이는데…… 솔직히 말해 지금의 나는 이길 자신이 없어. 이런 느낌은 라이오르 씨에게 도전했을 때 이후로 처음 느껴보는걸."

"그럼 순순히 지라고. 나는 형님과 싸우고 싶단 말이야."

"그럴 수야 없지. 저런 강자와 싸울 기회는 흔치 않거든. 이길 자신이 없더라도 도전해보고 싶은 게 당연하잖아?"

"그건 나도 마찬가지야."

『여러분, 오래 기다리셨습니다. 시합장 정비가 끝났으니, 레우스 선수와 지킬 선수의 시합을 시작할까 합니다.』

준비가 끝났다는 실황중계자의 목소리가 들리자, 나는 파트너를 뽑아들면서 강천(剛天)의 자세를 취했다. 물론 지킬도 같은 자세를 취했다.

『자세를 보면 알 수 있듯, 이 시합은 강파일도류 검사간의 대결입니다. 그리고 두 선수의 실력 또한 지금까지의 시합을 관전한 여러분은 이해하고 있으실 테죠. 그야말로 힘과 힘의 격돌…… 흥분되는 군요!』

지킬의 장비를 확인해보니, 급소 이외에는 가죽으로 가리는 검은색 전신 갑옷, 그리고 내 파트너보다 조금 날이 짧고 두터운 대검을 들고 있었다. 그리고 저 대검에서 묘한 기운이 느껴지니, 조심하는 편이 좋을 것 같았다.

나는 심호흡을 한 후, 몸속의 마력을 흐르게 하면서 시합이 시작되기만 기다렸다.

『그럼…… 두 선수의 시합을 시작할까 합니다. 준결승 제2시합…… 시작!』

"우랴아아아아아압──!"

"하아아아압──!"

징 소리가 울려 퍼진 순간, 동시에 『부스트』를 사용한 우리는 지면을 박차면서 돌진했다. 실력은 이미 알고 있기에, 서로가 전력을 다하고 있었다.

애초에 강파일도류의 기본기인 강천은 손속에 사정을 둘 수 없게 되어 있다.

전력을 다해 검을 휘둘러 상대의 검과 맞부딪치자…… 둔탁한 소리와 충격파가 발생했다.

『앗?! 귀, 귀가 따가울 정도로 엄청난 소리군요! 검이 아니라 해머가 충돌한 게 아닐까 싶을 정도예요!』

충격에 의해 서로의 검이 튕겨났고, 나와 지킬 또한 한 걸음 물러섰지만 곧 앞으로 다시 나서면서 검을 휘둘렀다. 지금의 우리에게 후퇴는 존재하지 않았다. 한 걸음이라도 물러서면 진다!

두 번째 공격도 동시에 날렸지만, 이번에는 튕겨나지 않고, 검을 맞댔다.

"상상했던 것보다 더 힘이 좋은걸! 정말 최고야!"

"그러는 너도 대단하잖아! 내 검을 받아 내다니, 정말 엄청나군!"

솔직히 말해 나도 즐거웠다.

그것도 그럴 것이, 내 전력을 정면에서 받아낼 수 있는 상대는 흔치 않기에, 나는 신선한 기분을 맛보고 있었다.

"라이오르 씨에게서 진짜로 검술을 배우긴 했나 보네!"

"당연하지! 내가 몇 번 그 할아버지 손에 죽을 뻔했는지 알기나 해?!"

라이오르 할아버지는 때때로 손속에 사정을 두는 것을 깜빡하기 때문에 진짜로 무섭다니깐.

무섭기는 하지만, 할아버지와 싸우면 그만큼 강해질 수 있는 데다, 검을 휘두르는 게 즐거웠기 때문에 계속 싸워나갈 수 있었다.

검과 말이 몇 번이나 부딪치며, 그때마다 강철이 맞부딪치는 소리가 울려 퍼졌다. 그리고 관객들 또한 침묵에 잠긴 채 우리의 대결을 지켜보고 있었다.

나와 지킬의 힘은 거의 호각…… 아니, 내가 약간 우세한 것 같았다.

단숨에 밀어붙일 수 있을지도 모른다고 생각한 순간, 지킬의 움직임이 약간 변화했다는 것을 눈치챈 나는 바로 생각을 바꿨다.

""산파!""

역시 방금 그건 기술을 펼치기 위한 움직임이었는지, 거의 동시에 발생한 여섯 개의 공격이 맞부딪치면서 상쇄됐다.

나는 지킬도 여섯 방을 동시에 펼칠 수 있다는 사실에 감탄했다. 참고로 형님은 일곱 방을 날릴 수 있으며, 라이오르 할아버지는 여덟 방을 날릴 수 있다. 여섯 방 이상을 날리는 게 정말 어려운 기술이다.

"하하! 그렇게 나와야지!"

지킬은 산파를 날리자마자 앞으로 나서면서 발차기를 날렸기에, 나는 허둥지둥 토시로 막아냈다.

위험했어……. 약간 방심했다. 베이올프가 형님에게 걷어차이는 장면을 보지 않았다면, 미처 막아내지 못했을지도 모른다.

"철판이 들어간 부츠로 찼는데, 우그러들지도 않는 거냐. 꽤 괜찮은 토시잖아!"

"아버지와 할아버지가 준 토시거든!"

아직 조금 크지만, 엄청 가벼운데도 튼튼하기 때문에 믿음직했다.

그것보다 지킬은 강파일도류뿐만 아니라 체술도 쓰는 것 같았다. 라이오르 할아버지가 봤다면 검만 쓰라고 한 소리 할 것 같지만, 무조건 검술만 가르치는 라이오르 할아버지가 이상한 거라고.

한편, 내 공격수단은 검이 중심이며, 형님과 친 할아버지에게 물려받은 체술, 그리고 불꽃 마법을 쓸 수 있다.

평소에는 검으로 싸우지만, 어떤 상황에도 대응할 수 있도록 다른 것들도 단련하라고 형님이 말했던 것이다.

뭐, 형님과 모의전을 할 때는 내 모든 것을 전부 활용하지 않으면 상대조차 되지 못하기에 자연스레 단련하게 되었다.

"이번에는 내 차례야!『플레임 너클』"

"쳇?! 무영창도 할 수 있는 거냐?!"

나는 발차기를 막아낸 팔로 반격을 하듯 『플레임 너클』을 펼쳤다.

무영창, 그것도 활활 타오르는 불꽃에 뒤덮인 주먹을 본 지킬은 놀랐지만, 검을 방패삼으면서 내 주먹을 막아냈다. 모험가로서의 경험이 나보다 훨씬 많은 만큼, 빠르게 대처하는 것 같았다.

내가 날린 주먹은 폭풍을 일으키며 지킬을 날려버렸지만, 두 발로 착지하는 것을 보면 대미지는 거의 받지 않은 것 같았다.

"하아, 검만 쓰나 했더니 마법도 쓸 수 있었던 거냐."

"나는 그나마 나아. 형님은 검과 마법뿐만 아니라 체술과 마도구 제작, 그리고 요리도 잘한다고!"

"요리…… 잘은 모르겠지만, 스승이 대단하면 제자도 이렇게 대단해지는 거냐. 이거 아껴둘 때가 아닌걸."

지킬이 어쩔 수 없다는 듯이 머리를 긁적이면서 검에 마력을 주입하자, 검에서 상당히 강력한 바람이 생겨났다.

마법……은 아닐 것이다. 영창은 하지 않은 데다. 내가 무영창으로 마법을 쓰는 것을 보고 놀란 지킬이 마법을 쓸 것 같지는 않았다.

"분하지만, 힘뿐만 아니라 강파일도류로도 네가 나보다 한 수 위야. 그러니 좀 비겁하지만, 나도 비장의 카드를 쓰도록 할까."

"싸움에 비겁하고 말고가 어디 있어. 얼마든지 해보라고!"

"흥, 대답 한번 마음에 드는군! 그럼 이제 본격적으로 싸워볼까!"

지킬이 기뻐하면서 검을 치켜들며 돌격하자, 나도 그에 맞춰 검을 휘둘렀다.

저 대검이 바람에 휘감겨 있는 게 신경 쓰였지만, 공격을 해온다면 나 또한 전력을 다해 싸울 뿐이다. 그리고 나와 지킬의 검이 부딪힌 순간…….

"발동!"

지킬의 검에서 뿜어져 나온 바람이 마치 벽처럼 나를 덮쳤다.

그 바람 때문에 내 검이 튕겨났지만, 지킬의 검도 빗나간 탓에 나는 다치지 않았다.

"쳇! 바람 때문에 빗나갔군……."

"방금 그건 뭐야?"

바람 마법인 줄 알았는데, 지킬이 마법을 쓴 것 같지는 않았다고.

그렇다면…….

"……그 검의 능력이야?"

"어라, 눈치챘나 보네."

"그래. 전에 비슷한 걸 본 적이 있거든. 아마…… 마검이라고 하던가?"

아까처럼, 마력을 불어넣어서 어떤 마법을 발동시킬 수 있는 검을 마검이라 부른다. 사실 형님이 디 형에게 받은 검도 마검이다.

검의 칼날에 불가사의한 문양…… 마방진이 그려져 있는데, 마방진을 칼날에 새기는 것은 엄청 어려울 뿐만 아니라 검 자체가 약해질 수도 있기 때문에 손쉽게 만들 수 있는 게 아니다.

하지만 고대의 유적에서 강력한 마검이 발견되기도 한다고 한다. 지킬은 그런 무기를 지니고 있는 것 같았다. 내가 전력을 다해 날린 공격을 막아내고도 멀쩡한 것을 보면 꽤 대단한 마검 같았다.

"눈치챈 것 같으니 가르쳐주도록 할까. 이건 어떤 동굴에서 찾아낸 건데, 마력을 넣으면 아까처럼 바람을 일으킬 수 있어."

"확실히 대단하긴 한데, 아직 제대로 다루지 못하나 보네?"

"당연하지. 이건 제어가 힘들거든."

사실 공격이 빗나간 것은 지킬이 바람을 제대로 다루지 못한 탓이다.

덕분에 살았지만, 꽤 성가시게 됐다. 잘 이용하면 나를 공격할 뿐만 아니라, 누나처럼 바람 마법으로 하늘 높이 뛰어오를 수도 있을 거잖아? 형님이 그런 걸 제트…… 뭐라고 부르던데, 아무튼 이대로 싸우다간 지고 말 것이다.

하지만 저렇게 엄청난 바람을 만들어내려면 마력도 상당히 소모해야 할 테니, 계속 버티다 보면 지킬의 마력이 바닥날…….

"……아냐! 형님에게 그렇게 한심한 싸움을 보여줄 수는 없지! 정면대결을 펼쳐서 박살 내겠어!"

"당연히 그렇게 나와야지! 나도 물러설 곳이 없으니, 슬슬 결판을 내주마!"

우리는 다시 지면을 박차더니, 그대로 전력을 다해 검을 휘둘렀다.

다른 기술이나 마법을 쓰면 마검도 어찌 할 수 있겠지만, 나는 지킬과 정면대결을 펼쳐서 이기고 싶었다. 다음 시합…… 형님과 싸울 때까지 조금이라도 더 강해지고 싶으니까 말이다.

나와 지킬의 싸움은 힘겨루기가 되었고, 조금이라도 방심하면 바로 베이고 말 것이다.

아까보다 더 세게 검을 휘둘렀는데도, 바람을 통해 더욱 기세가 강해진 지킬의 검에 나는 밀리고 말았다.

이번에는 바람의 조작에 실패하지 않은 건지, 지킬의 검은 내 어깨를 향해 그대로 쇄도했다.

"이걸로 끝이……."

"우랴아아아압──!"

나는 반사적으로 검에서 한 손을 뗀 후, 갑옷토시 부분으로 지킬의 검을 쳐서 궤도를 흐트러뜨렸다. 할아버지에게 받은 갑옷토시를 착용했기에 이런 행동이 가능한 것이다.

빗겨난 검이 내 어깨를 스친 탓에 피가 약간 났지만, 정통으로 맞지 않았으니 문제될 것은 없다.

"어이?! 무슨 짓을 한 거야?!"

"아직 멀었어!"

나는 그대로 한 손으로 검을 억지로 휘둘렀고, 지킬은 내 옆을 지나치며 그 공격을 피했다.

젠장, 형님과 비슷한 방식으로 공격을 피하잖아!

"진짜 당치도 않은 녀석이군. 검을 손으로 때려? 제정신이냐?"

좀 위험하기는 했지만, 잘 풀려서 다행이다.

일전의 시합에서 콘이 취했던 행동이 머릿속에서 떠오르며 몸이 멋대로 움직인 것이다.

『아무래도 레우스 선수가 약간 밀리고 있는 것 같습니다만…… 지킬 선수도 힘을 상당히 소모한 것 같군요!』

그리고 우리는 자연스럽게 거리를 벌렸다.

나는 어깨가 베였지만 출혈이 심하지는 않았고, 체력과 마력도 아직 남아 있었다.

하지만 지킬은 체력이 바닥난 것인지 호흡이 거칠어져 있어서 매우 괴로워 보였다.

"어이…… 너무 빨리 체력이 바닥난 거 아냐?"

"당연하잖아! 나는『부스트』와 마검에 마력을 쏟아 붓고 있다고!"

"그래? 나도『부스트』를 계속 쓰고 있는데?"

"네가 비정상인 거라고! 즐겁기는 하지만, 역시 이 녀석을 쓰면 힘들다니깐."

"라이오르 할아버지는 힘들수록 즐겁다고 생각할걸?"

몸의 고통은 자신을 강하게 만들어주는 하나의 수단이라고 할아버지는 말했었다.

"그래……. 라이오르 씨라면 그런 소리를 하고도 남지. 하아, 한심한 소리를 했는걸."

"신경 안 쓰니까 빨리 덤벼. 이번에야말로 지지 않을 거라고!"

"더 싸울 거냐. 좋아……. 그런데 이번에는 어떻게 싸울 거지?"

마음으로는 지지 않지만, 저 마검을 상대할 좋은 방법이 생각나지 않았다.

쓰면 쓸수록 더 능숙하게 다루는 것 같으니, 빨리 결판을 내지 않으면 위험할 것 같았다.

일부러 맞은 다음에 반격을 노려볼까?

아니다……. 그냥 베일 바에야 그걸 시험해보자.

형님과 싸울 때와는 다르게 지킬과는 순수하게 힘으로 승부를 하고 있으니, 잘만 하면…… 충분히 이길 수 있어!

"각오를 다진 것 같군."

"그래. 그것보다 그 마검…… 어쩌면 부숴버릴지도 모르니까, 미리 사과해두겠어."

"세게 나오는걸. 하지만 사과할 필요는 없어. 싸우다 부서진 다면 이 검도 바라는 바일 테니까 말이야. 개의치 말고 덤벼봐."

"그래? 그럼 사양 않겠어. ……간다!"

나는 이길 방법을 생각하다 저주받은 아이라 불리는 변신 능력을 쓰면 이길 수 있을 거라는 점을 떠올렸다.

두 발로 걸어 다니는 늑대 모습이 된다면 상처가 빨리 아물 뿐만 아니라 힘도 몇 배가 강해지지만, 흥분한 탓에 주위가 제대로 보이지 않는다는 결점이 있다.

즉, 빈틈이 많아지기 때문에 형님이나 할아버지, 그리고 지킬 같은 강적을 상대할 때는 변신을 하지 않는다.

하지만 그 힘을 쓰지 않는 것도 아깝다는 생각이 들었다.

힘은 쓰기 나름이라고 형님은 항상 말했던 것이다.

그런 생각이 든 순간, 필요한 부분만 쓰면 된다고 무의식적으로…… 아니, 본능적으로 느낀 나는 그 생각에 따라 힘을 해방시켰다.

"크, 아아아아아아앗──!"

온몸이 안 된다면, 일부분만 변신시키면 된다.

그렇다. 나는 검을 휘두르는 두 팔만 변신시켰다.

온몸을 변신시키는 것에 비하면 약하지만, 지킬을 상대하기 위해서는 아주 조금만 힘이 강해지면 된다.

팔에 무언가가 흘러들어가는 듯한 뜨거운 감각이 느껴지는 가운데, 내가 휘두른 검과 지킬의 마검이 부딪친 순간…….

"큭?! 어거…… 졌군."

지킬의 마검이…… 두 동강 났다.

하지만 내 검은 건재했다. 그것만으로도 그란트 할아버지가 얼마나 대단한지 실감이 됐다. 라이오르 할아버지가 휘두르는 검을 만든 사람다웠다.

지킬이 반격을 하지 않자, 나는 전투태세를 취한 채 필사적으로 호흡을 가다듬었다.

토시에 의해 가렸지만, 나는 현재 팔꿈치 아래 부분이 늑대 털로 뒤덮여 있었다. 마음을 진정시키면 자연스럽게 원상태로 되돌아오니, 검을 쥔 채 마음을 진정시켰다. 변신한 모습은 형님과 누나 이외의 사람에게는 보여주고 싶지 않았다.

그런 나를 본 지킬은 부러진 검을 바닥에 떨어뜨리더니, 개운한 표정으로 웃으며 두 손을 들었다.

"……관두자, 관둬! 내가 완패야. 항복하지."

『겨, 결판이 났습니다! 지킬 선수의 선언에 따라, 레우스 선수의 승리입니다!』

환성이 울려 퍼지는 가운데, 드디어 팔의 변신이 풀린 나에게 지킬이 다가왔다. 나는 그런 그와 자연스럽게 악수를 나눴다.

"축하해. 다음은 스승과의 대결이구나."

"고마워. 그리고 검 말인데……."

"응? 아, 아까도 말했다시피 개의치 마."

검사에게 있어 검은 파트너이며, 매우 중요한 것이다.

개의치 말라는 말을 들어도, 미안하다는 생각이 계속 들었다.

내가 어떤 생각을 하고 있는지 분위기로 눈치챈 지킬은 내 어깨를 두드려주면서 주먹을 말아 쥐었다.

"라이오르 씨는 검이 강한 게 아니라 본인이 강한 거잖아? 이 녀석에게 의지하기만 해선 안 된다는 걸 이 기회에 깨달았으니까 괜찮아."

"……그렇구나. 그래도 사과를 해야겠어. 검을 부러뜨려서 미안해."

"진짜로 괜찮다고. 게다가 이 녀석도 너 같은 녀석한테 부러졌으니 만족할 거야!"

"나도 너와 싸우면서 즐거웠어."

""하하하!""

나와 지킬은 서로를 칭찬하면서 크게 웃었다. 왠지 지킬과는 마음이 맞는 것 같은 느낌이 들었다.

"결승전을 기대하겠어. 그 괴물을 상대로 멋지게 싸워보라고!"

"응!"

그리고 지킬과 함께 시합장에 내려가자, 선수용 좌석에 앉아 있던 형님이 미소를 지으며 나에게 다가왔다.

다음에 싸워야 할 상대인데도, 형님이 기뻐해 주니 나 또한 왠지 기뻤다.

"축하해, 레우스. 너라면 이길 거라고 생각했어."

"당연하잖아. 형님의 제자인 내가 질 수는 없다고!"

"믿음직한걸. 자아, 다음은 너와 내가 결승전을 치러야 하지만…… 좀 상의하고 싶은 일이 있어."

"응?"

"호오, 그게 뭔데?"

지킬이 옆에서 흥미롭다는 듯이 듣고 있는 가운데, 형님은 설명을 시작했다.

그것은 바로, 결승전이 시작되기 전에 가지는 휴식 시간을 늘려달라고 투무제 스태프에게 요청하자는 말이었다.

"싸움이라는 것은 언제 일어날지 모르고, 지금의 너처럼 지친 상태에서 싸울 때도 많지. 그러니 원래라면 휴식을 가지지 않고 바로 싸워야겠지만, 나는 지치지 않은 너와 싸우고 싶어."

"휘유! 엄청난 자신감인걸. 레우스는 어떻게 할 거야?"

"나도…… 그리고 싶어. 형님과 전력을 다해 싸우고 싶다고."

"좋아. 그럼 투무제 스태프에게 이야기를 해볼까."

형님은 만족스러운 표정을 짓더니, 나를 치료해주러 온 스태프에게 사정을 설명했다.

스태프는 휴식 시간이 너무 길면 관객들이 불평을 할 거라면서 투덜거렸지만, 형님의 설득과 지킬 덕분에 어찌 어찌 됐다.

『어이, 투무제를 보러온 자식들아! 결승도 기대되지?! 물론 나도 기대된다고! 하지만, 기왕이면 시리우스와 레우스가 전력을 다해 싸우는 모습을 보고 싶지 않아?!』

내 어깨의 상처가 낫는 사이, 지킬은 마도구를 빌려서 관객들에게 설명을 하기 시작했다.

형님도 눈치가 빠르다고 말했던 지킬의 발언 덕분에 관객들은 납득했고, 내가 회복될 때까지 기다려주기로 했다.

"고마워, 지킬. 이걸로 레우스는 충분히 회복시킬 수 있어."

"뭐, 나도 너희가 전력을 다해 싸우는 모습이 보고 싶었거든. 하지만 휴식 시간이 좀 늘었다고 완전히 회복되겠어?"

간단히 말해, 휴식 시간이 두 배가 되었을 뿐이다.

보통은 그 정도 시간 동안 체력을 완전히 회복시키는 것은 무리겠지만, 나와 형님이라면 가능하다.

"문제없어. 그럼 바로 가볼까."

"응!"

형님과 나는 뒤따라오는 지킬과 함께 투기장의 치료실로 향했다.

내가 장비를 벗고 침대에 눕자, 옆 침대에서 쉬고 있던 베이올프가 의아한 표정을 지으며 나를 쳐다보았다.

"레우스 군, 왜 그러죠? 당신이 이기지 않았나요?"

"응. 이겼어. 그럼 나는 이만 잘래."

"어? 잠깐만요?!"

나는 시간이 아까웠기에, 형님에게 설명을 맡기며 눈을 감았다.

"……그렇게 된 거야. 그리고 베이올프와 지킬에게 부탁이 있는데……."

"제가 할 수 있는 일이 있다면 뭐든 하겠습니다."

"나도 마찬가지야. 말만 하라고."

아직 괜찮은 줄 알았지만, 역시 지킬과 싸우면서 꽤 지친 것 같았다.

온몸의 힘이 빠져나가자 졸음이 몰려왔고, 나는 형님의 목소리를 자장가 삼으며 잠에 빠져들었다.

"……우스. 레우스. 이제 시간이 됐어."

"……응?"

누군가가 몸을 흔들어준 덕분에 정신을 차린 나는 기지개를 켜면서 몸을 일으켰다.

그대로 가볍게 몸을 움직이면서 컨디션을 확인해보니, 위화감은 고사하고 피로까지 완전히 사라졌다. 이정도로 회복이 된 것을 보면, 내가 자는 사이에 형님이 마력으로 처치를 해준 것 같았다.

아무튼, 나는 현재 아침에 잠에서 깨어났을 때와 버금갈 정도로 컨디션이 좋았다.

"레우스, 일어났구나. 몸은 좀 어떠니?"

"리스 누나? 누나가 왜 여기에…… 어, 형님은 어디 갔어?"

"이미 대기실에서 기다리고 있는 것 같아. 그것보다 상처는 어때? 이상한 느낌은 없어?"

"괜찮아. 아침에 일어났을 때처럼 멀쩡해."

자기 전에 간단히 치료를 받았던 어깨 상처가 완전히 아물어 있는 것은 리스 누나가 치료해줬기 때문이리라.

침대에서 나와 준비체조를 하면서 시간을 물어보니, 곧 시합이 시작될 시간이라고 한다.

그런데 이 방에는 선수와 관계자 밖에 들어오지 못하는데, 어째서 리스 누나가 여기 있는 거지?

"시리우스 씨가 스태프에게 이야기해서 나만 특별히 들여보내줬어. 치료마법을 쓸 수 있다는 점으로 설득한 것 같아."

"그건 그렇고, 리스 씨의 마법은 정말 대단하군요. 예전보다 몸이 더 좋아진 것 같아요."

옆 침대에 있던 베이올프도 자잘한 상처가 나았을 뿐만 아니라 안색도 좋아진 걸 보면, 리스 누나가 치료를 해준 것 같았다.

"후후, 고마워. 베이올프 군은 이제 일어서도 될 테지만, 오늘은 무리하지 마."

"아, 예……."

어라? 베이올프의 얼굴이 왠지 빨간 것 같은데…… 괜한 마음 먹지 마. 리스 누나는 형님 거라고!

"흐음…… 진짜로 잠깐 수면을 취했을 뿐인데 완전히 회복됐잖아. 네 몸은 대체 어떻게 되어먹은 거야?"

"어, 지킬도 있었어?"

"당연하지! 네 형님의 부탁으로 네가 이상한 짓을 당하지 않는지 지키고 있었다고."

너무 조용해서 눈치채지 못했는데, 방구석에 놓인 의자에 앉아 있던 지킬이 어이없다는 듯한 투로 그렇게 말했다.

도박 때문에 형님이 이기도록 하기 위해, 나에게 이상한 짓을 하는 녀석이 있다면 막아달라고 형님이 지킬에게 부탁한 것 같았다.

설마 그런 녀석이 있을까 싶지만, 세상 어디에나 멍청이는 있는 법이고, 지킬도 그런 일이 벌어질 가능성이 충분히 있다고 생각했기에 그 부탁을 받아준 것 같았다. 다행히 그런 녀석은 나타나지 않은 것 같지만 말이다.

"참고로 네 형님 말인데, 지금은 스승이 아니라 대전 상대니까 같이 있지 않는 편이 좋겠다고 하던데. ……진짜 철저한 사람이네."

"그 정도로 진심인 거겠죠. 저조차도 상대가 되지 못한 분이에요. 전력을 다한다면 얼마나 강할지 상상조차 되지 않는군요."

그렇다. 형님은 내 대전 상대인 것이다.

이렇게 신경을 써준 형님을 실망시키지 않기 위해서라도 최선을 다해야겠다.

"허가를 받았으니까 나는 시합장 근처에 있을 거지만, 치료가 불가능할 정도로 다치지 않도록 조심해. 뭐, 이런 말을 해봤자 듣지는 않겠지만 말이야."

"리스 누나가 있으니까 얼마든지 다쳐도 되겠네!"

"하아…… 진짜 못 말리는 애라니깐. 에밀리아도 데리고 올걸 그랬어."

한숨을 내쉬며 쓴웃음을 지은 리스 누나에게는 미안하지만, 나는 최악의 경우 팔 하나 잘리는 걸 각오하고 있었다.

만약 누나가 곁에 있었다면 눈치챘을지도 모르니, 이 자리에 없어서 정말 다행이다.

내가 몰래 안도하고 있을 때, 베이올프는 약간 화난 듯한 표정을 지으며 입을 열었다.

"레우스 군. 리스 씨를 난처하게 만들지는 마세요."

"미리 말해두겠는데, 리스 누나는 장래에 형님의 아내가 될 사람이자, 내 누나야. 그러니까 너한테 못 줘!"

"뭐요?!"

"레우스?! 갑자기 무슨 소리를 하는 거니?!"

"하하하! 너희는 아무리 봐도 질리지는 않는다니깐!"

시끌벅적해진 치료실에서 내가 다시 장비를 착용한 후, 다른 이들과 함께 시합장으로 향했다.

도중에 투무제 스태프에게 회복이 됐다는 것을 알리고 시합장에 도착하자, 두 선수가 시합을 하고 있었다.

두 시간이나 관객들을 기다리게 할 수는 없다고 생각한 건지, 본선 토너먼트에서 올라왔던 선수들이 특별시합을 치르는 것 같았다.

이겨봤자 아무런 소득도 없지만, 자기 실력을 시험하고 싶어 하는 선수가 많은지, 꽤 분위기가 뜨거웠다.

내가 모습을 보인 순간 승패가 갈렸고, 이긴 선수가 손을 치켜들며 기뻐했다. 저 사람은…… 1회전에서 형님과 싸웠던 창술사다.

『고도진 선수가 승리했습니다! 저 대단한 창술에 상대는 일방적으로 밀리기만 했군요. 아…… 드디어 왔군요. 여러분, 오래 기다리셨습니다. 레우스 선수가 돌아왔으니, 지금부터 결승전을 시작하도록 하겠습니다!』

아, 지금은 나 자신에게 집중해야 한다. 이제부터 결승전을 치러야 하니까 말이다. 게다가 상대가 형님이라면, 한순간만 방심해도 바로 지고 말 것이다.

"저처럼 일방적으로 밀리지 않기를 빌죠."

"네가 어떻게 싸우는지 똑똑히 지켜보마."

"으음…… 저기, 아무튼 힘내."

"응. 그럼 갔다 올게!"

리스 누나가 좀 이상해보였지만…… 뭐, 신경 쓰지 않아도 될 것이다. 내가 다치지나 않을지 걱정하고 있을 뿐일 테니까 말이다.

『레우스 선수, 시합장에 올라오시죠!』

그 말을 듣고 시합장에 올라간 나는 한가운데로 걸어간 후, 천천히 눈을 감았다.

괜찮아……. 나는 냉정해.

전력을 다하겠다고 말한 형님 상대로 얼마나 버틸 수 있을지는 모르겠지만…… 형님의 기대를 배신할 수는 없다.

『레우스 선수의 실력은 이제 설명할 필요가 없겠죠. 지킬 선수의 대검을 두 동강 낼 정도의 힘을 지닌 레우스 선수가 날쌘 시리우스 선수를 상대로 어떻게 싸울지 정말 기대됩니다!』

그렇다. 시합도, 관객도 상관없다.

지금은 그저 형님을 상대로 전력을 다해 내 실력을 발휘할 뿐이다.

『이번에는 시리우스 선수가 입장하겠습니다!』

————윽?!

그 순간…… 나는 숨을 쉬어야 한다는 사실을 망각했다.

뭔가가 이상하다는 사실을 관객들도 느꼈는지, 다들 한기를 느끼며 손을 비비거나 겁먹은 듯한 반응을 보였다.

그 원인은 바로…… 형님이었다.

천천히 시합장으로 올라온 형님이 다가오자, 온몸이 멋대로 떨리기 시작한 것이다.

항상 상냥한 눈길로 우리를 지켜봐주던 형님이 나를 죽이려는 듯이 살기를 뿜고 있었다. 그리고 그 살기에 간접적으로 노출된 관객들마저 공포에 떨고 있을 지경이었다.

마치 목에 검이 겨눠진 듯한 그 살기를 느낀 나는 예전에 이야기로 들었던 사신이라는 존재를 떠올렸다.

"……어째……서……?"

입이 제대로 움직여지지 않았다.

왜…… 왜 그렇게 살기를 뿜는 건데?

영문을 모른 채 멍하니 서 있는 내 앞에 선 형님은 적을 쳐다보는 듯한 눈길로 나를 응시했다.

"레우스. 한 단계 위의 싸움이다. 나를 죽일 생각으로 덤벼."

아아…… 그렇구나.

내 결의가 부족했던 거야.

최선을 다한다거나, 팔 하나를 잃는다거나…… 그런 물러터진 생각을 할 때가 아니라는 사실을 눈치챘다.

형님을 죽일 생각으로 싸우지 않으면, 내가 죽고 만다.

본능적으로…… 이해했다.

"…………형님."

호흡이…… 거칠어졌다.

이렇게 형님이 무섭다고 느낀 것은 어릴 적에 저택을 뛰쳐나
갔을 때 이후로 처음이다.

형님은 자신이 저주받은 아이라는 사실이 무서워서 뛰쳐나갔
던 나를 두들겨 팼다. 그리고 당시의 나는 형님 손에 죽을 거라
고 생각했다.

그래서 한동안 형님이 무서웠지만, 형님이 얼마나 상냥한지
알고 두려움은 사라졌다.

제멋대로 행동하거나, 음식을 몰래 훔쳐 먹어서 형님에게 혼
난 적은 있지만, 그때처럼 몸이 떨릴 정도로 무섭지는 않았다.

학교 미궁에서 형님이 보였던 분노는 나를 향한 것이 아니었
을 뿐만 아니라 너무 믿음직해서, 형님을 향한 동경심이 더욱
강해졌다.

그런 형님이 나를 향해 살기를 뿜고 있다.

강적과 마주쳐도 겁을 먹지 않도록 훈련 과정에서 형님이 나
를 향해 살기를 뿜은 적은 있지만, 이것은 진정한 살기다. 그야
말로 격이…… 달랐다.

『……아…… 으음…….』

형님이 뿜는 살기에 삼켜진 실황중계자 누님이 입을 다물고
있었다.

저 누님이 시합을 시작시켜야 우리가 대결을 펼칠 수 있다. 그
러니 관객들이 불평을 늘어놓아도 이상하지 않겠지만, 관객들

도 살기에 삼켜졌는지 아무 말도 하지 못했다.

그리고 나는 형님에게 눈을 떼지 않으며, 떨리는 몸을 필사적으로 억누르고 있었다.

"······이대로 기다려봤자 시합이 시작될 것 같지 않은걸. 멋대로 시작할까?"

살기만이 아니다. 아버지처럼 따뜻하고 믿음직하던 형님이 마치 타인처럼 나를 쳐다보고 있다.

형님은 고향에서 마물을 보고 겁을 먹었던 누나를 이런 눈길로 쳐다봤을 것이다. 상상은 했지만, 설마 이렇게 무시무시할 거라고는 생각도 못했다.

만약 형님에게 미움을 받게 된다면, 그 눈길을, 그 목소리를 접하게 될 것이다.

그것만은······ 싫었다.

"왜 그러지? 너는 이 정도 살기에 겁먹은 거냐?"

싫으니까, 형님을 실망시키고 싶지 않으니까······ 나는 마음을 굳게 먹었다.

형님이 화낼 만한 일을 한 것도 아닌데, 이렇게 살기를 뿜는다는 것은······ 나를 시험하고 있다는 의미다.

시험한다는 것은, 형님이 나를 인정하기 시작했다는 의미이기도 했다.

그러니까······.

"우오오오오오오오오───!"

나는 파트너를 거머쥔 후, 두려움을 떨쳐내려는 것처럼 전력을 다해 고함을 질렀다.

두려워하지 마. 공포를…… 공포조차 힘으로 바꾸는 거야!

공포란 적의를 감지하는 것이기도 하니, 그것을 이용해 위험을 피하라고 형님에게서 배웠다.

지금까지 배운 것을 가슴에 품고, 내 모든 것을 형님에게 쏟아붓고…… 말겠어!

『…………앗?! 죄, 죄송합니다! 살기를 뿜는 시리우스 선수에게 반하고 말았습니다! 아무래도 레우스 선수도 기합이 충분히 들어간 것 같으니, 시합을 시작할까 합니다. 그럼 운명의 결승전…… 시작!』

내 고함소리를 듣고, 자신이 정신을 놓고 있었다는 사실을 눈치챈 실황중계자 누님이 허둥지둥 시합의 시작을 선언했다.

징이 울리고, 검을 휘두르기 위해 몸에 힘을 준 순간, 형님은 이미 내 코앞까지 다가와 있었다. 정말 믿기지 않을 정도로 빠르다.

속도로는 형님에게 이길 수 없으니까, 나는 그 자리에서 움직이지 않고 기다렸다.

"간다, 형님!"

내가 파트너를 치켜든 것과, 형님이 나이프를 뽑아든 것이 거의 동시에 벌어진 일이라고 생각하지만, 미리 예상을 했던 내가 더 빠르게 반응했을 것이다.

하지만 내 검이 닿을 거라고는 꿈에도 생각하지 않기에, 검을 휘두르던 도중에 한 손을 때면서 뒤편을 향해 백너클을 날렸다.

그 순간, 등 뒤로 이동한 형님의 나이프와 내 갑옷토시가 부딪치면서 강철과 강철이 부딪치는 소리가 울려 퍼졌다.

"흐음…… 읽었나 보군."

"큭!"

감에 따라 휘두른 주먹으로 공격을 저지하기는 했지만, 형님은 분명 내 목을 노렸다.

형님의 나이프는 미스릴제이니, 만약 내가 착용한 것이 강철토시였다면 팔과 함께 잘라졌을 것이다. 하지만 내 토시 또한 미스릴제이기 때문에 공격을 막아낼 수 있었다.

이대로 나이프를 튕겨내려고 힘을 줬지만, 형님은 나이프를 비스듬히 들어서 공격을 흘려낸 후, 몸을 비틀면서 발차기를 날렸다.

내 얼굴을 향해 날아오는 발을 몸을 숙여 피한 후, 그대로 돌아서면서 검을 그어 올렸지만, 형님은 『에어스텝』으로 허공을 박차면서 피했다.

나는 그대로 형님과 잠시 거리를 두려 했지만, 형님은 나이프를 집어넣자마자 이번에는 디 형에게 받은 검을 뽑아들었다. 아무래도 본격적으로 싸울 생각인 것 같았다.

『어…… 방금 시리우스 선수가 공중에서 이상한 움직임을 보이지 않았나요? 아, 아무튼 베이올프 선수와 시합 때와 마찬가지로 시리우스 선수가 순식간에 상대의 배후로 파고드는 기술을 펼치자, 레우스 선수는 검과 주먹을 휘둘러 저지했습니다! 두 선수는 대체 어떤 수련을 해온 걸까요?!』

나는 정면에서 공격을 해오는 형님에게 산파를 펼쳤다. 하지만 형님은 간단히 전부 피했다. 베이올프와의 시합 때처럼 검과 나이프로 공격을 흘려낸 게 아니다. 몸놀림만으로 전부 피해버린 것이다.

여섯 번의 공격을 날린 후에 발생한 빈틈을 노리며 형님이 검으로 찌르기를 날렸지만, 나는 파트너를 방패삼아서 막아냈다. 일부러 검을 작게 휘둘러 빈틈을 줄인 데다, 칼날의 폭이 넓은 대검이기에 방어에 성공했다.

그리고 나는 파트너를 방패삼으며 몸통 박치기를 날리듯 형님을 쳐서 날려버렸다.

"그런 나온 거냐."

"아직 멀었어!"

나는 한 손으로 파트너를 치켜들고, 다른 손에 불꽃을 두르며 형님을 추격했지만, 공중에서 균형을 회복한 형님은 나를 향해 손바닥을 내밀었다.

"『임팩트』."

"『플레임 샷』."

주먹에 두른 불꽃을 날리는 내 오리지널 마법, 그리고 형님이 펼친 『임팩트』가 부딪치면서 큰 폭발을 일으켰다.

그와 동시에 폭풍의 연기에 의해 아무것도 보이지 않게 됐지만, 나는 개의치 않으며 돌격을 한 후, 형님이 있는 위치를 향해 파트너를 휘둘렀지만…… 아무런 감촉도 느껴지지 않았다.

"윽?! 저쪽이냐!"

감과 냄새, 그리고 형님의 움직임을 예측하면서 파트너를 휘두르자, 연기가 흩어지면서 몸을 굽혀 검을 피하는 형님이 보였다.

몸을 굽힌 상태에서 땅을 기듯 형님이 쇄도했지만, 나는 접근을 용납하지 않겠다는 듯이 발차기를 날렸다.

"……아얏?!"

피할 줄 알았더니, 형님은 손으로 내 발차기를 막아냈다.

자세가 불안정하다고는 해도, 내가 『부스트』 상태에서 날린 발차기는 인간 한 명 정도는 가볍게 날려버릴 만큼 위력적이다. 하지만 형님은 그것을 간단히 막아냈다. 아니, 내가 오히려 대미지를 입었다.

……방금 발에서 느껴진 충격으로 볼 때, 형님은 반사적으로 『임팩트』를 발동시켜서 내 발차기의 위력을 상쇄시킨 것 같았다.

그것을 이해한 순간…….

"아…… 크윽?!"

형님의 주먹이 내 복부에 꽂혔다.

한순간 배에 구멍이 난 것 아닐까 하는 생각이 들 정도의 일격을 맞고 뒤편으로 튕겨난 나는 그대로 시합장 위를 굴렀다.

아프지만…… 이미 각오를 하고 있었기에 견뎌낼 수 있었다.

균형을 잡은 나는 바닥을 구르는 기세를 이용해 두 발로 벌떡 일어섰지만…… 그와 동시에 내 목에 무언가가 휘감겼다.

그것이 형님의 팔이라는 것을 눈치챈 순간, 발을 걸어차인 나는 그대로 등부터 바닥에 내동댕이쳐졌다.

『시리우스 선수, 날려버린 레우스 선수를 쫓아갔을 뿐만 아니라, 그대로 바닥에 내던져 버렸습니다. 시리우스 선수가 시간이 지날수록 더욱 빨라지고 있는 것 같지 않나요?!』

큰일 났다……. 형님의 공격이 너무 강렬했다.

아슬아슬하게 낙법을 취해서 대미지를 줄이기는 했지만, 등에 입은 충격 탓에 쿨럭 거리는 나를 향해 형님이 손바닥을 내밀었다.

"윽?!"

호흡은 흐트러졌지만, 가만히 뻗어 있을 때가 아니었다.

내가 바닥을 박차면서 그 반동으로 몸을 일으킨 순간, 형님이 날린『임팩트』의 여파에 의해 나는 그대로 튕겨져 날아갔다.

튕겨져 날아가면서도 몸을 일으킨 나는 어찌 어찌 장외에 떨어지는 것만은 모면했다.

다행히 거리가 벌어진 탓에 형님이 공격을 멈췄기에, 나는 그제야 숨을 고를 수 있었다.

"쿨럭! 하아…… 하아…… 위험했어…….."

방금까지 바닥을 내려다보고 있던 형님은 차가운 눈길로 나를 응시하고 있었다.

방금 공방을 통해 형님이 얼마나 진심인지 알 수 있었다.

내가『부스트』로 육체를 강화한 상태에서 형님에게 두들겨 맞는 것에 익숙해져 있어서 낙법을 취하지 않았다면, 나는 기절…… 아니, 어쩌면 죽었을지도 모른다. 그 정도의 공격이었다.

게다가 방금『임팩트』는 바닥을 박살 낼 정도의 위력이었으니, 정통으로 맞았다면 의식이 날아갔을 것이다.

『아, 아무래도 두 선수 다 한숨 돌리려나 봅니다. 그건 그렇고 시리우스 선수의 마법은 엄청난 위력과 속도를 지녔군요. 반해 버릴 것만 같아요!』

"이걸로 끝이냐?"

"그럴 리가…… 없잖아!"

나는 호흡을 고른 후, 몸 안에서 느껴지는 고통을 참으면서 형님을 향해 돌진했다.

형님과 나의 실력 차는 처절할 정도로 이해하고 있다. 이대로 내가 어떻게 싸우든, 형님은 냉정하게 내 공격을 막아내며 반격할 것이다. 이길 가능성은 거의 없고, 아까 같은 공격을 맞았다면 죽을 가능성도 크다.

다른 사람들을 남겨두고 죽을 생각은 없다.

도저히 무리라고 여겨지면 장외로 떨어지거나 항복하면 될 테니까 말이다.

하지만…… 아무것도 하지 못한 채 끝내는 것만은 절대 싫다.

설령 내 공격이 전부 빗나가더라도, 몸이 움직인다면 포기할 수 없다.

아무리 강해도, 차원이 다르더라도…… 형님은 나와 마찬가지로 인간이다. 형님이 방심을 하거나 내 공격이 한순간이라도 형님의 예상을 능가하면 분명 공격이 성공할 것이다.

"하지만…… 대체 뭘 어떻게 하면 되지? 어떻게 하면 형님에게 공격을 명중시킬 수 있는 건데?"

내가 생각을 하는 사이에도 형님은 공격을 해왔고, 나는 조금이라도 우위에 서기 위해 하염없이 공격을 펼쳤다.

형님의 품속으로 파고들어 파트너를 휘두르면서 주먹을 날렸지만, 형님은 간단히 대처하더니, 내 빈틈을 노리듯 주먹과 발차기를 날렸다.

그중 일부는 토시로 막아냈지만, 방어를 하더라도 온몸이 뒤흔들릴 정도의 일격을 맞아서 내 체력은 점점 고갈됐다.

단순한 힘은 내가 뛰어나지만, 형님은 나와 비교도 되지 않을 정도로 세밀하게 『부스트』를 조절해서 내 공격을 흘려내거나 충격을 최소한으로 억누르고 있었다.

게다가 베이올프가 쓴 아지랑이까지 쓴 형님은 잔상을 두 개나 발생시키면서 공격을 펼쳤지만, 나는 감에 의존에 파트너를 휘둘렀다.

대충 휘두른 것은 아니다. 내 감은 형님과 다르게 날카롭기 때문에, 내가 공격한 곳에 형님은 있었다.

내가 형님보다 뛰어난 것은 힘과 감뿐이다. 그 덕분에 어찌 어찌 버티고 있지만, 머지않아 당하고 말 것이다.

"역시 너를 속이는 건 어려울 것 같군."

형님은 자신의 위치가 탄로 나더라도 냉정하게 내 파트너의 일격을 피할 뿐만 아니라, 『에어 스텝』으로 허공을 박차면서 나에게 접근해 나이프를 휘둘렀다.

어찌 어찌 토시로 튕겨냈지만, 형님은 재빨리 내 등 뒤로 이동하려 했다. 나는 몸을 돌리면서 백너클을 날렸지만, 형님은 피했다.

"서서히 무너뜨리는 게 최선인가."

몸을 돌린 나는 형님이 날린 공격을 파트너로 막아내려 했지만, 한 발 늦은 탓에 형님의 주먹이 내 몸에 꽂혔다.

이미 파트너를 검으로서 휘두르기보다 방패로 쓸 때가 더 많지만, 그래도 공격을 멈출 수 없다. 멈출 수는 없는 것이다.

형님의 빈틈을 찾아낼 때까지, 나는 하염없이 공격을 할 수밖에 없다. 몇 번 공격을 당하더라도, 급소만 지키면서 검과 주먹을 휘둘렀다.

『레우스 선수는 과감하게 공격하고 있습니다만, 시리우스 선수의 맹공을 버텨내지 못하고 두들겨 맞고 있습니다. 하지만…… 레우스 선수는 쓰러지지 않습니다! 몸이 튼튼할 뿐만 아니라, 근성도 엄청나군요!』

내 발차기를 피한 형님이 반격 삼아 내지른 나이프를 왼손 토시로 막으려 했지만, 형님은 토시를 두르지 않은 부분을 찌른 탓에 엄청난 양의 피가 뿜어져 나왔다.

"큭?! 하지만!"

나는 고통을 참으면서 파트너를 휘둘렀다.

즉, 왼손을 희생시켰는데도 형님은 내 공격을 간단히 피하면서 발을 채찍처럼 휘둘러 내 옆구리를 노렸다.

방어를 하기에는…… 이미 늦었다.

견뎌내고 말…… 윽?!

『레우스 선수! 또 공격을 당했………….』

큰일 났다……. 예상했던 것보다 더…….

※ ※ ※ ※ ※

『그 녀석에게 이기는 방법 말이냐? 그딴 게 있다면 내가 알고 싶구나!』

『하지만 할아버지는 형님에게 이긴 적이 있잖아?』

『그렇기는 하지만, 그저 운이 좋았을 뿐이지. 게다가 그 녀석은 전투 도중이여도 항상 다음 움직임을 읽기 때문에, 똑같은 기술을 써도 통하지 않을 때가 많다.』

『그건 할아버지도 마찬가지잖아? 뭐든 좋으니까, 형님에게 이길 방법이 있다면 가르쳐달라고!』

『글쎄다. 너는 아직 미숙하니까…… 종족의 차이에서 비롯된 능력, 그리고 성장을 통해 그 녀석의 상상을 뛰어넘는 거겠지.』

『내 성장?』

『음. 꼬맹이, 네가 얼마나 성장했는지를 보여주지 않으면 그 녀석도 알 수 없으니까 말이다. 그러니 그 녀석이 모르는 부분을 단숨에 퍼부으며 기습을 하는 수밖에 없을 거다.』

『하지만 나는 형님한테 훈련을 받고 있으니까, 나에 대해 모르는 부분을 없을 거야.』

『꼬맹이는 그 녀석뿐만 아니라 나한테도 가르침을 받고 있지 않으냐. 우리 둘의 가르침 중 장점만을 한데 모아서 써봐라. 뭐, 지금은 무리겠지만 포기하지 않는다면 언젠가 그 녀석에게도 다가설 수 있겠지.』

『정말이야?! 하지만 그 전에 할아버지를 뛰어넘어야 하겠지?』

『하하하! 큰 소리 치지 마라, 꼬맹아. 나를 쓰러뜨릴 수 있으면 어디 쓰러뜨려 봐라!』

※ ※ ※ ※ ※

『저기, 할아버지. 형님과 또 싸우면 이길 수 있겠어?』

『……어렵겠지. 내 필살기를 막아낸 상대와 어떻게 싸우면 될지 짐작도 안 되는구나.』

『역시 그렇구나. 할아버지한테서 힌트라도 얻고 싶었는데 말이야.』

『너는 시리우스를 쓰러뜨리고 싶은 거냐?』

『아냐. 나는 형님의 옆에 서고 싶어. 하지만 그러기 위해서는 형님한테 한 방 먹일 수 있을 만큼 강해져야 하잖아?』

『후후……. 그래? 내가 도와줄 수 있는 게 있다면 얼마든지 도와주마. 나는 아직 너희에게 아무것도 못해줬으니까 말이다.』

『할아버지, 정말이야?!』

※ ※ ※ ※ ※

"정신 차리렴, 레우스!"

느닷없이 들려온 누나의 목소리, 그리고 시합장을 구르는 충격에 의해 나는 정신을 차렸다.

형님에게 걷어차이고 잠시 동안 의식을 잃은 사이, 나는 시합장 바닥을 미끄러지며 장외를 향해 밀려나고 있었다.

"아……직…… 멀었어!"

나는 기절한 상태에서도 놓지 않았던 파트너를 시합장에 꽂으면서 장외에 떨어지기 전에 겨우겨우 버텼다.

환성이 울려 퍼지는 상황에서 들려오는 목소리에 고개를 들어 보니, 관객석에서 몸을 쑥 내민 누나가 나를 향해 고함을 지르는 모습이 눈에 들어왔다.

"네가 선택한 길이잖니?! 이대로 허무하게 지는 건, 시리우스 님에게도 실례야!"

그래……. 이대로 지면 평소보다 격렬한 훈련을 했을 뿐이다. 결과에는 변함이 없는 것이다.

한 방만이라도 괜찮다.

성장한 내 힘을 형님에게 보여주고 말겠어!

파트너를 지팡이 삼으면서 일어나자, 형님은 나이프를 거머쥔 채 나를 기다리고 있었다. 한순간 형님이 웃고 있는 것처럼 보였는데…… 내가 잘못 본 것일까?

『레우스 선수, 방금 일격에 장외로 떨어질 줄 알았습니다만, 낙하 직전에 어찌 어찌 버텨냈습니다! 하지만 레우스 선수는 한계에 도달한 것 같습니다. 대체 이제 어쩌려는 걸까요?!』

기절했을 때 보인 것은 어릴 적에 라이오르 할아버지에게 검술을 배우면서 나눴던 이야기, 그리고 부모님의 원수를 갚은 후에 가브 할아버지와 나눴던 이야기였다.

두 할아버지들에게 형님에 대해 물어봤지만, 결국 소득은 없었다.

왜 이제 와서 그런 꿈을 꾼 건지는 모르겠지만, 덕분에 생각이 난 게 있었다.

아직…… 방법이 있다.

『다, 다시 전투태세를 취했습니다! 만신창이가 다름없는 상태인데도, 레우스 선수는 더 싸울 생각인 것 같습니다!』

체력은 한계지만, 마력은 아직…… 남아 있다.

목소리를 내는 힘도 아까웠기에, 나는 그저 강천의 자세를 취하며 형님이 공격을 해오기만 기다렸다.

"……좋아."

내 의도를 눈치챈 형님은 자세를 낮추더니, 땅을 박차면서 나를 해치우기 위해 공격을 해왔다.

『강파일도류란 자신의 힘을 전부 상대에게 퍼붓는 유파다. 명중하지 않을 거라는 걸 알더라도, 전력을 다해 휘둘러라!』

나를 향해 일직선으로 다가오는 형님을 향해, 나는…….

"우랴아아아아아아아아압——!"

전력을 다해 파트너를 휘둘렀다.

내가 휘두른 검이 시합장이 박히더니, 그 여파에 의해 시합장 자체가 뒤흔들렸다.

그 탓에 형님의 자세가 약간 흐트러졌지만, 형님은 개의치 않으면서 내 품속으로 파고들어 온 주먹을 내지르려 했다.

"형니이이이임!"

방금 일격은 페인트다.

시합장이 흔들린 것은 우연이지만, 형님의 정신이 약간이라도 흐트러뜨리기 위해 파트너를 휘둘렀을 뿐이다.

나는 그와 동시에 파트너를 놓은 후, 오른손에 모든 마력을 집중시키며 치켜들었다. 내 진짜 노림수는…… 바로 이쪽이다.

『잘 들어라. 모든 마력을 오른 주먹에 모아서 상대를 꿰뚫는 것만을 생각하며 휘둘러라. 그것이 내 필살기인…….』

"실버……."

"느려!"

하지만 내가 공격을 펼치지도 전에, 바위조차 부수는 형님의 주먹이 내 급소에 꽂혔다.

훈련 때는 쓰지 않는, 내 의식을 확실히 빼앗을 정도의 일격이지만…….

"음?!"

"으…… 큭…… 팽!"

그래도 나는 의식이 남아 있었다.

형님이 어떤 일이 벌어진 것인지 눈치챈 순간, 내가 할아버지에게 배운 필살기가 형님의 가슴에 명중하려 했다.

예전의 나라면 방금 형님이 날린 일격을 맞고 기절했을 것이다.

하지만 어제 시합에서 본 콘의 기술을 흉내 내며 형님의 주먹을 왼손으로 쳐서 빗나가게 한 덕분에, 나는 어찌 어찌 견뎌낼 수 있었다.

미세하게 급소를 빗겨나게 했을 뿐이기에 성공이라고 할 수는 없지만, 내 의식이 남아 있을 뿐만 아니라 오른손에 집중시킨 마력이 흩어지지 않았으니 그걸로 충분했다.

"훗……."

이 순간…… 형님은 웃었지만, 나는 마주 웃지 못했다.

내가 자신의 공격을 견뎌낸 것을 보고 동요했을 테지만, 그래도 형님은 왼손을 움직여 내 주먹을 막아낸 것이다.

이대로 필살기를 날려도, 형님의 발은 지면에 닿아 있으니 충격을 흘려보내 대미지를 받지 않을 것이다.

하지만 형님이 웃고 있으니 이걸로 충분할지도 모른다. 이대로 쓰러지더라도 형님은 잘 싸웠다고 칭찬해줄 것이다.

하지만…… 나는 아직…….

『잘 들어, 레우스. 손에 쥔 검만이 아니라, 네 모든 것을 무기로 삼는 거야. 맨손과 마법, 그 모든 것을 사용해 상대를 쓰러뜨리기 위해 최선을 다해.』

쓰러지지 않았어!

내 오른손은 형님에게 막혔고, 발 또한 쓰러지지 않도록 버티는 바람에 꼼짝도 못 하고 있지만, 왼손은…… 아직 움직일 수 있다!

나는 오른손이 잡힌 순간, 왼손을 내 등 뒤로 돌려서…….

"『임팩트』다아아아앗――!"

형님에게 미치지 못하지만, 사람 한 명 정도는 날려버릴 수 있는『임팩트』를 썼다.

얼마 안 되는 마력을 쥐어짜내 날린 충격파는 내 등을 밀어내며, 오른 주먹에 더욱 힘을 실었다.

"큭?!"

그 움직임이 보이지 않았던 것인지, 형님은 눈을 가늘게 뜨며 약간 초조한 기색을 보였다.

내가 온몸으로 돌격한 탓에 반사적으로 뒤편으로 몸을 날릴 수도 없기에, 형님은 공격을 흘려보내는 것을 포기하고 그 자리에서 버티는 것을 선택했다.

"우랴아아아아아아아압――!"

체력도, 마력도 바닥이 났다. 이것이 진짜 마지막 일격이다.

남은 힘을 전부 쥐어짜내며 주먹을 내지른 나는 왼손으로 공격을 막고 있는 형님을 날려버렸다.

주먹에서 느껴진 감각을 통해 알 수 있었다.

방금 일격은…… 확실하게 들어갔다!

『며……명중했습니다! 레우스 선수가 날린 혼신의 일격이, 시리우스 선수를 날려버렸습니다!』

"해냈……어?!"

기쁨을 느낀 순간, 나는 튕겨져 날아가는 형님에게 몸이 끌려가는 듯한…… 아니, 진짜로 끌려가고 있어?!

내 배에서 느껴지는 감촉으로 볼 때, 형님의『스트링』이 내 배에 휘감겨 있는 것 같았다.

공격을 당해 날아가면서도, 형님은 반격을 한 것이다.

정말…… 겨우 한 방 먹였다고 생각했는데 말이야.

"그래야……."

……내가 목표로 삼은 형님이지.

이제 몸에 힘이 남아 있지 않았기에, 나는 저항도 하지 못하며 형님에게 그대로 끌려갔다.

앞을 바라보니, 어느새 균형을 잡고 주먹을 말아 쥐고 있는 형님의 모습이 눈에 들어왔다.

이미 의식을 잃을 것 같지만, 가능한 한 아프지 않게 결정타를 날려주길 바라면서 나는 눈을 감았다.

"…………어라?"

하지만 아무리 기다려도 두들겨 맞는 것은 고사하고 고통도 느껴지지 않았다.

눈을 떠보니, 나는 시합장에 드러누워 있었다. 아무래도 형님은 나를 상냥히 안으며 받아준 것 같았다.

내가 멍하니 쳐다보자, 형님은 몸을 굽히면서 나를 쳐다보았다.

여전히 무표정했지만, 나한테 더는 아무 짓도 안 하려는 것 같았다. 내가 안심하면서 한숨을 내쉬자, 형님은 내가 두들겨 맞은 곳을 매만지면서 입을 열었다.

"네 공격을 막아낸 내 왼손의 뼈에 금이 간 것 같아. 물론 아직 문제점은 많지만……."

그리고 방금까지 타인처럼 나를 대하던 형님은…….

"잘 싸웠어, 레우스."

평소처럼 상냥한 미소를 지었다.

"나는…… 형님의 제자……거든……."

그리고 나는 그 미소를 보고 만족하며 의식을 잃었다.

─────시리우스─────

『드디어 결판이 났습니다! 레우스 선수가 기절하면서, 시리우스 선수가 승리했습니다! 이번 투무제의 우승자가 결정됐습니다!』

실황중계자가 흥분으로 가득 찬 목소리로 시합 종료와 우승자를 발표하자, 투기장 전체가 뒤흔들릴 정도의 환성이 울려 퍼졌다.

무심코 귀를 막고 싶을 정도의 그 환성에 답해야겠지만, 나는 우선 쓰러져 있는 레우스를 『스캔』으로 살펴봤다.

나이프에 베인 상처가 셀 수도 없을 만큼 많았고, 뼈에 금이 간 곳도 있었다. 이런 상태에서 용케도 나와 싸웠다는 생각이 들었다.

뭐, 내가 하고 싶은 말은…….

"……좀 심했군. 미안해."

좀 더 힘 조절을 해야 했는데, 레우스가 예상 이상으로 강해서 그러지 못했다. 레우스가 성장한 게 기쁜 나머지, 전력을 다하고 만 것 같았다.

살기를 뿜으며 비정하게 싸운 이유는 여러 가지지만, 가장 큰 이유는 바로 레우스가 얼마나 성장했는지 확인하기 위해서다.

내 살기를 느끼고도 겁먹지 않고 전력으로 싸운다면 합격이라 생각하려 했지만, 결과적으로 내 왼손의 뼈에 금이 갈 정도의 일격을 가했다. 손이 아프지만, 레우스의 성장이 기뻐 무심코 미소를 짓고 말았다.

이 나이에 이만큼이나 강해졌으니, 장래에는 분명 나를 뛰어넘을 것이다. 뭐, 나는 특이한 방향으로 특화되어 있으니, 직접 싸워보면 승패는 알 수 없겠지만 말이다.

내가 생각에 잠긴 채 재생활성으로 레우스를 치료하고 있을 때, 리스가 투무제 스태프와 함께 다가왔다.

"시리우스 씨! 레우스는 어때?"

"목숨에는 지장이 없을 거야. 치명상은 치유했으니까, 뒷일은 맡길게."

"응!"

"저기, 저희도……."

"아뇨, 저 혼자서 충분해요. 물이여, 나에게 힘을 빌려다오……."

리스가 치료 마법을 발동시키자, 치료 작용을 하는 물이 레우스의 온몸을 덮으면서 더러워진 부분과 함께 상처를 말끔하게 만들었다.

그 치유 속도에 놀란 스태프들이 경악을 하며 쳐다보고 있는 사이, 지킬과 베이올프가 내 곁으로 다가왔다.

"여어, 우선 우승 축하해. 그건 그렇고, 너는 내가 예상했던 것보다 훨씬 강하잖아."

"축하드립니다. 뭐랄까, 당신에게 이길 수 있을 거라 생각한 것 자체가 부끄러울 지경이군요."

베이올프는 자기가 전력을 다할 수 있도록 힘내라…… 같은 발언을 했다. 그러니 이제 와서 쓴웃음을 지으며 머리를 긁적이는 것도 무리는 아니다.

그런 두 사람에게서 축복을 받고 있을 때, 베이올프는 치료를 받고 있는 레우스를 쳐다보면서 의아하다는 듯한 표정을 지었다.

"물어볼 게 있습니다. 시리우스 씨는 대체 어떻게 이 만큼이나 강해진 거죠?"

"그건 나도 알고 싶은걸. 레우스는 괴물 같은 너한테 가르침을 받았으니 저렇게 강한 게 이해가 되지만, 너는 대체 어떻게 수련을 한 거야? 혹시 요령 같은 게 있다면 가르쳐줘."

"저도 그게 알고 싶어요!"

느닷없이 옆에서 들려온 목소리를 듣고 고개를 들려보니, 실황중계를 맡았던 여성이 마도구를 손에 들고 서 있었다.

그녀의 나이는 20대 초반이며, 남자들의 눈길을 자연스럽게 끌 듯한 외모를 지녔다. 게다가 몸짓 하나하나가 묘하게 요염했으며, 인기 실황중계자라는 것이 충분히 납득됐다. 하지만 흥분하면 폭주하는 타입이기에 가능하면 다가가고 싶지 않은 타입이다.

"으음…… 실황중계는 이제 안 하나요?"

"이제부터 표창식과 시리우스 선수와의 간단한 질의응답만 하거든요. 그건 그렇고…… 이렇게 가까이에서 보니 정말 끝내주네요! 그 호리호리한 몸 안에 압도적인 힘이 숨겨져 있다니……

정말 흥분돼요! 저기, 그 듬직한 팔로 저를 꼭 안아주지 않겠어요?!"

"아, 안 돼요!"

그 여성이 콧김을 뿜으며 나에게 달려들려 하자, 옆에서 뛰쳐나온 리스가 내 왼팔을 꼭 끌어안았다.

"리스. 좀 아프니까 살살 안아줘."

"앗?! 미, 미안해!"

고통은 참을 수 있고, 질투심에 사로잡혀 이런 짓을 하는 것도 괜찮지만, 설마 레우스의 치료를 관두면서까지 이럴 줄은 몰랐다.

그래도 치료는 거의 끝난 것 같으니, 이제 안정을 취하기만 하면 될 것이다. 레우스는 현재 스태프의 의해 들것으로 옮겨지고 있었다.

"어머, 혹시 당신의 소개란에 적혀 있던 연인이 이 사람인가요? 하지만 영웅은 색을 밝힌다고 하니, 여성 한두 명 정도는 더 받아줄 수 있을 것 같은데요?"

"미안하지만, 저는 이 아이를 비롯해 연인을 세 명이나 뒀거든요. 그러니 당신을 안아주는 건 어려울 것 같군요."

"예?! 이, 이미 세 명이나…… 투무제에서 우승할 만하군요."

투무제 우승과 연인 숫자는 상관이 없을 것 같은데 말이다. 참고로 리스는 내 팔에 치료마법을 거는데 집중하느라 우리 이야기를 듣지 못한 것 같았다.

괜한 말다툼이 벌어지지 않아서 안도하고 있을 때, 옆에 있던 지킬이 휘파람을 불면서 히죽거리고 있었다. 정말 짜증나는 표정이다.

참고로 베이올프는 낙담한 것처럼 한숨을 내쉬고 있었다. 빨리 표창식이나 시작됐으면 좋겠다.

"표창식은 언제 하죠? 관객들이 기다리고 있는 것 같은데요."

"아, 맞아요! 표창식 도중에 질문을 드릴 테니, 가능한 한 대답 부탁드릴게요."

"이걸 이용해서 말이군요."

실황중계자가 건네준 마도구에는 『에코』 마방진이 그려져 있었다. 마력을 흘려 넣으면 마이크와 스피커 역할을 해주는 것이다.

마도구를 발동시키기 위해 마력을 흘려 넣을 스태프가 근처에서 대기하고 있었지만, 내 마력으로도 충분하기에 도움을 거절했다.

"죄송하지만, 우승자 이외의 분들은 시합장에서 내려가 주시지 않겠어요?"

"알았어. 레우스는 내가 지켜볼 테니깐, 너는 마음 편히 표창이나 받아."

"고마워."

"나도 그 녀석과 싸우면서 만족했으니까 신경 쓰지 마. 자아, 베이올프. 언제까지 멍하니 서 있을 거지? 너도 나와 같이 가자."

"하아…… 예."

레우스에게 돈을 건 녀석이 홧김에 그를 노릴 수도 있으니, 저 두 사람이 지켜준다면 마음을 놓아도 될 것이다.

두 사람은 들것으로 옮겨지고 있는 레우스를 쫓으며 시합장을 내려갔지만, 리스는 내 팔을 놓으려 하지 않았다.

"레우스를 부탁해. 아직 치료가 안 끝났잖아?"

"하지만 시리우스 씨의 팔도 아직 완치되지 않았어."

"나는 심각할 정도로 다치지는 않았으니까, 표창식을 하면서 직접 치료할게."

"……알았어. 그래도 저 사람은 조심해."

고통은 꽤 가셨지만, 리스의 치료마법으로도 금이 간 뼈는 금세 낫지 않았다. 그러니 리스가 레우스의 치료에 전념해줬으면 했다.

투덜거리면서 나에게서 떨어진 리스가 몇 번이나 뒤를 돌아보며 시합장에서 내려가는 모습을 본 후, 나는 표창을 받기 위해 실황중계자를 쳐다보았지만…….

"지킬 선수의 근육과, 베이올프 선수의 아름다운 육체…… 정말 끝내주네요!"

"어이~. 정신 차려."

"헉?! 시, 실례했습니다. 그럼 표창식을 시작하겠습니다."

딴 데 정신이 팔려 있던 그녀는 곧 정신을 차리면서 마도구를 기동시켰고, 나 또한 뒤이어 마도구를 기동시켰다.

『여러분, 오래 기다리셨습니다. 지금부터 투무제의 표창식을 시작하겠습니다.』

우승자가 결정되어 관객들이 흥분한 가운데, 여성들이 나를 향해 뜨거운 시선을 보내고 있는 것이 느껴졌다. 투기장이 있는 마을답게, 강한 남자에게 끌리는 여성이 많은 걸지도 모른다.

『올해의 우승자는 모험가인 시리우스 선수로 결정됐습니다! 시리우스 선수에게는 상금으로서 금화 스무 닢을 수여하겠습니다.』

넘겨받은 주머니는 작았지만, 전생의 가치로 환산한다면 200만 엔은 될 금액이다. 이 돈만 있으면 그 마석을 살 수 있을 것이다.

『올해는 강검 님이 참가했을 때에 버금갈 정도로 분위기가 뜨거웠습니다. 그럼 우승자인 시리우스 선수에게 질문을 던질까 합니다.』

그 후에 내 출신과 취미 같은 질문을 받았고, 나는 무난하게 대답했다.

『우승자에게는 매번 드리는 질문입니다만, 시리우스 선수는 어떻게 강해지셨습니까? 물론 꼭 대답해주실 필요는 없습니다.』

『글쎄요. 우선 자신의 한계를 알고, 그것을 뛰어넘을 때까지 몇 번이나 자신을 궁지에 몰아넣었습니다. 그리고 휴식 또한 충분히 취했죠.』

『휴식…… 말인가요?』

『몸은 단련을 할 뿐만 아니라 쉬면서 휴식을 취해줌으로서 더욱 성장합니다. 몸이 망가지지 않을 정도의 적당한 훈련, 그리고 충분한 휴식. 저한테는 그게 기본이죠.』

『약간 뜻밖의 대답이군요. 강검 님은 아무튼 검을 휘두르고 보라고 말씀하셨죠.』

『그 외에는…… 싸움에 대비해 항상 만전의 상태를 유지하려 합니다. 여관에서 충분히 쉬어줬기 때문에, 저는 시합에서 충분한 실력을 발휘할 수 있었죠.』

이제 바람의 곶 여관을 위협하는 존재는 없겠지만, 일단 이미 퍼져나간 소문을 불식되도록 그 여관을 선전해뒀다.

이름은 언급하지 않았지만, 언젠가 우승자인 내가 묵은 여관이라는 게 알려지면서 서서히 인기를 되찾을 것이다.

그 외에도 구체적인 훈련방법을 질문 받았기에, 과거에 엘리시온의 학교에서 이야기를 해줬지만, 대부분의 관객들은 아연실색했다.

무리다, 과장된 이야기다, 하고 중얼거리는 이도 있지만 그 훈련을 한 학교 학생들은 그에 걸맞은 결과를 냈다. 그리고 그 완성형인 나와 레우스가 이렇게 존재하니 그들이 믿을 수밖에 없을 것이다.

『시리우스 선수가 강해진 이유는 알 것 같군요. 마지막으로 뭔가 하고 싶은 말은 없나요?』

『그럼 이 말만 해두겠습니다. 저는 견문을 넓히기 위해 세상을 여행하고 있기 때문에, 누군가의 밑에 들어갈 생각은 없습니다. 그러니 그 어떤 제안도 거절할 거라는 점을 미리 알려드리죠.』

귀족용 구역이 있는 것을 보면 시합을 관전하러 온 귀족도 있을 것이다. 그리고 시합이 끝난 후에 나를 자기 사람으로 끌어들이려할 가능성이 높다.

엘리시온에서는 리스의 언니인 리펠 공주가 손을 써줬지만,

여기는 다른 대륙이니 이렇게 대대적으로 밝혀두는 편이 나을 것이다.

『만약 직접적인 행동을 취하거나, 내 동료나 연인을 건드릴 경우…… 인정사정 봐주지 않고 박살 내버릴 겁니다. 그 점만은 미리 알려드릴 테니, 잘 생각해보고 행동하시죠.』

나는 사방으로 살기를 뿜으면서 딱 잘라 그렇게 말해뒀다.

내가 엘리시온의 차기 여왕의 휘하에 있다는 것을 밝히는 편이 나을지도 모르지만, 그 사람에게 폐를 끼칠 수도 있으니 꼭 필요할 때 이외에는 숨길 생각이었다.

뭐, 이 마을도 며칠 안에 떠날 예정이니, 그렇게 신경 쓸 필요는 없겠지만 말이다. 이렇게 했는데도 허튼 짓을 벌이는 자가 있다면 유명세로서 받아들이며, 우리를 건드린 대가를 어떻게 치르게 되는지 똑똑히 알려줄 생각이다.

『아…… 하아…… 시리우스 선수의 살기가 눈앞에서…… 모, 못 참겠군요! 저기, 이미 연인이 몇 명이나 있다는 이야기는 들었습니다만, 저도 연인으로…….』

『사양하겠습니다.』

『윽?!』

여성을 가려서 받아주는 것 같아 좀 그렇지만, 그래도 그녀와는 성격이 맞지 않을 것 같았기에 딱 잘라 거절했다.

그녀는 나에게 차이고 충격을 받은 것 같았지만, 곧 미소를 지으며 부활했다.

뭐랄까…… 프로다. 성격에는 문제가 있지만, 이 성격은 칭찬해주고 싶다.

『바로 차이고 말았군요. 아무튼, 올해 투무제는 이대로 끝내 겠습니다. 여러분, 내년에 다시 만나요!』

마지막으로 관객들이 힘차게 박수를 치며, 투무제는 막을 내 렸다.

"축하드려요, 시리우스 님!"

투무제가 끝나고 관객들이 대부분 귀가했을 즈음, 나는 동료 들이 관전하고 있는 자리로 향했다.

나를 발견한 에밀리아는 꼬리를 흔들면서 다가오더니, 양손을 가슴에 모으며 반짝거리는 눈으로 나를 올려다보았다.

"시리우스 님이라면 분명 우승하실 거라 믿었어요. 역시 제 주인님은 대단하세요."

"고마워. 하지만 그때처럼 레우스에게 너무 심한 짓을 한 것 같아. 미안해."

"아뇨, 시리우스 님께서 마음 쓰실 필요는 없어요. 저도 복잡 한 기분이지만, 레우스의 성장한 모습을 봐서 저도 기쁘니까요. 그리고 그 아이도 바라는 바일 거예요."

친동생에게 너무 매정한 것 같지만, 그만큼 우리를 이해하고 있다는 증거이기도 했다. 내가 그런 에밀리아의 머리를 쓰다듬 어주자, 그녀는 눈을 가늘게 뜨며 꼬리를 쉴 새 없이 흔들며 기 쁨을 표시했다.

"그것 말고도 이런저런 부탁을 해서 미안해. 사람들로 북적이는 마을 안을 돌아다니느라 고생했지?"

"아뇨. 괜찮았어요. 게다가 인파 속을 헤치며 나아가는 훈련
도 됐죠."

사실 나는 레우스와 시합을 하기 전에 이곳에 들러서, 에밀리
아에게 어떤 부탁을 했다.

그 내용은 바람의 곶 여관에 돌아가서 축하 파티 준비를 해달
라고, 여관 사람들에게 전해달라는 것이었다. 그 시점에서 나와
레우스와 우승과 준우승을 차지한다는 것이 확정되었다.

파티 자금도 전달해뒀으니, 지금쯤 여관은 그 준비를 하느라
바쁠 것이다.

"크응……."

"후후, 예상대로였네. 우승 축하해."

에밀리아가 자기 위치인 내 뒤편으로 이동하자, 그 뒤를 이어
호쿠토와 피아가 내 앞에 섰다.

"고마워. 너희도 별일이 없는 것 같아서 안심했어."

"우리보다 레우스는 괜찮은 거야? 솔직히 말해 죽어도 이상하
지 않을 정도로 다쳤잖아."

"지금 리스가 치료해주고 있으니 걱정하지 마. 곧 정신이 들
거야."

이곳에 오기 전에 레우스를 살펴보러 가보니, 호흡은 안정되
어 있었으며 리스도 안심해도 된다고 했기에 별문제는 없을 것
이다.

"그럼 레우스가 눈뜨면 여관으로 돌아갈 거죠? 오늘은 축하

파티를 할 거니까, 맛있는 걸 만들어서 시리우스 님과 레우스를 대접할게요."

"그거 기대되는걸. 나도 요리를 하면서 마음을 진정시키고 싶지만, 그 전에……."

아직 할 일이 남아 있다.

뒷정리가 이뤄지고 있는 시합장을 쳐다보면서 『서치』를 쓰자, 내가 찾는 인물이 다가오고 있는 것이 느껴졌다.

그와 동시에 내 곁에 있던 호쿠토가 통로 쪽을 쳐다보며 경계심을 드러냈기에, 나는 머리를 쓰다듬어주며 진정시켰다. 거의 면식도 없는 데다 호쿠토라면 간단히 쓰러뜨릴 수 있는 상대지만, 주인인 나를 향한 그자의 태도가 개인적으로 마음에 들지 않기에 이런 반응을 보이는 것 같았다.

"어이~, 데리고 왔어."

그렇게 말하면서 나타난 이는 지킬이지만, 그는 안내 역할에 지나지 않았다.

내가 볼일이 있는 이는 지킬의 뒤편에 있는 인물…….

"온 것 같네."

내가 투무제 참가를 결심하는 계기가 된 지크다.

지크의 모습을 본 피아는 허둥지둥 내 오른팔을 끌어안았다. 아무래도 본인을 볼 때까지 지크의 존재를 까맣게 잊고 있었던 것 같았다. 왠지 지크가 안됐다는 생각이 들었다.

지킬의 등 뒤에서 내 앞으로 나선 지크는 우리 모습을 보더니 언짢은 표정을 지었다.

"에밀리아······."

"예. 저는 먼저 여관으로 돌아가 있을게요. 세실 씨와 종업원 분과 함께 맛있는 걸 만들어놓고 기다리고 있을게요."

"멍!"

상황을 파악한 에밀리아와 호쿠토는 이유를 묻지 않고 먼저 돌아갔다. 내가 말을 하지 않아도 사정을 이해해주는, 자랑스러운 충신과 충견이다.

그럼 이제 이쪽도 마무리를 지어볼까.

"······우선 한 명의 관객으로도 축하한다는 말을 건네겠어."

"그래. 그것보다 약속을 기억하고 있겠지?"

내가 지크의 호위인 지킬과 베이올프를 이기면, 다시는 피아에게 치근거리지 않겠다는 약속이다. 지킬과는 싸우지 않았지만, 내가 우승했으니 트집도 잡지 못할 것이다.

지크는 분하다는 듯이 나를 노려보고 있었지만, 피아가 거추장스러워하니 인정사정 봐주지 않고 따끔하게 마무리 지을 생각이다.

"기억해. 네 실력을 이렇게 똑똑히 확인한 이상, 세미피아 양을 지키지 못한다는 소리 같은 것은 할 생각 없어."

지크가 괜한 트집을 잡을 거라 생각했지만, 그는 뜻밖에도 순순히 인정했다.

나는 약간 김이 샜지만, 피아가 나에게 귓속말로 이렇게 말했다.

"왜 저러는 걸까? 그렇게 적극적이었던 사람이 너무 변해버린 것 같지 않아?"

운명이 상대이니 뭐니 하고 늘어놓으면서 그렇게 열정적으로 사랑에 대해 열변을 늘어놓던 상대가 이러는 것이다.

피아는 의아하다는 듯이 고개를 갸웃거렸지만, 나는 이해가 됐다. 전생에서도 이런 녀석을 본 적이 있다.

"나는 셰미피아 양을 사랑한다! 하지만 너 같은 강자가 셰미피아 양을 노린다면, 나는 그녀를 지키지 못하겠지."

"그녀를 포기하는 거야?"

"나 같은 녀석은 셰미피아 양을 지킬 자격이 없다. 그렇다면 나는 셰미피아 양의 행복을 기원할 거다. 네놈에게…… 그녀를 맡기마."

"나는 딱히 네 것이 된 적이 없거든?"

피아의 말이 옳지만, 지크는 자기 자신에게 취한 것 같으니 그 냥 내버려 두는 편이 가장 좋을지도 모른다. 결과적으로 그녀를 포기한다면, 그것으로 충분했다.

"그럼 이제부터 피아에게 수작을 부리지 마."

"나를 얕보지 마라! 나는 약속을 어기는 것 같은 꼴사나운 짓 은 안 한다. 셰미피아 양…… 행복하시길."

"물론이지. 나한테 있어서 시리우스는 운명의 상대거든."

만면에 미소를 지은 피아를 보며 쓴웃음을 지은 지크가 뒤돌 아서며 걸음을 옮겼다.

실연을 하고 애수에 잠긴 지크의 등을 쳐다보고 있을 때, 아무 말 없이 이 상황을 보고 있던 지킬이 쓴웃음을 지으며 우리를 처다보았다.

"내가 이런 말을 하는 것도 좀 그렇지만, 가능성도 없는데 끈질기게 군 내 고용주가 잘못한 거라고 생각해. 그러니까 너무 신경 쓰지 말라고."

"그건 알지만, 나를 좋아해준 사람한테 좀 너무했던 것 같아 마음에 걸리네."

"상냥한걸. 뭐, 뒷일은 나한테 맡겨. 저런 남자에게 효과가 좋은 방법이 있거든."

"레우스 건도 비롯해, 신세만 지네."

"고용주가 정신을 못 차리면 돈을 못 받으니까 말이야. 너희가 신경 쓸 필요는 없어."

"그래도 이 말은 하고 싶어. 정말 고마워."

"하하하! 역시 미인에게 고맙다는 말을 들으니 기분이 좋은걸. 그럼 너희도 잘 지내라고."

지킬은 그렇게 말하면서 환한 미소를 짓더니, 우리를 향해 손을 흔들면서 지크를 쫓아갔다.

지킬이 사라지는 모습을 본 후, 피아는 긴장이 풀렸는지 몸을 쭉 펴면서 한숨을 내쉬었다.

이것으로 지크 문제는 해결됐지만…… 나는 마지막으로 피아에게 물어볼 게 있었다.

"하아…… 이걸로 끝났네."

"피아, 너한테 다시 물어볼 게 있어."

나는 진지한 표정을 지으면서 피아의 눈을 응시했다.

"뭔데? 아, 입맞춤이라면 언제든 해도 돼."

"그건 적당한 장소에서 하겠어. 그것보다 피아는 레우스와 싸우면서 내가 뿜은 살기를 느꼈을 거야. 내가 무섭다는 생각은 들지 않았어?"

제자들은 어릴 적부터 나와 함께 지냈기 때문에 내 살기를 느끼고도 계속 나를 따랐지만…… 피아도 그럴 거라고 단정할 수는 없다.

서로를 좋아하더라도, 공포 때문에 사이가 틀어지는 것은 싫다.

처음 만났을 때는 살기를 뿜지 않았다. 그러니 오늘 내 살기를 간접적으로 느껴본 피아에게 본심이 어떠한지 물어보기로 했다.

내가 진지하게 묻자, 피아는 손을 치켜들더니…….

"에잇!"

손바닥으로 내 이마를 때렸다.

딱히 아프지는 않았지만 맑은 소리를 낸 내 이마를 매만지고 있을 때, 피아는 미소를 지으면서 얼굴을 내밀었다.

"내 대답은 이래."

그리고…… 나는 피아와 입맞춤을 했다.

곧 천천히 나에게서 떨어진 피아는 만족스러운 미소를 지으면서 내 볼에 손을 댔다.

"솔직히 말하자면, 시리우스가 뿜는 살기는 무시무시했어. 나는 절대 당해낼 수 없을 정도로 엄청난 힘을 지녔다는 것도 알았지. 하지만, 시리우스는 그 힘에 빠져 있지도 않고, 그 힘을 써도 될 상대를 이해하고 있는 사람이라는 걸 나는 알아. 오늘 레우스에게는 그럴 필요가 있었던 거지?"

"……그래. 피아의 말이 맞아. 레우스의 전력을 보기 위해서, 그리고 피아에게 내가 어떤 사람인지 알려주기 위해 그런 행동을 취했던 거야."

"그럴 줄 알았어. 게다가 방금 내 공격도 너라면 피할 수 있었겠지만, 그러지 않았잖아? 즉, 그만큼 나에게 마음을 허락하고 있는 거지?"

"당연하지. 연인에게 마음을 허락하지 않는다면 누구에게 허락하냐 말이야."

"그럼 됐어. 나는 시리우스와 알고 지낸 기간이 짧지만, 네가 얼마나 상냥한지는 네 제자들을 보면 알아. 시리우스는 무섭지 않으니까, 내 대답은 바로 이거야."

피아는 또 얼굴을 내밀면서 나에게 입맞춤을 했다.

너는 정말 때때로 정열적이고, 뭐든 다 받아줄 만큼 그릇이 넓은 여성이구나.

"옛날에도 생각했던 거지만, 다양한 의미에서 너를 당해낼 수 없을 것 같아."

"뭐, 힘으로는 밀리지 몰라도 사랑으로는 너한테 지지 않아. 물론 에밀리아와 리스에게도 안 져."

"그 두 사람에게도 말이야? 싸우지 말라는 말은 안 하겠지만, 만약 다투게 된다면 나한테 말해줘. 결국 한 명을 선택하지 못한 나한테 잘못이 있는 거잖아."

"안심해. 우리는 이미 서로에게 진심을 털어놓았고, 같은 사람을 좋아하게 된 자매 같은 사이야. 그러니까…… 우리를 평등하게 사랑해줘."

"응. 우리 모두가 행복해질 수 있도록 최선을 다하겠어."

그리고 레우스를 데리러 치료실로 향하던 도중, 피아가 불현듯 뭔가가 생각난 것처럼 내 팔을 잡아끌면서 물었다.

"아, 맞아. 시리우스가 아이를 가지고 싶어지면 나한테 바로 말해. 참고로 나는 최소한 네 명 정도는 자식을 두고 싶어."

지금은 세상을 돌아보고 있는 도중이기에 자식을 둘 생각이 없다는 것은 이미 전해줬다.

그녀들은 내 생각에 동의해줬지만…….

"그런 생각을 하는 건 좀 이르지 않아?"

"나는 엘프잖아. 너는 언젠가 나를 두고 가게 된단 말이야."

"어이어이……."

피아는 내가 하기 힘든 말을 아무렇지도 않게 입에 담았다.

확실히 인간족인 나와 장수 종족인 엘프의 피아 중에서는 분명 내가 먼저 수명이 다해 죽을 것이다.

그 사실을 알면서도, 피아는 나와 연인 사이가 됐다. 그 점에 대해서는 언젠가 차분히 이야기를 나눠야 할 거라고 생각했지만, 피아가 아무렇지도 않게 이런 말을 할 거라고는 생각도 못했다.

하지만, 그 덕분에 나도 미안함을 느끼지 않았다. 피아의 배려에 감사해야겠다.

"하지만 자식이 잔뜩 있으면 쓸쓸하지 않을 거잖아? 때가 되면 열심히 자식을 낳을 거니까 나만 믿어. 참고로 에밀리아는 남자애와 여자애를 한 명씩, 리스는 숫자는 상관없지만 처음에는 여자애를 낳고 싶대."

나름 각오는 했지만…… 아무래도 그 정도 각오로는 부족할 것 같았다.

"그때가 온다면 최선을 다하겠어. 피아…… 나와 함께 하기로 한 것을 네가 후회하지 않게 해주겠다고 약속할게."

"응. 기대할게. 하지만 나는 시리우스에게 기대기만 하는 여자가 될 생각은 없어. 네 버팀목이 되어주는 멋진 여자가 될 수 있도록, 나도 노력할 거야."

지켜야만 할 존재가 늘었지만…… 내가 해야 할 일에는 변함이 없다.

우리는 팔을 통해 서로의 온기를 느끼면서 자연스레 미소를 지었다.

"그럼 시리우스 님의 우승과 레우스의 준우승을 축하하며…… 건배!"

"""건배!"""

그날 밤, 바람의 곳 여관으로 돌아간 우리는 다른 일을 마치고 돌아온 여관 종업원과 협력해서 준비를 마친 후, 여관 술집에서 파티를 열었다.

여러 테이블을 붙여서 만든 널찍한 테이블에는 세실 씨가 만든 요리만이 아니라 에밀리아와 리스가 만든 요리도 줄지어 놓여 있었다.

참고로 이 파티의 참가 멤버는 우리 일행, 그리고 부모의 허락을 맡고 참가한 카치아였다.

"맛있어! 이건 무슨 요리야?!"

"닭튀김이라는 거야. 잔뜩 만들었으니까 얼마든지 먹어도 돼."

"응! 그래도 너무 많이 만든 거 아냐? 엄마도 손이 커서 너무 많이 만든 것 같은데…… 다 먹을 수 있을까?"

"흐음, 좀 부족할 것 같은데 말이야."

"아…… 맞아. 리스 언니가 있었지."

카치아는 겨우 며칠 만에 리스를 이해한 것 같았다.

납득을 한 카치아는 리스와 함께 사이좋게 요리를 즐기고 있었다.

내 옆에는 에밀리아가 대기하고 있었으며, 왼손이 붕대와 막대로 고정된 나의 시중을 공손히 들고 있었다. 뭐…… 평소와 마찬가지로 말이다.

"시리우스 님. 자아, 입을 벌리세요."

"……맛있네. 항상 신세만 지네."

"우후후, 이게 제 행복이니까 신경 쓰실 필요는 없답니다. 다음에는 뭘 드시겠어요?"

오른손은 무사하니 혼자서도 음식을 먹을 수 있지만, 에밀리아가 내 시중을 들고 싶어 하는 데다, 오늘 내 부탁도 들어줬으니 가능한 한 그녀가 원하는 대로 하게 해주고 싶었다.

한편, 이 파티의 주인공 중 한 명인 레우스는 피아가 먹여주는 요리를 먹고 있었다.

"맛있어! 하지만, 피아 누나! 채소보다 고기! 고기가 먹고 싶다고!"

"안 돼. 치료 중에는 채소와 고기를 골고루 섭취해야 된다고 시리우스가 아까 말했잖아? 그러니까 우선 채소를 먹으렴."

"먹여주는 건 고맙지만, 아까부터 계속 채소만 먹여주잖아!"

"아, 이 채소는 뼈에 좋다고 들었거든. 자아, 아……."

"그러지 말고 고기 좀 먹여줘, 피아 누나!"

미인 엘프가 음식을 먹여준다고 하는, 이 세상 남자들 모두가 부러워할 상황인데도 불구하고, 왠지 주인이 애완견을 교육시키고 있는 광경처럼 보였다.

참고로 레우스는 나와 리스의 치료 덕분에 걸어 다닐 수 있을 만큼 회복됐지만, 두 팔은 무리를 한 탓에 회복이 더뎠고, 오늘 하루는 절대 움직이지 못하도록 붕대와 막대로 고정시켜뒀다.

그러니 식사는 남이 먹여줄 수밖에 없었고, 처음에는 에밀리아가 먹여줬지만 지금은 피아와 교대한 것이다. 피아는 투기장에서 나와 좋은 시간을 가졌으니, 이번에는 동생뻘인 레우스와 좋은 시간을 가지려는 것 같았다.

그리고 겨우겨우 고기를 먹고 만족한 레우스를 쳐다보고 있을 때, 새로운 손님이 우리를 찾아왔다.

"약속대로 왔어."

"초대해주셔서 감사합니다."

나타난 이는 지킬과 베이올프다.

두 사람은 지크와 함께 다른 여관에 묵고 있었지만, 지크가 허락한다면 축하 파티에 와달라고 부탁을 해뒀던 것이다.

나는 지크에게 미움을 받고 있기에 큰 기대는 하지 않았지만, 두 사람은 와줬다.

"와줘서 고마워. 마실 건……."

"자아, 마실 것과 요리를 더 가져왔습니다."

"멍!"

음료를 건네려고 테이블을 쳐다봤을 때, 마침 세실 씨가 요리와 마실 것을 가지고 왔다.

그 옆에는 머리에 쟁반은 얹은 호쿠토가 세실 씨를 돕고 있었다. 호쿠토라면 컵 안에 든 액체를 흘리지 않고 옮길 수 있을 것이다. 지금 내 곁에는 에밀리아가 있고, 별다른 적도 없는 상황이기에 호쿠토는 세실 씨를 돕기로 한 것 같았다.

약간 당혹스러워 하면서도 호쿠토의 머리 위에 놓인 쟁반 위의 잔을 쥔 두 사람은 테이블 위에 놓인 요리를 보면서 미소를 지었다.

"고마워. 오오, 맛있어 보이는 요리가 잔뜩 있잖아."

"처음 보는 요리도 있지만, 전부 맛있어 보이는군요."

"전부 맛은 보장하니까, 사양하지 말고 먹어봐."

처음 보는 요리의 냄새에 이끌린 두 사람은 음식들을 맛보기 시작했다.

"오오, 맛있네! 진짜 오기 잘했다는 생각이 드는걸."

"다행이네. 그런데 용케도 왔잖아. 지크가 허락을 한 거야?"

"응? 아, 얼이 나간 것 같았지만, 허락을 해주더라고. 그리고 지금쯤 즐거운 시간을 보내고 있을걸?"

"그게 무슨 소리야?"

"피아 누나! 내 입은 좀 더 아래에 있다고!"

지크의 말이 신경 쓰인 듯한 피아는 레우스에게 요리를 먹여주면서 우리 쪽을 쳐다보았다. 좀 제대로 먹여주라고. 레우스의 코에는 닭튀김이 들어가지 않는단 말이야.

"너희와 헤어진 후에 우리 고용주가 엄청 풀이 죽은 것 같더라고. 여관에 돌아가면 술독에 빠져버릴 것 같아서 내가 매춘을 하는 가게에 데려갔어."

그런 쪽으로도 해박한 지킬은 단골 가게에 지크를 데려가서, 포용력이 있는 매춘부를 자신의 고용주에게 소개해준 것 같았다.

"실연의 충격 같은 건 사람마다 다 다르지만, 여자를 실컷 안다 보면 마음이 풀리는 경우도 있거든."

"처음에는 당혹스러워했지만, 꽤 분위기가 괜찮아 보였죠."

"뭐, 내가 엄선한 아가씨거든. 자초지종을 알았고, 그 누님이라면 우리 고용주를 잘 위로해줄 거야. 오, 이것도 맛있네!"

"으음…… 기운이 났다면 됐어. 그리고 매춘부한테는 그게 자기 일이잖아."

설명을 마친 지킬은 요리와 술을 즐기면서 레우스에게 말을 걸었다.

"예쁜 누님들에게 둘러싸여서 맛있는 음식을 먹는다. 라. 너희 일행은 웬만한 귀족보다 호강을 하고 있는 것 같은걸."

"누나들은 전부 형님 거라고. 그래도 밥은 맛있고, 형님도 있으니까 최고라는 건 확실해."

"뭐, 강한 녀석이 곁에 있으면 즐거운 법이지. 하하하!"

"나이가 부모자식만큼 차이가 나는데도, 사이가 좋군요."

내가 즐겁게 대화를 나누는 저 두 사람을 쳐다보고 있을 때, 나에게 다가온 베이올프가 어이없다는 투로 그렇게 중얼거렸다.

"닮은꼴이니까 말이야. 베이올프도 마음껏 즐겨."

"예, 그렇게 하죠. 하지만 그 전에 시리우스 씨에게 보고를 드릴 게 있습니다."

베이올프는 공손한 태도를 취하더니, 나를 향해 고개를 숙였다.

"오늘, 저는 시리우스 씨와 싸워서 졌을 뿐만 아니라, 아버지의 진실도 들었습니다. 오늘은 제가 다시 태어난 날이라고 생각해요."

"그렇게 생각한다면, 가르쳐준 보람이 있는걸."

"그것은 저에게 꼭 필요한 일이었습니다. 그리고 다시 태어났기 때문에, 결정한 게 있습니다."

"내가 들어도 되는 거야?"

"예. 당신이 알아줬으면 합니다. 저는 현재 고용주의 호위를 마치면, 강검 라이오르를 찾는 여행을 시작할 생각입니다."

베이올프가 개운한 표정을 짓고 있는 것을 보면, 복수가 목적인 것 같지는 않았다.

지금 실력으로 덤벼봤자 분명 질 게 뻔하기에, 나는 안심이 됐다.

"시리우스 씨에게도 이야기를 들었습니다만, 그래도 강검에게서 아버지에 관해 듣고 싶거든요. 아버지의 최후를 지켜본 사람이니까요."

"네가 선택한 길이니까 하고 싶은 대로 해. 하지만 강검에게 덤비지는 마. 덤볐다간 뼈…… 아니, 팔 한두 개는 베어버리는 할아버지거든."

"명심하겠습니다."

베이올프가 덤비지 않더라도, 할아버지가 그에게 덤빌 가능성도 있지만 말이다.

"그리고 강검과 만난 후, 다시 시리우스 씨를 찾아오겠습니다. 그때…… 저를 제자로 받아주지 않겠습니까?"

"……내 제자가 된다는 건, 오늘 레우스가 겪었던 일을 언젠간 겪게 된다는 의미야."

"이미 각오했습니다. 그리고 검성의 제자로서, 제가 얼마나 강해질 수 있는지 시험해보고 싶으니까요. 다른 누구 때문이 아니라, 저 스스로 결정한 겁니다."

"그래? 나는 의욕이 넘치는 녀석은 거절할 생각이 없어. 언제가 될지는 모르겠지만, 베이올프가 내 제자가 되는 날을 기다릴게."

"감사합니다!"

"시리우스 님. 받으세요."

베이올프가 내 대답을 듣고 기뻐하고 있을 때, 에밀리아가 와인이 담긴 잔을 우리에게 건네줬다.

오늘을 기념해 건배를 하라는 의미 같았다. 나는 배려해준 에밀리아의 머리를 쓰다듬어준 후, 다시 베이올프를 쳐다보았다.

"그럼 베이올프의 새로운 출발을 기념해 건배를 할까?"

"예!"

그리고 나와 베이올프는 잔을 맞댄 후, 와인을 단숨에 들이켰다.

이 세상에서는 술을 마셔도 되는 나이지만, 아직 술에 몸이 익숙하지 않아서 그런지 몸이 순식간에 뜨거워졌다. 하지만 기분은 나쁘지 않았다.

한편, 베이올프는 와인을 마신 채 그대로 딱딱하게 굳어버리더니⋯⋯.

"윽?!"

갑자기 쓰러지는가 싶더니, 근처 테이블에 머리를 찧고 기절했다.

아무래도 베이올프는 술에 정말 약한 것 같았다.

그래도 와인 한 잔에 뻗어버릴 거라고는 생각도 못했다.

"시리우스 님, 와인에 어울리는 고기를 준비했어요. 금방 잘라 드릴게요."

"세실 씨, 요리를 더 주세요."

"리스 언니, 신기록 달성이네!"

"그 귀여운 귀를 번갈아 움직이면, 이 커다란 고기를 줄게."

"정말이야?! 좋아⋯⋯ 에잇!"

"하하하! 오늘은 진짜 끝내주는걸!"

하지만 다들 마이페이스라서 그런지, 베이올프가 기절한 것도 눈치채지 못한 것 같았다.

일단 『스캔』으로 확인을 해보자, 역시 술에 약해서 기절했을 뿐인 것 같았다.

"나중에 모포를 가져올 테니, 시리우스 님은 개의치 말고 음식을 드세요."

"……그렇게 할까?"

이렇게 시끌벅적하면서도 즐거운 파티는 밤늦게까지 계속됐다.

다음 날…… 나는 투무제의 피로를 치유한다는 명목으로 방에
틀어박힌 후, 우승상금으로 구입한 마석에 마방진을 새겼다.

투무제를 마치고 돌아오는 길에 마석을 구입한 후, 오늘 아침
에 일어나서 계속 작업을 하다 보니 어느새 점심 식사를 할 때
가 되어 있었다. 꽤나 집중을 하고 있었던 건지 시간이 순식간
에 지나간 것 같았다.

작업을 멈추고 몸을 일으키자, 에밀리아가 새로 끓인 홍차를
나에게 내밀었다.

"시리우스 님, 수고 많으십니다. 작업은 순조로운 것 같네요."

"그래. 곧 완성될 거야. 점심을 먹을 때가 다 되었으니까, 잠
시 쉬었다 해야겠어."

"시리우스 씨. 오늘은 쉰다고 해놓고 계속 작업을 하는 건 좀
그렇지 않아?"

"맞아. 아직 왼손이 완전히 낫지는 않았잖아? 나를 위해 작업
을 하는 건 고맙지만, 무리는 하지 말아줬으면 해."

"무리는 안 해. 왼손 이외에는 전부 멀쩡하고, 작업은 오른손
만 놀릴 수 있으면 할 수 있거든. 그것보다……."

뒤를 돌아보니, 우리 일행 전원이 이 방에 모여 있었다.

작업을 하는 나를 생각해 떠들지 않는 데다, 나도 집중을 하고
있어서 딱히 방해가 되지는 않았지만…….

"아직 시간이 걸리니까 마을에 놀러 나가는 게 어때? 방에 계속 있으면 심심하잖아."

"저는 시리우스 님의 시중을 들어야 하니까요."

"네가 만든 게임을 하느라 심심하지 않아. 어?! 이거 큰일 났네……."

"이걸로 몰아넣었네. 이렇게 다 같이 느긋하게 지내는 것도 좋아."

"멍!"

"흡…… 흡…….."

에밀리아는 내 시중을 들면서 뜨개질을 하고 있고, 리스와 피아는 내가 만든 보드 게임을 즐기고 있으며, 호쿠토는 내 옆에 누워서 이 느긋한 분위기를 즐기고 있었다.

또한 레우스는 팔이 아직 치료 중이라 그런지 방구석에서 복근 운동을 하고 있었다. 밖에서 하라고 말할까도 했지만, 내 눈에 띄지 않는 곳에서 운동을 하다간 무리를 할 것 같아서 나가라고 말할 수가 없었다.

"다들 네 곁에 있을 때 가장 마음이 편한 거야. 우리도 자유롭게 오늘 하루를 보낼 테니까, 너도 자유롭게 지내."

"방해가 된다면 다른 방으로 갈까요?"

"아니, 그냥 여기 있어. 나도 너희가 곁에 있으면 마음이 편하거든."

"흡…… 형님의 집중력이면…… 후우…… 우리가 옆에 있어도 전혀 방해되지 않을 거야."

"너 때문에 후덥지근하니까 복도로 나가."

"봐줘, 누나. 나도 형님 곁에 있고 싶단 말이야!"

"멍!"

"뭐…… 무리는 하지 마."

어제 격렬한 시합을 펼쳤던 우리는 오늘 느긋하게 하루를 보내고 있었다.

점심 식사를 한 후에도 작업을 이어간 나는 저녁 즈음에 마도구를 완성했다.

도구를 내려놓고 기지개를 켜자, 옆에서 작업을 지켜보던 피아가 나에게 말을 걸었다.

"끝났어?"

"응. 이거야. 마음에 들었으면 좋겠네."

"흐음…… 괜찮네. 형태는 물론이고, 너무 크지 않은 점도 마음에 들어."

완성된 변장용 마도구를 피아에게 건네주자, 그녀는 디자인이 마음에 든 것 같았다.

착용자의 겉모습을 바꿔주는 이 마도구가 있으면, 피아도 후드를 쓰지 않고 당당히 밖을 돌아다닐 수 있을 것이다.

마도구는 남매와 마찬가지로 초커 형태로 만들까 했지만, 이유가 있어서 귀걸이 형태로 만들었다.

피아는 완성된 귀걸이를 즐겁다는 듯이 꼭 움켜쥐고 있었지만, 나는 개인적으로 마음이 복잡했다. 그런 나를 본 에밀리아와 리스는 고개를 갸웃거리면서 질문을 던졌다.

"시리우스 님, 왜 그러세요?"

"피아 씨에게 잘 어울리는 것 같은데, 뭐 잘못 됐어?"

"실은 귀걸이가 아니라 펜던트나 팔찌를 만들고 싶었거든. 하지만 내 기술로는 귀걸이가 한계야."

로드벨이 만든 마도구는 귀 뿐만 아니라 머리카락과 체형도 변화시킬 수 있지만, 내 기술로는 몸 일부를 변화시키는 것이 한계였다.

게다가 변화시키는 부위와 떨어져 있으면 변화가 풀릴 가능성이 있으니, 필연적으로 귀걸이로 만들 수밖에 없었다.

"툭하면 케이크를 내놓으라고 난리를 피우기는 하지만, 역시 전문가에게는 못 당하겠는걸."

"경쟁을 할 필요는 없지 않아? 나는 이걸로도 충분히 기쁘거든. ……자아, 부탁해."

그리고 귀걸이를 나에게 돌려준 피아는 머리카락을 쓸어 넘기면서 나를 향해 얼굴을 내밀었다.

아무래도…… 제자들과 같은 상황 같았다. 옆에서 쳐다보는 제자들이 쓴웃음을 짓는 가운데, 나는 피아에게 귀걸이를 걸어 줬다.

"후후…… 좀 낮 뜨겁지만, 나쁘지 않네."

"착용감은 어때? 혹시 나쁘면 말해. 고쳐줄게."

"잠깐만…… 응, 딱 좋아. 금방 익숙해질 것 같아."

엘프의 귀는 인간족에 비해 민감한 것 같지만, 딱히 문제는 없어 보였다.

리스는 마법으로 물 덩어리를 만들어주자, 피아는 그 물에 자신의 모습을 비춰보면서 몇 번이나 고개를 끄덕였다.

"이건 내 마력으로 발동하는 거야?"

"피아의 마력이 필요한 건 처음 발동시킬 때뿐이야. 그 후에는 대기 중의 마력을 자동으로 흡수해서 작동하게 되어 있으니까, 망가지지만 않는다면 반영구적으로 발동돼."

"편리하네. 그럼 시험해볼게."

마석 자체도 난폭하게 다루지만 않는다면 백 년 정도는 쓸 수 있을 것이다.

피아가 귀걸이에 마력을 흘려 넣자, 엘프 특유의 긴 귀가 서서히 짧아지기 시작했고, 곧 우리와 같은 형태로 변했다.

신비적인 외모는 그대로지만, 엘프의 가장 큰 특징이 숨겨진 것이다.

"성공인걸."

"상상은 했지만 실제로 해보니 정말 엄청나네. 하지만 보이지 않는 데도 감촉이 느껴지니 느낌이 이상해."

이것은 빛의 굴절을 이용하고 있으며, 꽤 복잡한 공정이니 설명은 생략하겠다.

아무튼 피아가 무심코 사람들 앞에서 귀걸이를 떼어내거나 상대방이 귀를 직접 만져보지 않는 한, 괜찮을 것이다.

"뭐, 알지도 못하는 녀석에게 귀를 만지게 할 리도 없지. 몸에서 떼어낼 때는 주위를 신경 써."

"물론이야. 소중히 여길게."

그 귀걸이를 몇 번이나 만져본 피아는 마치 패션쇼라도 하듯 그 자리에서 몸을 빙글 돌렸다.

그리고 멈춘 그녀는 나를 쳐다보았다. 그런 그녀의 시선에는 열기가 어려 있었다.

"어때?"

"응…… 예뻐."

"고마워. 저기, 기회가 되면 또 만들어줄 거지?"

"그래. 여차할 때를 대비해 예비가 필요할 테니까 말이야. 조건에 맞는 마석을 구하면 또 만들어볼 생각이야."

"그럼 다음에는 반지를 만들어줘. 아…… 반지는 좀 힘들겠지?"

"좀 더 기술을 갈고닦으면 반지도 만들 수 있을 거야. 그런데…… 왜 반지에 집착하는 건데, 확실히 피아한테 어울릴 것 같지만……."

"그야 너한테 받은 반지라면 그건 결혼반지잖아?"

"……뭐?"

"에밀리아와 레우스에게 들었어. 결혼 상대에게 반지를 선물하는 게 네 나름의 프러포즈라면서?"

이미 노엘과 디에 관해 이야기하는 사이가 된 걸까.

제자들의 신뢰를 얻는 속도도 그렇고, 나를 대할 때의 대담함도 그렇고, 정말 믿음직하면서도 무시무시한 여성이다.

내가 도망갈 곳이 점점 막히더니, 앞으로도 그녀에게 여러모로 휘둘리는 미래가 머릿속에 떠올랐지만…….

"후후, 앞으로의 여행도 비롯해 정말 기대되는걸."

저 미소를 곁에서 볼 수 있다면, 그것도 괜찮을 것 같다는 생각이 들었다.

머리카락을 휘날리며 나를 돌아본 피아의 얼굴에 어린 미소는 귀걸이보다 몇 배는 더 찬란히 빛나고 있었다.

"……아아…… 흐응……."

투무제가 끝나고 이틀 후의 아침.

요염한 숨결과 시트가 부스럭거리는 소리에 나는 잠에서 깼다.

왼손이 요양 중이라 아침 훈련을 쉬고 있지만, 습관 때문에 평소처럼 이른 아침에서 잠에서 깬 것 같았다.

천천히 옆을 쳐다보니, 피아가 평온한 표정으로 자고 있었다.

무방비하게 자고 있는 여성은 귀엽지만, 피아는 귀엽다는 말보다 아름답다는 말이 더 어울릴 것 같았다.

처음 피아를 만났을 때, 나는 그녀가 신비적인 예술품 같은 아름다움을 지닌 여성이라고 생각했다. 10년가량 지난 지금도 그 생각에는 변함이 없으며, 연인 사이가 되었기에 여성으로서의 아름다움이 더욱 부각된 것 같은 느낌이 들었다.

여성이 부러워하는 아름다운 피부, 손가락 사이에서 물결처럼 흘러내리는 아름다운 머리카락, 엘프는 누구나 이렇다고 하니 표적이 되는 것도 당연할지도 모른다.

그런 엘프인 피아는 나를 좋아했고, 어느새 우리는 연인 사이가 되었다.

남자로서, 연인으로서…… 목숨이 다할 때까지 피아를 지킬 것이다.

그렇게 생각하면서 피아의 얼굴을 쳐다보고 있을 때, 그녀는 눈을 뜨더니 내가 인사를 건네기도 전에 나에게 입맞춤을 했다.

"으음…… 좋은 아침이야, 시리우스."

"좋은 아침. 아침부터 적극적이네."

"눈을 뜨니 네가 눈앞에 있는걸. 그래서 무심코……."

피아는 눈을 가늘게 뜨면서 부드러운 미소를 짓더니, 내 얼굴을 지그시 응시했다.

"하지만 난처하게 됐어. 이렇게 빠질 줄은 몰랐거든."

"빠져? 남자한테 말이야?"

"그래. 너와 만나기 전의 일인데……."

나와 만나기 전, 피아는 어느 마을에서 매춘부로 일하는 애와 친해졌고, 술친구가 되었다고 한다.

"술을 좋아한다는 공통점 덕분에 친해졌는데, 여러모로 재미있는 이야기를 들었어. 그중에는 한 남자를 지나치게 사랑한 매춘부의 이야기도 있었지."

어떤 매춘부가 손님인 남자를 진심으로 사랑하게 되면서, 그 남자에게 자신의 모든 것을 바쳤다고 한다. 하지만 그 남자는 쓰레기였고, 그 여성을 이용할 대로 이용한 후에 버렸다.

사랑에 눈이 멀어 주위가 보이지 않게 된…… 그런 여성을, 남자에게 빠졌다고 말하는 것이다.

이런 이야기가 도는 것은 매춘부들이 그런 전철을 밟지 않게 하기 위해서일 것이다. 매춘부들뿐만 아니라, 그녀들을 이용하는 자들 입장에서도 매춘부의 숫자가 줄어드는 것은 좋지 않을 테니까 말이다.

"그 이야기를 들었을 때는 남자한테 그렇게 빠진다는 게 이해 안 됐지만, 지금의 내가 꼭 그런 상황인 것 같아. 그게 좀 우습네."

"남자로서는 기쁜 이야기지만, 피아는 그러면 곤란한 이유라도 있어?"

"그야 네가 부탁하면 뭐든 다 들어줄 것 같거든."

"그건 곤란하네. 하지만 내가 이상한 소리를 하지 않으면 되는 거잖아?"

"맞아. 너는 자제심이 강하니까 나도 마음껏 너한테 빠질 수 있을 것 같아. 하지만 나한테 부탁할 게 있으면 언제든 말해. 나만이 아니라 에밀리아와 리스, 그리고 레우스와 호쿠토도 너에게 도움이 되고 싶어 하니까 말이야."

부탁……이라.

하지만 나는 이미 그들에게서 차고 넘칠 만큼 많은 것을 받고 있다.

전생의 지식에 기반해 터득한 내 힘은 이 세계에서는 그야말로 비정상적일 정도로 강하다. 아무것도 모르는 사람이 내 실력을 알면 공포에 질리고 말 정도인 것이다.

하지만 그런 나를 진심으로 따르며, 함께 있어주는 제자와 동료가 있어서 쓸쓸하지 않고, 충실한 하루하루를 보낼 수 있는 것이다.

"무리 같은 건 안 해. 너와 제자들을 지켜보는 게 내 인생을 충실하게 만들어주거든. 아무튼 나는 자유롭게 살고 있으니까,

너희도 자유롭게 살아줬으면 해. 피아는 이제 후드로 귀를 가리지 않아도 되니까, 앞으로는 당당히 돌아다녀."

"너무 당당히 다니다간 내 정체가 들통 날지도 모르는데?"

"그렇게 되면 내가 지켜줄 테니 안심해. 피아는 자유롭게 행동할 때 가장 매력적이거든."

"……하아, 정말!"

피아가 갑자기 몸을 일으키더니, 내 몸 위에 올라타면서 격렬하게 입맞춤을 했다.

그 행동에 놀라면서도 피아를 진정시키기 위해 등을 쓰다듬어주자, 그녀는 얼굴을 떼면서 진지한 표정으로 나를 응시했다.

"나는 그저 무리를 하지 말고 다른 사람에게 의지하라고 말했을 뿐인데…… 그런 매혹적인 말로 받아치는 건 비겁해!"

"비겁은 무슨. 내 솔직한 마음을 밝혔을 뿐이야."

"입 다물어! 아침 식사 시간이 되려면 아직 멀었지?!"

"어이, 이제 아침이니까 잠시만……."

"금방 끝낼게. 게다가 엘프는 아이를 가질 확률이 극단적으로 낮으니까, 이참에 연습을 해두자."

피아의 말에 따르면…… 수백 명 가량의 엘프가 사는 촌락에서 수십 년에 한 번 아이가 생기면 그나마 나은 편이라고 한다.

그런 쪽으로는 적극적이지 않은 데다, 엘프는 오래 살기 때문에 시간의 흐름이 인간이나 수인과 다르기에 딱히 신경 쓰지 않는다고 한다.

그러니 피아의 말도 이해가 되지만…….

"본심은 뭐야?"

"못 참겠단 말이야. 하아…… 완전히 빠지고 말았네."

"솔직한 건 좋네. 뭐, 얼마나 빠져들든 전부 받아줄게."

"……포용력이 넘치는 점이 정말 마음에 들어!"

그 후, 에밀리아가 우리를 깨우러 올 때까지, 나는 피아의 마음을 받아줬다.

"아, 좋은 아침이야."

"형님, 좋은 아침!"

방밖에서 기다리고 있던 호쿠토와 합류한 나는 에밀리아, 피아와 함께 여관의 식당으로 향했다. 그리고 우리보다 먼저 식당에 와서 앉아 있던 리스, 레우스와 인사를 나눴다.

"기다리게 한 것 같네."

"우리도 방금 왔으니까 개의치 마."

"저기, 형님. 누나와 피아 누나는 왜 저래?"

얼굴에 윤기가 넘치는 피아, 그리고 내 팔을 꼭 끌어안은 에밀리아를 본 두 사람은 당혹스러운 표정을 짓고 있었다.

"시리우스 덕분에 기분이 상쾌해졌을 뿐이야. 레우스, 너도 시리우스처럼 여성을 만족시켜주는 멋진 남자가 되는 거야."

"응! 즉, 형님을 목표로 삼으라는 거지?"

"그래. 하지만 레우스에게는 레우스만의 장점이 있으니까, 그 걸 살리면서 노력해."

내가 레우스와 피아의 대화를 들으면서 자리에 앉으려하자,

에밀리아는 내 팔을 놓으며 의자를 당겨줬다. 에밀리아는 내 몸에 자신의 냄새를 배게 하는데 혈안이 되어 있는 것 같지만, 시종으로서의 소임은 잊지 않은 것 같았다.

아침 식사가 테이블에 놓이자, 다른 이들의 시선이 나에게 집중됐다. 다들 내가 숟가락을 뗀 후에야 식사를 시작하기 때문이다.

"그럼, 잘 먹겠습니다."

"""잘 먹겠습니다."""

최근 며칠 만에 우리 방식에 완전히 적응한 피아도 우리와 함께 합창을 한 후, 아침 식사를 시작했다.

10인분은 될 듯한 빵과 수프, 샐러드, 그리고 아침 식사인데도 구운 고기도 있었다. 아침치고는 위에 부담이 될 것 같지만…….

"더 주세요."

"나도 더 먹을래!"

"시리우스 님, 샐러드를 더 드시겠어요?"

"응, 좋아. 에밀리아도 배부르게 먹어둬."

"……많이 먹는 것도 강해지는 비결일까?"

우리에게 있어서는 양이 작은 편에 속했다.

테이블을 가득 채운 요리가 순식간에 우리 모두의 위에 들어갔을 즈음, 카치아가 또 음식을 가지고 왔다.

"자아, 주문한 음식과…… 이건 엄마가 주는 서비스야."

"매번 몇 번이나 왕복하게 해서 미안한걸."

"괜찮아. 게다가 오빠들 덕분에 손님도 늘기 시작했잖아. 나는 신경 쓰지 말고 많이 먹어."

내가 투무제에서 선전을 해준 덕분인지, 여관의 손님은 명백하게 늘어났으며, 카치아와 여관 종업원들도 행복한 표정으로 일을 하고 있었다. 겨우 이틀 만에 이렇게 늘어나다니…… 투무제 우승자라는 직함의 영향력이 상당한 것 같았다.

애초부터 입지조건이 나쁘지 않았고, 접객 서비스도 뛰어난 여관이다. 며칠 안에 만실이 되는 것도 꿈은 아닐 것이다.

손님이 늘어났으니 호쿠토를 밖으로 내보내야 할지도 모르지만, 호쿠토가 여관 안에 머무는 것은 특별히 허가를 받았다. 일부 손님이 무서워했지만, 호쿠토가 투무제의 우승자인 내 종마라는 사실을 알려주자 그들도 별말 하지 않았다.

그리고 아침 식사를 마친 후, 식후의 차와 디저트인 과일을 먹으면서 오늘 뭘 할지 이야기했다.

"나와 레우스의 상처도 꽤 나았으니, 오늘은 모험가 길드에 가볼까 해."

"길드 말인가요?"

"벌써 돈이 다 떨어진 거야? 내 준우승 상금은 어떻게 됐어?"

"반찬이 줄어드는 건 싫어!"

"진정해. 실은 이런 편지를 받았어."

나는 우리 집 먹보 남매(리스와 레우스)를 달랜 후, 아까 세실에게서 받은 편지를 꺼내서 다른 이들에게 보여줬다.

그 내용을 간략하게 설명하자면, 여행을 떠나기 전에 모험가 길드에 잠시 얼굴을 비춰줬으면 한다고 적혀 있었다.

"길드가 무슨 일로 우리는 찾는 걸까요?"

"투무제 표창식에서 내 길드 랭크가 초급이라고 대답한 게 문제인 것 같아. 투무제 우승자가 초급이라는 건 모험가 길드가 나를 가볍게 여기고 있는 것처럼 보일 수 있으니 이참에 이야기를 나눴으면 한데."

내 길드 랭크는 현재 8급이며, 세간에서는 8급을 흔히 초급 모험가라 부른다.

에밀리아와 리스는 나와 동일하고, 틈만 나면 마물을 쓰러뜨렸던 레우스는 7급이지만, 그래도 아직 초급이다.

우리라면 랭크를 더욱 높일 수 있겠지만, 가르간 상회에서 들어오는 수입 덕분에 돈이 궁하지 않기 때문에 모험가 길드의 의뢰는 거의 수행하지 않았던 것이다.

"그런가요. 그럼 시리우스 님을 상급 모험가인 1급으로 올려 달라고 요청하죠."

"그, 그건 안 돼! 제대로 의뢰를 수행해서 올라가야 한단 말이야."

"리스의 말이 옳아. 솔직히 말해 랭크에는 딱히 흥미가 없지만, 일부러 편지까지 보내서 나를 불렀으니 얼굴은 한번 비추는 편이 좋을 것 같아."

길드에 등록한 이유는 다양하지만, 가장 큰 이유는 신분을 증명해줄 수 있는 것을 만들기 위해서다.

길드가 투무제의 우승자를 적으로 돌리려고 하지는 않겠지만, 나중에 사이가 틀어져도 성가실 테니 일단 가보기로 했다.

"피아 누나도 여행을 했으니까, 길드에 등록은 되어 있지?"

"당연하잖아. 여행비용을 벌어야 했으니까…… 아, 여기 있네. 이게 내 길드카드야."

우리가 가지고 있는 카드는 나무로 되어 있지만, 피아의 길드카드는 구리로 되어 있었으며 랭크는 5급이라고 새겨져 있었다.

"마음만 먹으면 상급까지 올라갈 수 있었겠지만, 나는 필요한 만큼만 벌면 됐거든. 게다가 나는 엘프니까, 랭크가 올라가서 남들 이목을 끌면 성가실 것 같았어."

정령마법을 쓸 수 있는 피아라면, 강력한 마물도 혼자서 쓰러뜨릴 수 있으니 랭크를 올리는 것도 가능할 것이다.

혼자서 다닐 때는 후드를 쓰고 의뢰를 맡았지만, 상급으로 올라가서 이목이 집중된다면 피아의 정체를 궁금해 하는 자도 생겨날 것이다. 그러니 5급 정도로 만족한 것은 올바른 판단일지도 모른다.

"그럼 준비를 마치면 길드로 가자. 어쩌면 의뢰를 맡게 될지도 모르니까, 꼼꼼하게 준비를 해."

"예. 필요한 물건을 챙겨가겠어요."

"만약 랭크를 올리게 된다면, 우리도 열심히 랭크를 올려야겠네. 아, 카치아 양. 이 과일, 더 줄래?"

"나도 더 먹을 거야!"

"……농담하는 거지?"

"그렇게 먹고 더 먹으려는 거야?"

"준우승자인 레우스는 그렇다 쳐도, 저 여자는…… 대체 뭐야?"

투무제를 통해 우리의 얼굴을 안 다른 손님들이 우리를 쳐다보며 그렇게 소곤거렸다. 리스의 먹성 때문에 놀란 것 같은데, 그건 신경 쓰는 것 자체가 괜한 일이다.

맛있게 과일을 먹고 있는 리스와 레우스를 쳐다보면서, 나는 머릿속으로 식비 계산을 다시 했다.

준비를 마치고 모험가 길드로 향하던 우리는 꽤나 남들 눈길을 끌고 있었다.

투무제의 우승자와 준우승자, 그리고 백랑인 호쿠토만으로도 눈에 띄는 게 당연했다. 게다가 후드를 벗은 피아에게서 눈을 떼지 못하는 이도 있었다. 귀걸이형 마도구로 엘프라는 사실을 숨겼지만, 그녀의 미모는 여전히 돋보였다.

주위의 시선은 대부분 호의적이었으며, 노점을 연 이가 고기 꼬치를 주거나 멋진 싸움이었다는 말을 우리에게 건넸다.

그중에는 질투심이나 음흉한 시선도 있었지만, 나와 호쿠토가 노려보자 그대로 도망쳤다.

"멍!"

"그래. 푹 쉬고 있어."

아직 투무제의 여운이 남아 있는 마을 안을 걸으며 모험가 길드에 도착하자, 호쿠토가 무슨 일이 있으면 부르라는 듯이 짖은 후에 종마용 부지에서 드러누웠다.

모험가의 도시라 불리는 곳의 길드답게 거대한 건물에 들어가 보니, 안에는 수많은 모험가가 접수처에서 의뢰를 맡거나 테이블에 모여서 이야기를 나누고 있었다.

우리가 내부에 들어가자, 아까보다 더 날카로운 시선이 일제히 우리를 향했다.

그들 중 대부분은 피아를 쳐다보며 히죽거리더니, 옆에 있는 나와 레우스를 보고 체념 섞인 한숨을 내쉬었다. 피아에게 말을 걸고 싶지만, 우리를 보고 무리라고 판단한 것이리라.

모험가는 위험을 감지하지 못하면 목숨이 몇 개라도 부족하다. 그런 점에서 볼 때, 이곳의 모험가들은 수준이 높은 걸지도 모른다.

시비가 붙이 않는 편이 좋을 테니, 우리는 비어 있는 접수처로…….

"앗?! 와줬구나, 시리우스 군! 급한 일이니까 이쪽으로 와주지 않겠어?"

접수처 안쪽에서 큰 목소리가 들리더니, 투무제에서 실황중계를 맡았던 여성이 모습을 드러냈다.

대체 왜 여기에…… 같은 생각이 들었지만, 다른 직원과 같은 복장을 하고 있는 것을 보면 그녀는 이 길드의 직원 같았다.

그 실황중계자를 본 에밀리아와 리스는 경계심을 드러내며 내 앞에 섰고, 피아는 내 팔을 꼭 끌어안았다. 상대를 노려보고 있는 다른 둘과 달리, 피아는 웃고 있었다. 아무래도 이 상황을 즐기고 있는 것 같았다.

멀리서 쳐다보고 있는 모험가들이 부러운 듯이 노려보는 가운데, 나는 일단 에밀리아와 리스의 머리를 쓰다듬어주며 진정시켰다.

"진정해. 자아, 우리를 부르는 것 같으니 가보자."

"하지만……."

"저 사람은 방심하면 안 될 것 같은 느낌이 들어."

"그럼 이렇게 하자. 내가 뒤편에 설 테니까, 두 사람은 시리우스의 양옆에 서서 그를 지키는 거야."

"“예!”"

"그럼 나는 정면에 서겠어!"

그리고 내 양옆에 에밀리아와 리스가, 앞뒤에는 레우스와 피아가 서더니, 사방에서 나를 지키는 포진이 완성됐다.

나는 딴죽을 날릴까 했지만, 나를 걱정해서 이러는 것이기에 말리기도 좀 그랬다.

여러 가지 의미에서 주목을 받으면서 접수처로 가보니, 나를 부른 여성이 정말 분하다는 듯한 표정을 짓고 있었다.

"와, 완벽한 포진이네! 내가 파고들 틈이 없어!"

"미안하지만 누나들의 적은 내 적이야. 형님의 털끝도 건드리지 못할 줄 알라고!"

"게다가 연인이 세 명에서 네 명으로 늘었잖아?! 역시 투무제를 제패한 분이야. 남자라도 받아들이는 도량은 정말 대단하네!"

"잠깐만 있어봐. 레우스는 내 제자일 뿐, 그런 관계는 아냐."

"맞아! 나는 형님의 제자지만, 장래에는 진짜 형님…… 우읍?!"

나는 힘찬 목소리로 역설하기 시작한 레우스의 입에 사탕을 집어넣어서 말을 막았다.

벌꿀이 자아내는 절묘한 단맛으로 레우스의 입을 막자, 에밀

리아와 리스도 먹고 싶다는 듯이 나를 쳐다보았기에 두 사람의
입에도 사탕을 넣었다.

"편지를 보고 찾아온 건데요."

"아, 맞아! 미안한데, 우선 길드 카드를 보여줄래?"

다른 직원에서 상부에 연락을 취해달라고 부탁한 후에 접수처
에 앉은 그녀에게 우리는 카드를 보여줬다.

"일단 랭크를 확인할게. 아, 내 이름은 휴데라고 해. 강한 남
자라면 언제 어느 때나 환영해."

마지막 말은 명백하게 나와 레우스에게 한 말이었다. 하지만
가망이 없다는 걸 눈치챈 그녀는 아쉬워하면서 우리가 내민 카
드를 확인했다. 그리고 손으로 얼굴을 가리며 깊은 한숨을 내쉬
었다.

"하아…… 그 정도 실력을 가졌으면서, 진짜로 초급이구나."

"랭크에는 흥미가 없거든요. 그리고 우리를 부른 이유 말인
데, 랭크 상승 때문인가요?"

"나도 자세한 이야기는 못 들었지만, 아무래도 그런 것 같아.
그런데 흥미가 없다고 해도 랭크의 구분 정도는 알고 있지?"

"그야 뭐……."

길드 랭크는 10급에서 시작하며, 의뢰를 수행해서 랭크가 올
라갈 때마다 숫자가 점점 준다. 즉, 1급이 가장 상위인 것이다.

그리고 랭크가 올라갈수록 난이도가 높지만 보수가 많은 의뢰
를 맡을 수 있게 되며, 호칭도 변한다.

10급부터 7급은 초급 모험가.

6급부터 4급은 중급 모험가.

3급부터 1급은 상급 모험가……라 불린다.

소문에 따르면 1급 위에는 특급이라 불리는 랭크도 있다고 하는데, 자세한 것은 모른다.

"그럼 설명을 하지 않아도 되겠네. 자세한 건 마스터가 해줄 거니까, 나를 따라올래?"

"동료와 같이 가도 되는 건가요?"

"그래."

아까 연락을 부탁했던 여성이 돌아오자, 우리는 휴데와 함께 안쪽에 있는 방으로 향했다.

안내된 곳은 회의실로 쓰이는 방이었으며, 안에는 커다란 테이블이 있었다.

그 테이블 너머에는 머리카락을 완전히 밀었고, 라이오르 할아버지 못지않게 단련된 근육을 지닌 거한이 앉아 있었다. 얼굴에는 커다란 상처가 있었으며, 분위기가 범상치 않은 이 남자는 아마…….

"소개할게. 이분이 모험가 길드 가라프 지부의 길드 마스터이신 바돔 님이셔."

"바돔이라고 한다. 잘 부탁하지, 투무제 우승자 시리우스 군."

자리에서 일어난 상대가 내민 손을 내가 맞잡은 순간…… 바돔은 조용히 미소를 지었다.

내가 바돔이 범상치 않다는 것을 눈치챈 것처럼, 상대방도 내 실력을 눈치챈 것 같았다. 이 길드 마스터는 악수만으로 상대방의 실력을 파악할 수 있는 강자 같았다.

"……오호라. 자네라면 투무제 우승 정도는 손쉬웠겠지. 이 정도 실력자의 이름이 알려지지 않았다니, 세상은 정말 넓군."

그리고 레우스와도 악수를 나눈 그는 흥미롭다는 듯이 몇 번이나 고개를 끄덕였다.

"자네는 시리우스 군의 제자였나?"

"그래요. 형님의 첫 번째…… 아니지, 두 번째 제자예요!"

"그렇군. 자네도 멋진 원석인걸. 장래가 기대돼."

에밀리아가 뿜는 무언의 압력을 느낀 레우스가 말을 바꾸자, 바돔은 즐겁다는 듯이 웃음을 흘렸다.

나이가 많을 뿐만 아니라 본능적으로 상대가 강자라는 것을 눈치챈 듯한 레우스는 존댓말을 썼다.

그리고 우리 모두와 악수를 나눈 바돔은 방 중앙에 있는 소파에 앉더니, 우리에게 맞은편 소파를 권했다.

"자네들은 정말 흥미로운걸. 초급 모험가인 줄 알았더니, 이렇게 젊은 나이에 이만큼이나 강해진 것도 모자라, 환상의 존재라 불리는 백랑까지 종마로 삼고 있으니까 말이야."

"강하지 않으면 살아남을 수가 없었고, 호쿠토는 종마이자 소중한 동료죠. 그럼 저희를 부른 이유를 물어도 될까요?"

"음, 짐작했겠지만 시리우스 군과 레우스 군의 랭크를 올려 주기 위해 부른 거네. 편지에 썼다시피 투무제에서 우승한 자가 초급이라는 걸 가지고 시끄럽게 떠드는 녀석이 있거든. 자네는…… 상급이 될 생각이 있나?"

"없어요. 되더라도 차근차근 올라갈 생각이죠."

바돔은 그 말을 듣고 쓴웃음을 짓더니, 휴데가 준비해준 차를 홀짝였다.

"평범한 이들은 랭크에 집착하지만, 자네는 정말 흥미가 없나 보군."

"느긋하게 올리는 게 성격에 어울리거든요. 게다가 지금은 제 자를 가르치며 세상을 돌아보는 걸 우선하고 있으니까요."

"모험가는 자유롭게 살아가는 자들이지. 그렇기 때문에 자기 발로 찾아오지 않는 시리우스 군을 부르고 싶지 않았지만, 투무제의 우승자를 초급인 채로 둘 수가 없어서 말이지. 길드 대표로서 양해를 구하자면, 하다못해 자네가 중급이 되어줬으면 하네."

"……알았어요. 그럼 제가 뭘 하면 되죠?"

"자네들을 위한 의뢰를 준비해뒀으니, 그것을 달성하면 자네들 전원을 중급…… 6급으로 랭크업시켜주지. 자세한 건 휴데 양에게 듣게."

"저기…… 시종인 저희도 같이 랭크가 올라가도 괜찮을까요?"

"당연하지. 자네들의 실력도 얼추 파악했거든. 일반인을 상회하는 마력이 느껴지는 걸 보면, 중급 정도는 되고도 남겠지."

바돔은 상급이라도 괜찮다고 생각하는 것 같았다.

하지만 그 정도로 특별대우를 해주면 주위에서 반발이 생길 테고, 상급인 3급까지 올라가기 위해서는 길드 직원이 동반하는 특수한 의뢰를 달성해야만 하니 포기한 것 같았다.

무엇보다 내가 상급에 관심이 없는 것 같으니, 중급까지 랭크를 올려주는 것으로 결론을 내린 것 같았다.

아마 토벌 의뢰일 거라고 생각하고 있을 때, 에밀리아가 질문이 있다는 듯이 손을 들었다.

"물어보고 싶은 게 있어요. 1급 위에는 특급이 있다는 건 정말인가요?"

"아, 특급이라면 진짜로 존재해. 아가씨는 특급이 되고 싶나?"

"아뇨. 제가 아니라 시리우스 님이 특급이 되셨으면 해서요. 저분이라면 특급이 되실 수 있을 거라고 생각합니다만……."

"멋대로 나를 추천하지 말아줄래?"

"하하하. 투무제에서 우승한 시리우스 군은 강하겠지만, 특급에게 필요한 건 실력이 아니지. 최강이라 불리지만, 검 이외의 그 무엇에도 흥미가 없는 강검 라이오르도 특급이 되는 건 무리일 거라네."

특급은 모든 면에서 스페셜리스트 같은 존재라고 한다.

다양한 능력을 갖추고, 아랫사람을 이끌 수 있는 카리스마성, 그리고 그 어떤 일에도 흔들리지 않는 냉정한 판단력도 꼭 필요한 것 같았다.

"그리고 각 대륙에 있는 길드의 수장들 전원에게 인정을 받아야 하지. 아무튼 특급이 되는 건 정말 힘들거든. 그래서 최근 백년 동안 특급이 된 자는 없다네. 즉, 강검 라이오르를 쓰러뜨리는 것만큼 어려운 일인 거지. 하하하!"

"그럼 라이오르 할아버지를 쓰러뜨린 시리우스 님은…… 우읍?!"

그걸 가르쳐주면 이야기가 더 복잡해질 것 같았기에, 나는 또 사탕으로 에밀리아의 입을 막았다.

바돔과 헤어진 우리는 휴데에게서 의뢰 내용을 들은 후, 가라프 마을 밖으로 나가 인근의 숲으로 향했다.

목적지는 걸어서 한나절 정도 걸리는 거리에 있는 것 같으니, 마차는 여관에 맡겨두고 걸어서 가기로 했다.

도중에 길에서 벗어난 우리는 의뢰 내용을 생각하면서 넓은 초원을 나아갔다.

"의뢰내용은 숲에 모여 있는 오크들을 토벌……하는 거였지?"

"휴데 씨는 서른 마리 정도 될 거라고는 했지만, 그것보다 더 많을 거라고 생각하는 편이 좋겠죠."

"당연하잖아, 누나. 그 어떤 상대라도 방심하지 말고, 항상 최악의 경우를 고려해야 하니까 말이야."

"모험가 선배로서 조언을 해주고 싶지만, 그럴 필요는 없을 것 같네."

오크는 어른 인간족보다 몸집이 큰 돼지가 무기를 들고 두 발로 걷는 듯한 인간형 마물의 일종이다.

힘은 인간의 곱절은 되며, 나무 같은 것으로 간단한 무기를 만들 수 있을 만큼 지능이 뛰어난 데다, 잡식이라 뭐든 먹어치운다.

게다가 몸을 감싼 지방이 검이나 타격 공격을 막기 때문에, 웬만한 공격은 먹히지 않는다. 그래서 초급 돌파의 벽이라 불리며, 혼자서 오크 여러 마리를 동시에 해치울 수 있다면 중급이 될 실력을 갖춘 것으로 인정되는 것이다.

그런 오크가 숲에 자신들의 소굴을 만들려 하고 있지만, 아무리 숫자가 많더라도 방심만 하지 않는다면 우리의 적은 되지 못할 것이다.

"저기, 아까 하던 이야기 말인데…… 시리우스는 장래에 특급이 될 생각이 없어? 길드 마스터의 설명을 들어보니, 너라면 될 수 있을 것 같잖아."

"예. 시리우스 님의 실력이라면 특급이 걸맞다고 생각해요. 아니, 하다못해 상급까지 올라가는 편이 좋지 않을까요? 라이오르 할아버지에게 이긴 것을 알리면 분명……."

"다들 좀 진정해. 시리우스 씨는 차근차근 올라가는 게 좋겠다고 말했잖아."

"그래. 위로 올라가면 많은 게 보이겠지만, 거꾸로 아래쪽에서만 보이는 것도 있겠지. 상급이나 특급이 될 필요가 있다고 느껴질 때 올라가면 되니까, 서두르지는 말자."

차근차근 한 계단씩 올라가고 있는 제자들 앞에서, 그렇게 허겁지겁 계단을 뛰어올라 가고 싶지는 않았다.

"그런 의도가 있으셨군요. 죄송합니다. 주제넘은 행동을 취했군요."

"신경 쓰지 마. 에밀리아처럼 불만이나 나한테 하고 싶은 말이 있으면, 얼마든지 해. 괜히 마음속에 담고만 있다가 돌이킬 수 없는 사태가 벌어질 수도 있고, 그게 가장 나쁜 결과로 이어지거든."

"그럼…… 요즘 형님의 요리를 못 먹어서 엄청 먹고 싶어. 그리고 프리스비도 하고 싶네."

"세실 씨의 요리도 맛있지만, 저는 시리우스 님의 요리가 가장 맛있어요."

"나도 동감이야."

"멍!"

"그런 소리를 하라는 게 아니거든?! 그리고 내가 만든 도시락을 가지고 왔잖아."

점심은 마을 노점에서 사먹으려 했지만, 제자들이 내 요리가 먹고 싶다고 했기에 일부러 여관으로 돌아가서 도시락을 만들어왔다.

그 탓에 점심때가 다 되어서 마을을 나섰지만, 우리의 이동속도라면 문제될 것이 없다. 아무튼 시간은 충분하기에, 마치 소풍이라도 온 듯한 기분이었다.

제자들은 그 외에도 빗질을 해달라, 쓰다듬어달라 같은 일상적인 일들만 언급했다. 그 정도로 불만이 없는 것 같았다.

내가 안심을 하며 걸음을 옮기고 있을 때, 피아가 내 어깨에 손을 얹었다.

"후후…… 쟤들의 엄마라 고생이 많네."

"나는 남자니까 아빠 아냐?"

"하긴 그래. 여성을 기쁘게 하는 기술을 보면 어엿한 남자네."

"말이 어폐가 있는 것 같거든?"

"농담이야."

가볍게 혀를 내밀며 웃는 피아를 보고 독기가 빠져나가는 가운데, 우리는 느긋하게 목적지로 향했다.

  그렇게 초원을 걷던 우리는 목적지인 숲이 눈에 들어왔을 즈음에 점심을 먹기로 했다.

  샌드위치와 수제 비엔나 등, 소풍의 단골 메뉴를 즐겁게 먹고 있는 제자들을 내가 지켜보는 가운데, 우리는 앞으로의 일정에 대해 이야기했다.

  "오크는 이 숲 안에 있지? 이걸 먹고 나면 돌격하자고!"

  "아니, 숲에 들어갈 필요는 없어. 지금은 의뢰보다도 먼저 확인하고 싶은 게 있어."

  "안 들어가는 거야? 그럼 어떻게 오크를 쓰러뜨릴 건데?"

  "오크 쪽은 다 생각해둔 게 있으니까, 지금은 우리에게 필요한 건 우선하기로 하자."

  처음 나와 만났을 때 먹었던, 고기와 채소가 들어간 샌드위치를 반갑다는 듯이 먹고 있는 피아를 향해 고개를 돌리면서 나는 그렇게 말했다.

  "왜 나를 쳐다보는 거야? 아, 내가 먹여줬으면 하는 거구나. 자아, 아~ 해봐."

  "그런 게 아냐. 일단 식사를 하면서 내 이야기를 들어봐. 식사를 마친 후에 피아의 실력을 우리에게 가르쳐줬으면 해."

  "내 실력?"

  이제부터 함께 여행을 할 거라면, 동료의 실력을 자세하게 파악해둬야 할 것이다.

재회한 날부터 이 생각을 해왔지만, 피아의 정령 마법은 너무 강력해서 마을 안에서는 쓸 수 없기에 지금까지 미뤄왔다.

하지만 의뢰 때문에 마을에서 꽤 떨어진 곳에 왔으니, 이번에 절호의 기회일 거라고 나는 다른 이들에게 설명했다.

"우리를 쫓아온 녀석도 없고, 현재 주위에서는 인기척도 느껴지지 않아. 호쿠토에게 경계를 부탁하기로 하고, 이참에 각자의 실력을 확인해보는 거야."

"그래……. 동료의 실력을 알아두는 건 중요하니까 말이야. 부끄럽지만, 항상 혼자 여행을 해서 그걸 깜빡했어."

피아는 웃으면서 그렇게 말했지만, 듣기에 따라서는 안타깝기 그지없는 말이었다. 여행을 한 것을 후회하고 있지 않은 것 같기에 그나마 다행이었다.

"후후…… 등을 맡길 수 있는 동료가 있는 거네. 왠지 좋은걸."

"응. 앞으로 피아 누나는 나와 형님이 지키겠어."

"투무제의 우승자와 준우승자가 지켜준다니 믿음직해. 그럼 나중에 내 정령마법을 보여줄게."

"정령마법의 후배로서, 피아 씨에게 한수 배울게."

"리스는 공격마법은 거의 쓰지 않으니까, 피아 씨가 어떤 식으로 정령마법을 쓰는지 좀 궁금해요."

"으…… 그렇게 순수한 눈길로 쳐다보니 긴장되네."

제자들이 기대에 찬 눈길로 쳐다보자, 피아는 긴장하기 시작했다.

그러고 보니 피아와 마찬가지로 바람 마법을 쓰는 에밀리아는 그녀를 어떻게 생각할까?

내가 쳐다보고 있다는 사실을 눈치챈 에밀리아는 준비한 홍차를 나에게 건네면서 고개를 갸웃거렸다.

"차 드세요, 시리우스 님. 저기…… 제 얼굴에 뭐라도 묻었나요?"

"아…… 저기, 에밀리아와 피아는 둘 다 바람 마법을 쓰잖아? 그게 신경 쓰이지 않나 싶어서 말이야."

"글쎄요……. 신경이 쓰이지 않는 건 아니지만, 마법 이외에도 힘이 될 수 있는 방법은 잔뜩 있으니, 그다지 개의치 않아요."

내가 에밀리아를 단련시키기는 했지만, 아마 바람 마법에 있어서는 피아가 한수 위일 것이다.

하지만 신체능력과 시종으로서의 능력은 에밀리아가 나을 것이다. 그 점을 이해하고 있기에, 에밀리아는 질투심에 사로잡히지 않으며 미소 짓고 있었다. 나는 그런 에밀리아를 쳐다보며 만족스러운 표정을 지었다.

"그렇구나. 에밀리아는 더욱 성장했네."

"아뇨. 저는 아직 멀었어요. 시리우스 님께서 지켜봐주시는 한, 저는 더욱 성장할 거예요."

몸 이상으로 마음이 성장한 에밀리아의 머리를 내가 쓰다듬어주자, 그녀는 기쁜지 꼬리를 흔들면서 눈을 감았다.

"우후후…… 행복해요."

"그래. 마법은 더 나을지 몰라도, 에밀리아에게는 다양한 면에서 뒤지기는 해. 에밀리아에게 지지 않도록 나도 최선을 다해야지. 참, 시리우스."

"왜?"

"음식을 먹여주고 싶으니까 입을 벌려봐. 자아, 아~."

"⋯⋯⋯⋯아~."

온화한 분위기 속에서 식사를 마친 우리는 서로의 힘을 선보
였다.

정령마법사가 두 명이나 있으니 천재지변조차 일으킬 수 있기
에, 일정 부분은 말로만 설명하기도 했다.

내 총 마법과 레우스의 검술, 에밀리아가 마법으로 만들어낸
날카로운 바람 칼날, 그리고 리스가 물로 만들어낸 벽의 다양한
이용법을 본 피아는 놀라면서 박수를 쳤다.

"내가 생각했던 것보다 훨씬 더 강하네. 내가 여행을 하던 시
절에는 너희 같은 강자를 거의 보지 못했어."

"형님에게 가르침을 받은 덕분이야."

"너희가 꾸준히 노력한 결과야. 나는 그저 계기에 불과해."

"계기에 불과하더라도, 네가 있었기 때문에 이 아이들은 여기
까지 올 수 있었어. 그러니 자랑스럽게 생각해도 괜찮다고 봐.
그럼 이번에는 내 차례네."

한쪽 눈을 살짝 감으며 앞으로 나선 피아는 아무도 없는 초원
에 손을 내밀며 조용히 읊조렸다.

"다들, 힘을 빌려줘⋯⋯."

그렇게 중얼거리면서 피아가 마력을 뿜은 순간, 한참 떨어진
곳에 거대한 소용돌이가 발생했다.

최대한 범위를 좁혀서 발동시킨 것 같지만, 그래도 그 위력은 어마어마했으며, 땅에서 자라던 나무조차 뽑혀나갈 정도의 기세였다.

자신의 힘을 충분히 보여줬다고 생각한 피아가 손을 흔들자, 그 엄청난 소용돌이는 마치 애초부터 존재하지 않았던 것처럼 사라졌다. 하지만 지면에 남아 있는 파괴의 흔적이 소용돌이의 위력을 여실히 드러내고 있었다.

"휴우……. 지나치게 힘을 쓴 것 같네. 실은 더 세게 하면 제어할 수가 없어서 넓은 범위를 무차별적으로 쓸어버려."

"그래도 엄청나네! 누나도 저렇게 할 수 있어?"

"가능은 하지만, 저 규모를 유지하는 건 어려울 것 같아. 내가 저 정도 규모의 소용돌이를 일으키면 바로 마력이 고갈되고 말 거야."

"에밀리아와 피아는 둘 다 바람 마법을 쓰지만 방향성이 다르잖아. 같은 일을 할 필요는 없어."

피아는 강력한 바람으로 모든 것을 날려버리며, 에밀리아는 바람을 세밀하게 제어해서 상대를 확실하게 저격하는 방향성이다.

그 후에도 피아는 다양한 마법을 펼쳤고, 마지막으로 내가 가르쳐줬던 하늘을 나는 마법을 보여줬다.

"……얼추 이 정도야. 10년 동안 고향을 벗어날 수가 없어서, 매일같이 마법 연습을 하면서 시간을 보냈어."

"멋지네. 내가 장난삼아 가르쳐줬던 마법도 재현했고, 하늘을 나는 것도 예전과는 비교도 안 될 만큼 능숙해졌는걸."

"고마워. 그리고 하늘을 나는 것 말인데, 다른 사람 한 명을 공중에 띄울 수도 있게 됐어. 오랫동안은 무리지만 말이야."

"그럼 나도 피아 누나처럼 하늘을 날 수 있는 거야."

"그래. 하늘을 날게 해줄 테니까, 검을 벗어놓고 이쪽으로 와. 아, 제어가 힘드니까 가능한 한 움직이지 말아줘."

레우스가 검을 내려놓은 순간, 바람이 휘몰아치면서 그를 그대로 공중으로 띄웠다.

높이 날아오르지는 않았지만, 천천히 호를 그리듯 난 후에 바닥에 내려진 레우스는 크게 숨을 토하면서 감상을 말했다.

"하늘을 둥실둥실 나는 것도 꽤 재미있네. 하지만 날고 있는 동안 아무것도 못 하는 거구나."

"바람에 의해 공중으로 띄워졌을 뿐이니까 말이야. 적의 움직임을 봉쇄할 수도 있을 것 같지만, 격렬하게 움직이면 추락할 테니 크게 의미는 없어."

"주로 이동용인 거구나. 하지만 그것만으로도 충분히 대단해."

"응. 자랑스러워해도 된다고 생각해."

"고향 친구들을 실험대…… 아니지, 도움을 받아서 이만큼 숙달됐어. 시리우스에게 보여줬으니, 고생한 보람은 있네."

피아는 별것 아니라는 듯이 웃었지만, 나와 여행을 하면서 짐이 되지 않도록 열심히 노력해온 게 틀림없다.

믿음직한 동료가 생긴 덕분에 나는 마음이 든든해졌다.

이렇게 확인을 마치고 오크를 처리하러 가려던 즈음, 레우스는 어느새 저물어가는 해를 쳐다본 후에 나를 향해 고개를 돌리며 말했다.

"저기, 형님. 이제부터 오크를 찾으러 갔다간 밤늦게나 마을로 돌아갈 것 같지 않아? 숲에 들어가기 전에 야영 준비라도 해둘까?"

"야영을 할 생각은 없고, 오크를 찾을 필요도 없어. 호쿠토!"

"멍!"

내가 지시를 내리자, 호쿠토는 한줄기 바람처럼 숲으로 돌격했다.

다른 이들이 그 행동을 보고 고개를 갸웃거리자, 나는 그들을 향해 전투 준비를 하라고 말했다.

"혹시 호쿠토 씨에게 전부 맡기려는 거야?"

"호쿠토라면 금방 끝내겠지만, 토벌을 증명한 부위를 가져가야 하지 않아?"

"아, 혹시 정찰을 시킨 거야?"

"그런 게 아냐. 비슷하기는 하지만, 일단 전투에 대비하도록 해."

아까 『서치』로 확인을 해보니, 숲 안에서 오크 집단으로 추정되는 반응을 발견했다.

그리고 내가 감지했으니 당연히 호쿠토도 감지했을 것이다.

즉······.

"아우우우우우──!"

찾는 것이 아니라, 상대가 이쪽으로 오게 만들면 되는 것이다.

호쿠토가 숲에 들어가고 몇 분 후…… 숲 안쪽에서 소리가 들리더니, 호쿠토에게 쫓겨 도망치고 있는 오크 집단이 보였다.

전생에서 나와 호쿠토가 자주 썼던 수렵 방법이다.

호쿠토가 사냥감을 내 쪽으로 몰아넣은 후, 매복하고 있던 내가 해치우는 방법이다. 왠지 반가운 느낌이 드는걸.

"숫자는…… 40마리 정도군. 연계 연습도 겸하게, 어느 정도 손속에 사정을 두면서 싸우자."

"그럼 우선 내 마법으로 숫자를 줄일게. 아마 절반 정도는 해치울 수 있을 거야."

"그럼 그 다음에는 내가 돌격하겠어!"

"저는 레우스의 반대편에 있는 상대를 노리겠어요."

"나는 너희가 놓친 녀석들을 상대할게."

"나는 상황에 맞춰 움직이겠어."

지금의 우리라면 혼자서도 오크 무리를 충분히 상대할 수 있을 것이다.

하지만 이번에는 우리의 새로운 연계의 연습대 삼아, 단숨에 섬멸하기로 했다.

싸움은…… 순식간에 끝났다.

우선 피아가 상공의 바람으로 적을 짓이기는 정령마법으로 오크의 절반가량을 해치웠고, 남은 오크는 돌격한 레우스의 검과 에밀리아의 바람 마법에 의해 두 동강 났다. 또한 도망치려고 한 오크는 리스가 날린 물 구슬, 그리고 호쿠토의 앞발에 당했다.

오크는 그렇게 유린당했고, 우리는 토벌을 했다는 것을 증명해줄 오크의 송곳니를 뽑아서 모았다. 이제 이것을 가져다주면 의뢰는 끝이다.

"좋아. 다 끝났으니 돌아가도록 할까."

"너무 간단한 거 아냐?"

"시리우스 님의 뜻에 따르겠어요."

레우스가 말했던 것처럼 호쿠토에게 섬멸을 시키게 하는 방법도 있었지만, 연계 연습 삼아 평범하게 싸웠다.

의뢰를 위해 여기까지 왔지만, 나는 피아의 능력을 파악하는 게 더 중요했기에, 간단히 의뢰를 완수한 것이 마음에 걸리지 않았다.

오크는 전멸시키고 마을에 돌아가던 나는 어떤 일을 떠올리고 레우스를 불러 세웠다.

"레우스. 줄 게 있는 걸 깜빡했어. 이걸 받아."

"으음…… 이게 뭔데?"

내가 준 것은 검 형태의 마크가 새겨진 메달리온이었다.

레우스는 그것을 보고 고개를 갸웃거렸지만, 거기에 새겨진 검 마크를 보고 그것이 누구의 것인지 눈치챈 것 같았다.

"이건…… 라이오르 할아버지의 검이잖아? 형님, 혹시 이건…….."

"그래. 할아버지의 말에 따르면, 이건 졸업의 증표 같아."

몇 년 전, 라이오르 할아버지와 마지막으로 만났을 때 받은 것이다.

내가 보기에 레우스가 어엿한 검사로 성장했을 때 건네주라는 부탁을 받았다.

그로부터 몇 년 후…… 일전의 투무제에서 레우스는 내 상상 이상의 힘을 발휘했다. 이것을 받을 자격은 충분히 있었다.

"너는 이제 어엿한 검사야. 앞으로도 힘내."

"형님…… 나만 믿어! 반드시 할아버지를 쓰러뜨리고, 형님을 뒤따를 테니까 기다려달라고!"

금방이라도 고함을 지를 것만 같을 정도로 감격한 레우스는 그 메달리온을 꼭 움켜쥐었다.

……하지만 감동하기에는 아직 이르다.

이 메달리온은 졸업의 증표이기도 하지만, 실은…….

"이걸 보여주면 할아버지는 아마 전력을 다해 너와 싸워주겠지. 일전의 나와 마찬가지로 살기를 뿜으면서, 희희낙락 검을 휘두를 거야."

"……뭐?!"

즉, 이 메달리온은 할아버지의 리미터 해제 장치이기도 했다.

한마디로, 할아버지가 전력을 다해도 괜찮은 상대……라는 표식이다.

그 사실을 이해한 레우스는 망연자실한 표정을 지으며 머리를 감싸 쥐었다.

"저, 저기…… 형님. 할아버지는 나한테 검술을 가르쳐줄 때…… 진짜 실력의 어느 정도만 발휘한 거야?"

"약 4할…… 정도일걸? 하지만 최근 몇 년 동안 얼마나 강해졌을지 모르니까, 그런 생각을 해봤자 아무 의미 없을지도 몰라."

"으…… 으으……."

엉망진창으로 당했던 과거의 기억이 되살아난 것일까.

레우스의 몸이 공포에 사로잡힌 채 떨리자, 나는 그의 머리를 쓰다듬으며 진정시켰다.

"뭐…… 무섭기는 하겠지만, 너도 성장했어. 앞으로 함께 노력하며 강해지자."

"아, 알았어! 형님과 함께라면 하나도 무섭지 않아!"

입으로는 그렇게 말했지만, 레우스의 꼬리가 축 처져 있었기에 두려움에 떨고 있는 게 훤히 느껴졌다.

할아버지가 얼마나 강해졌을지는 재회할 때까지 알 수 없으니, 나도 괜찮다고 딱 잘라 말해줄 수 없는 점이 아쉬웠다.

어쩌면 나이 탓에 체력이 더 떨어졌을지도 모르지만, 그 할아버지라면 그렇지 않을지도 모른다.

결국 나와 레우스는 운명의 그날에 살아남을 수 있도록, 각자의 훈련 메뉴를 고치기로 했다.

그 후, 오크 토벌 의뢰를 완료한 우리는 6급이 되었다.

중급 모험가의 증표이기도 한 구리로 된 길드카드를 받자, 카드를 건네준 휴데가 박수를 치며 축하해줬다.

"축하해. 이것으로 시리우스 군 일행은 중급 모험가가 되었으니까, 중급용 고난이도 의뢰를 맡을 수 있게 됐어."

"고마워요. 그런데 중급이 되면 어떤 의뢰를 수행하죠?"

"그게 말이지. 초급이 처리할 수 없는 마물이나, 험난한 지역에서의 채취 등, 초급 때와는 다른 의뢰를 맡게 돼. 때때로 의뢰자를 지명하는 지명 의뢰 같은 것을 받을 때도 있어."

"지명을 받는다는 것은 그만큼 이름이 알려졌다는 증거지. 뭐, 우리 같은 떠돌이와는 인연이 없겠지만 말이야."

"그렇지도 않을걸? 실은 시리우스 군에게 지명의뢰가 들어와 있어. 이게 의뢰야."

"벌써 말이야? 으음……."

『시리우스 님에게의 지명의뢰…… 길드 접수처의 휴데와 데이트를 해주십시오. 그리고 여관으로 데려가는 것도 가능…….』

""에잇!""

"아앗?!"

사심으로 가득 찬 그 의뢰서를 에밀리아와 리스가 갈가리 찢어버렸다.

아무리 세월이 흘러도…….

다시 태어나도…….

당신이 주는 온기는…… 결코 변하지 않는다.

억수처럼 비가 내리는 인적 드문 산속에, 그 강아지는 쓰러져 있었다.

버려진 것인지, 습격을 당하고 도망친 것인지는 알 수 없지만, 갓 젖을 뗀 강아지가 혼자 살아갈 수 있을 리가 없다.

확실한 것은 굶주린 데다 다치기까지 한 이 강아지의 목숨은 풍전등화나 다름없다는 것이다.

비를 맞으며 서서히 몸이 식어가고 있는 강아지는 이대로 생애를 끝마칠………… 운명이었다.

"……괜찮아?"

금방이라도 사라질 듯한 생명은 느닷없이 누군가의 품에 상냥히 안겼다.

차가운 몸이 상냥한 온기에 감싸인 채, 강아지는 의식을 잃었다.

강아지는 살아 있었다.

눈을 뜨고 처음으로 본 것은 걱정스러운 눈길로 응시하는 처음 보는 소년이었다.

주위를 둘러보니 이곳은 가옥이었으며, 강아지는 모포에 감싸여 있었다.

"다행이야. 정신이 들었어?"

소년이 안도에 찬 미소를 보자, 강아지는 자신의 목숨을 건졌다는 사실을 이해했다.

그와 동시에, 아까 느꼈던 상냥한 온기가 이 소년의 것이라는 사실도 깨달았다.

그 후, 소년의 헌신적인 간병 덕분에 강아지는 기운을 차렸고, 항상 꼬리를 흔들며 소년의 뒤를 쫓아다니게 되었다.

식사를 줄 뿐만 아니라, 매일 상냥하게 쓰다듬으며 가족처럼 대해주는 이 소년을 강아지가 따르게 된 것은 필연이었다.

강아지에게 있어 이 소년은 주인이자, 부모나 다름없는 존재가 되어갔다.

소년은 사람이 좀처럼 찾지 않는 깊은 산속에서 스승이라 불리는 사람과 단둘이 살고 있었다.

부모자식 사이 같지만, 그렇지는 않았다.

기묘한 관계 같아 보이지만, 강아지가 그걸 알 리가 없었다.

강아지에게 있어 소년은 사랑하는 주인님이며, 스승은 거역해선 안 되는 존재라는 것만 알면 충분했다.

"흐음…… 크면 먹을 데가 많아 좋겠지만, 강아지는 살이 야들야들해서 맛있을 것 같네."

"끄응…….'

"안 돼, 사부! 이 녀석은 내 가족이니까, 잡아먹으면 확 죽여버릴 거야!"

"하하하, 농담이야. 하지만 내 몸에 손도 못 대는 녀석이 과연 나를 죽일 수 있을까?"

"젠장…… 언젠가 반드시 해치워버리겠어!"

강아지는 절대적인 상대로부터 자신을 지켜주는 소년에게 절대적으로 충성하게 됐다.

소년과 강아지는 꼭두새벽에 일어난다.

아직 밖이 어둑어둑한 시간에 깨어나 준비운동을 마치면, 일과인 달리기를 시작한다.

깊은 산속에 사는 소년이 잘 정비된 도로나 길을 달릴 리가 없다. 사람 한 명이 겨우 다닐 듯한 짐승길을, 소년은 매일 같이 달렸다.

몸이 회복되어서 움직일 수 있게 된 강아지는 소년과 함께 달리게 되었다.

아직 달리기에 익숙하지 않은 강아지는 몇 번이나 구를 뻔했지만, 소년은 도와주지 않았다. 하지만 강아지를 두고 가지도 않았으며, 자신의 발로 쫓아올 때까지 계속 기다렸다.

넘어지면서도 따라오는 강아지를 칭찬해준 후, 소년은 강아지의 몸 상태를 고려하며 식사를 준비해줬다. 게다가 매일같이 강아지에게 빗질을 해줬고, 틈만 있으면 프리스비도 하며 같이 놀았다.

소년의 애정을 한 몸에 받은 강아지는 쑥쑥 성장했다.

아침 달리기를 마친 후, 소년은 스승과 하염없이 대련을 빙자한 싸움을 했다.

강아지는 그 싸움을 지켜보기만 할 때도 있는가 하면, 소년의 지시에 따라 스승에게 달려들기도 했다. 공포의 상징인 스승은 무섭지만, 강아지는 주인의 명령에 따르기 위해 열심히 싸웠다.

그러는 사이, 강아지의 정신은 서서히 단련되어 갔다.

소년과 스승의 싸움은 평범한 이들이 보기에 비정상적이기 그지없었다.

소년은 죽일 생각으로 공격을 펼쳤고, 스승은 어느 정도 그런 공격을 살펴본 후에 소년에게 빈사상태만 겨우 면할 정도까지 대미지를 입히는 비정상적인 싸움을 매일 벌였다.

스승이 쉬고 있는 틈에 기습을 해보지만, 소년의 공격은 스치지도 않았다. 그러니 강아지에게 엄호를 바라는 것도 어쩔 수 없는 일일지도 모른다.

하지만 강아지가 가세를 하더라도, 스승에게 공격은 닿지 않았다.

소년의 주먹과 발차기도, 강아지의 송곳니와 발톱도, 스승에게 닿지 않았지만, 그래도 소년은 포기하지 않고 매일 같이 스승과 싸움을 벌였다.

소년은 비정상적으로 지는 것을 싫어했다. 몇 번을 당하면서도 포기하지 않고 싸우는 소년은 어찌 보면 망가진 인간일지도 모른다.

그런 주인과 함께 싸워온 강아지는 그것이 비정상적이라는 사실을 눈치채지 못한 채 성장했다.

주인과 스승 이외의 인간을 본 적이 없으니, 어쩌면 당연한 결과일지도 모른다.

※ ※ ※ ※ ※

그로부터 몇 년 후…….

여전히 스승에게 공격을 성공시키지 못했지만, 소년과 강아지는 성장했다. 그리고 강아지는 어엿한 개로 자라난 것이다.

소년과 달리기를 할 때도 뒤쳐지지 않았으며, 개답게 사냥도 할 수 있게 되었다. 사냥감을 잡아오면 소년이 칭찬을 해줬기에, 사냥 솜씨는 날이 갈수록 좋아졌다.

그 외에도 소년과 연계를 하며 사냥을 하는 등, 개는 소년을 위해 다양한 기술을 익혔다.

그리고 개가 혼자 살아갈 수 있게 되자, 스승은 소년을 데리고 외국에 갔다.

개를 데려갈 수 없다는 말을 듣고, 소년은 어쩔 수 없이 개에게 집을 지키라는 명령을 내렸다.

쓸쓸하기는 하지만, 개는 사랑하는 주인의 명령을 충실히 지키며, 돌아오는 날을 기다렸다.

개는 알지 못했지만, 소년은 스승과 함께 외국에서 벌어진 전쟁에 용병으로 참가했다.

며칠 후, 소년은 돌아오자마자 개를 끌어안으며 울었다.

개는 소년이 처음으로 사람을 죽였다는 걸 알 리가 없기에, 그저 얼굴을 핥으며 위로를 해줄 수밖에 없었다.

감정이 불안정해진 소년에게 매몰찬 대접을 당할 때도 있지만, 개는 결코 소년의 곁을 떠나지 않았다.

그리고 소년이 스승과 함께 집을 떠나는 일이 늘었고, 집을 비우는 나날이 며칠이나 계속됐다.

그때마다 개는 쓸쓸히 배웅했지만, 집을 비운 횟수가 열 번을 넘었을 즈음…… 스승은 개를 파트너로서 데려가라는 말을 했다.

지금까지는 스승이 지켜봤지만, 이제는 성가셔졌기에 동물의 감과 능력에 의지하라는 것 같았다.

이렇게 개도 전쟁에 참가하게 되었다.

전장이란 쉴 새 없이 들리는 총성에 수많은 목숨이 스러지는 지옥 같은 세계지만, 개는 불가사의하게도 무섭지 않았다.

스승과 싸우면서 공포에 익숙해진 데다, 집에서 주인의 귀가를 기다리는 게 아니라 주인의 곁에 있다는 기쁨이 더 컸다.

소년이 총탄으로부터 개를 지켜주기도 했고, 소년이 눈치채지 못한 함정을 개가 눈치챈 적도 있다.

그러는 사이에 둘의 유대는 더욱 깊어졌고, 소년과 개는 수많은 전장을 헤쳐 나갔다.

그리고 적의 함정에 빠진 소년과 개는 적진 한가운데에서 고립무원의 상황에 처했다.

추격자에게 쫓겨 조그마한 동굴로 도망쳤지만, 적은 동굴 입구를 폭파해서 아군과 함께 소년과 개를 생매장한 것이다.

소년은 무너지는 천장 때문에 팔 하나가 부러졌지만, 동굴 안에 기적적으로 안전한 공간이 생긴 덕분에 소년과 개는 무사했다.

덕분에 적에게서 벗어났지만, 부상 때문에 구멍을 팔 수 없었기에 소년과 개는 완전히 갇힌 채 구조를 기다릴 수밖에 없었다.

적진 한가운데의 무너진 동굴 안에 있는 상황에서 구조될 가능성은 절망적일 정도로 적지만, 소년은 포기하지 않고 구조를 기다렸다.

짐 속에 있던 램프를 절약해 쓰고, 약간의 물과 휴대용 식량으로 어찌 어찌 목숨을 유지했다.

그로부터 나흘이 지났지만…… 소년과 개는 동굴에 여전히 갇혀 있었다.

서로의 존재를 확인하듯 꼭 끌어안으며 마음을 진정시켰지만, 곧 식량과 물이 다 떨어지자 굶주림과 목마름 때문에 소년과 개는 궁지에 몰렸다.

그리고 소년은 개에게 떨어지라고 명령했다. 배가 너무 고픈 나머지 개를 식량으로 인식할까 두려운 것이다.

"크르르릉……."

개는 알고 있다.

사냥이란 진 쪽이 잡아먹히고, 승자만이 살아남는 것이라는 점을 본능적으로 이해하고 있다.

그리고 굶주린 개는 처음으로 소년에게 이빨을 드러냈다.

으르렁거리면서 소년의 몸 위에 올라탄 개는 사냥감을 물어죽이듯 소년의 목덜미를…… 무는 척했다.

개는 소년을 잡아먹을 생각이 눈곱만큼도 없었으며, 오히려 잡아먹히고 싶어서 덮친 것이다.

이대로 송곳니를 찔러 넣는다면, 소년은 반사적으로 나이프를 휘둘러 자신을 죽일 것이다. 그리고 소년은 자신을 양식 삼아 살아남으리라.

개는 소년이 반사적으로 뽑아든 나이프를 만족스러운 듯이 쳐다보았다.

공포심은 느끼지 않았다.

소년을 위해, 주인을 위해, 가족을 위해…… 자신의 목숨을 구해준 은혜를 갚을 뿐인 것이다.

"…………바보."

하지만…… 아무리 기다려도 소년은 나이프를 휘두르지 않았다. 어느새 소년은 나이프를 지면에 내려놨다.

개에게 있어서 소년이 소중하듯, 소년 또한 개가 소중했다. 그래서 개가 취한 행동의 의미를 눈치챈 것이다.

개는 필사적으로 공격하는 척했지만, 소년은 그런 개를 상냥히 안아줬다.

"너를 잡아먹을 바에야…… 죽는 편이 나아."

아직…… 이성을 잃지 않았다.

그래서 소년은 생각했다. 희생을 치르지 않고 살아남을 방법이 없다면…….

"다리는…… 안 돼. 너와 산책을 못할 거야."

그리고 부러진 자신의 팔을 쳐다보았다.

"팔이 하나 없어도…… 살아갈 수 있어. 기다려. 고기를…… 먹여줄게."

그리고 팔뚝에 끈을 감아서 지혈을 한 후, 반대편 손에 나이프를 쥐고 부러진 팔을 향해 휘두르려던 바로 그때…….

"하아, 겨우 찾았네."

"……사부님?"

막혀 있던 입구의 암반이 부서지더니, 스승이 도와주러 온 것이다.

이렇게 무사히 생활한 소년과 개 사이에는 굳건한 유대가 생겨났다.

그 후, 치료를 마친 소년과 개는 다시 다른 전쟁에 참가했다.

실패를 거듭할수록 강해진 소년과 개 콤비를 당해낼 수 있는 적은 없었고, 수많은 적을 해치운 그들은 사신이라 불리게 되었다.

전 세계의 전쟁에 개입하고, 집에 돌아가면 스승과 싸워야 하는 힘든 나날을 보냈지만, 개는 소년의 옆에 있을 수만 있으면 행복했다. 그렇게 그들은 가혹하면서도 충실한 나날을 보냈다.

※ ※ ※ ※ ※

그리고 소년이 청년으로 성장했을 때…… 그런 생활은 느닷없이 종언을 맞이했다.

『자유롭게 살아라.』

청년이 처음으로 스승에게 한 방을 먹인 다음 날…… 스승은 종이 한 장만 남겨두고 청년과 개 앞에서 사라졌다.

"……이기고 도망치는 건 너무하잖아."

하지만 청년은 언젠가 이렇게 될 거라는 걸 예상하고 있었던 것 같았다.

청년은 스승이 사라졌다는 슬픔보다, 한 번도 이기지 못했다는 게 더 슬펐다.

그리고 청년은 살던 집을 떠나, 전쟁터에서 알게 된 남자의 밑으로 들어갔다. 그리고 의뢰된 목표를 처리하는 특수 에이전트가 된 것이다.

스승에게 일격을 먹일 정도의 실력에, 전장에서 단련한 경험과 현대 병기를 구사하는 청년을 당해낼 적은 없었고, 중간 규모의 기지를 혼자서 섬멸하자 수많은 이들이 그를 두려워했다.

하지만, 그 즈음에는 개가 곁에 있지 않았다.

청년이 에이전트로서 세계에서 활약을 하게 되었을 즈음, 개는 은신처를 지키는 일을 주로 맡았다.

인간과 개의 수명은 크게 차이가 난다.

청년이 일에 가장 적합한 육체가 되었을 즈음, 개의 육체는 서서히 쇠약해지고 있었다.

그래도 자신을 따라오려 하는 개가 걱정된 청년은 어떤 임무에서 목숨을 구해준 여성에게 개를 맡기기로 했다.

"그 녀석을 지켜줘. 그건 너만이 할 수 있는 일이야."

"멍!"

그 명령을 개를 두고 가기 위한 고육지책에 가까웠다.

늙어서 육체가 쇠약해졌지만, 개는 청년에게 무슨 일이 생긴다면 자신의 몸을 방패삼아 그를 지키려 할 것이다. 잔혹한 말일지도 모르지만, 청년이 속한 세계는 늙은 개가 살아남을 수 없는 세계였다.

개는 쓸쓸했지만, 그래도 주인의 명령에 충실히 따랐다.

청년에게 목숨을 구해진 여성은 개와 마찬가지로 청년을 그 무엇보다도 우선했다. 그런 공통분모를 지닌 개와 여성은 전우처럼 친해졌고, 함께 청년이 돌아오기를 기다리는 나날을 보냈다.

일을 마치고 돌아온 청년을 누구보다 먼저 맞이한 이는 바로 개였다.

청년은 돌아올 때마다 개에게 빗질을 해줬고, 프리스비로 놀아주며, 떨어져 있었던 동안에 주지 못했던 애정을 개에게 쏟아줬다.

그리고 일을 하러 가는 청년을 배웅한다고 하는, 개에게 있어 쓸쓸하면서도 평온한 나날이 계속되었다.

시간은 서서히 흘러갔고, 개의 육체는 나이가 들면서 서서히 쇠약해졌다.

※ ※ ※ ※ ※

그리고 수십 번째의 일을 처리하기 위해 해외로 떠나는 청년을 배웅하고 며칠 후…… 개는 이제 서 있지도 못했다.

며칠 전까지만 해도 청년과 즐겁게 프리스비를 했지만, 그런

보습은 찾아볼 수도 있있다. 그저 여성이 상냥히 쓰다듬어주는 가운데, 힘없이 누워있기만 했다.

"그래……. 너는 그때, 그분과 함께 놀 마지막 기회라는 걸 알고 있었구나."

청년이 다음에 돌아왔을 때, 개는 자신이 두 번 다시 뛰지 못할 거라는 사실을 알고 있었다.

그리고 그게 마지막이라는 걸 알기에, 개는 전력을 다해 청년과 논 것이다.

그리고 며칠 후…… 개가 깨어 있는 시간은 점점 짧아졌다.

여성에게 보살핌을 받으면서, 그저 눈을 떴다 다시 잠들기만 반복하는, 그런 괴로운 나날…….

그래도 개는 삶을 포기하지 않았다.

더는 주인과 놀 수 없더라도, 마지막으로 한 번만 더 주인의 손길을 느낄 수 있을지도 모른다 생각하며, 개는 끝까지 최선을 다해 버렸다.

설령…… 청년이 반 년 후에 돌아올지라도 말이다.

그리고 며칠 후…… 개의 수명은 한계에 도달했다.

목숨이 다한 탓에 의식이 서서히 흐릿해지면서 죽음이 다가오는 것이 느껴졌지만, 개는 이 감각을 예전에도 느낀 적이 있었다.

아직 강아지였던 시절, 굶주림과 상처 때문에 꼼짝도 못하는 상태로 빗속에서 죽음을 기다리고 있었을 때도 같은 감각을 느꼈다.

고통도…… 굶주림도…… 아무것도 느껴지지 않았고, 뭔가가 흘러나가는 감각만이 개를 지배하고 있었다.

"크……으응……."

하지만…… 주인의 품에 안겨 느꼈던 온기를 잊을 수가 없었다.

잊을 수 있을 리가 없다.

한번만 더, 그 온기를 느끼고 싶다.

개는 그런 소망을 품으며, 조용히 눈을 감았다.

두 번 다시 깨어날 수 없는 꿈속으로…….

"……다녀왔어."

소중한 사람의 목소리와 온기를 느낀 개는 끊어지려 하던 의식을 이었다.

마지막 힘을 쥐어짜내서 눈을 뜨자, 그렇게 보고 싶었던 청년이 숨을 헐떡이며 개를 꼭 끌어안았다.

어느새 곁에는 여성도 있었으며, 상처투성이인 청년을 보더니 얼굴이 새파랗게 질렸다.

"괘, 괜찮아?!"

"응. 좀 무리해서 일을 빨리 끝냈거든. 하지만 덕분에 늦지 않았어. 네 최후를…… 지킬 수 있게 됐잖아."

개는 주인만 있으면 그것으로 충분했다.

눈물을 흘리며 자신을 쓰다듬어주는 청년의 상냥한 손길과 온기에, 개는 자신의 몸을 맡겼다.

"네가 있었기 때문에 나는 여기까지 올 수 있었어. 그러니까…… 편안히 잠들어. 내가 곁에서 지켜봐줄게."

"크응……."

소중한 사람의 온기를 느끼며…… 개는 생애를 맡겼다.

※ ※ ※ ※ ※

『외톨이는 쓸쓸하지? 운이 좋으면…….』

※ ※ ※ ※ ※

그것은, 자신이── 였던 시절에 들었던 말이다.

자신이 어떻게 됐는지, 그리고 소중한 주인의 얼굴과 이름마저 떠올릴 수 없지만…… 어찌 된 건지 그 말만은 마음속에 남아 있었다.

그런 와중에…… 딱 하나 생각난 것이 있었다.

자신은 개였다는 사실이다…….

천천히 눈을 떠보니, 눈앞에는 한 번도 본 적 없는 숲이 펼쳐져 있었다.

자신은 소중한 사람의 곁에서 죽음을 맞이했는지, 어찌 된 영문인지 다시 강아지가 되어 숲에 쓰러져 있었다.

그것만으로도 충분히 놀랄 일이지만, 가장 놀라운 것은 지금 상황을 이해할 뿐만 아니라 어째서 이렇게 된 것인지 생각할 수 있는 자신의 이성이었다.

마치 주인처럼, 인간처럼 생각을 할 수 있게 된 강아지는 예전과는 명백하게 다른 털에 뒤덮인 자신의 몸에 의문을 품고 있을 때, 근처 수풀에서 인간의 형태를 한 괴물이 모습을 드러냈다.

당시의 강아지는 알 리가 없지만, 그것은 고블린이라 불리는 마물이었다.

고블린은 맛있어 보이는 사냥감을 발견했다는 듯이 침을 흘리더니, 자신보다 조그마한 존재인 개를 본능에 따라 덮쳤다.

개는 처음 보는 정체 모를 괴물 때문에 놀랐지만, 자연스레 전투태세를 취했다. 이것도 청년과 함께 스승과 싸우고, 수많은 전쟁을 경험한 덕분이리라.

하지만 강아지와 고블린의 몸집은 절망적일 정도로 차이가 났다.

강아지의 몸집으로는 아무리 발버둥을 쳐본들 상대의 무릎 높이밖에 닿지 않았다.

게다가 방금 눈을 뜬 탓에 혼란에 빠져 있는 상태에서 싸움을 한다는 것 자체가 자살행위나 다름없었다.

하지만 개는 눈앞의 괴물이 별것 아니라는 사실을 본능적으로 눈치채더니, 자신이라면 이길 수 있다고 판단했다.

고블린이 뻗은 두 손을 피한 개는 그 팔에 올라타면서 고블린의 몸 위를 달리더니, 급소인 목을 물어뜯었다.

하지만 강아지는 이빨이 짧기 때문에 상대의 피부만 약간 찢을 것이다.

그래서 개는 상대의 기세를 꺾어서 도망치게 하는 것이 목적이었지만…… 바로 그때 뜻밖의 일이 벌어졌다.

"끼익?!"

이빨이 너무나도 간단히 박혀 들어가더니, 그대로 살을 도려내면서 목을 찢어버린 것이다. 마치 두부를 씹은 것처럼 느껴질 만큼, 고블린의 목은 약해빠졌다.

이 괴물이 약한 게…… 아니라, 자신이 강하다는 사실을 개는 이해했다.

부분적이라고는 해도, 목을 찢겨나간 고블린은 출혈과다로 목숨을 잃었다.

해치운 상대는 먹어치워야 한다고 생각한 개는 잔해를 쳐다보았지만, 배가 고프지 않았다.

딱히 굶주리지 않았거나, 맛이 없어 보여 식욕이 생기지 않는 게 아니었다. 자신은 고기를 먹을 필요가 없다는 것을 이해한 것이다. 또한 배설을 할 필요도 없는 것 같았다.

강아지인데도 일격에 괴물을 해치울 수 있는 압도적인 힘, 그리고 개라고 불러도 되는지 알 수 없는 자신의 몸.

수많은 의문 속에서 개는 자신의 몸에 일어난 변화 때문에 당황하고 있었지만, 그와 동시에 분하다는 생각도 들었다.

만약 이 힘이 예전에도 있었다면, 청년이 일을 하러 갈 때 자신을 데려갔을 것이다.

"크응······."

이제 와서 이런 힘을 얻은들, 함께 할 주인은 존재하지 않는다.

눈앞에 쓰러져 있는 정체불명의 괴물, 그리고 예전과는 명백하게 다른 세계의 공기가 느껴지는 것을 볼 때, 이곳은 자신이 살아온 세계가 아니라고 개는 결론지었다.

그리고 세계가 다르다면, 자신의 소중한 주인 또한 이곳에는 없을 것이다.

그런 분한 심정으로 가득 찬 울부짖음이 주위에 슬프게 퍼져 나갔다.

개는 사체를 내버려 둔 채 숲 안을 이동했다.

도중에 다양한 괴물과 마주쳤지만, 예민한 감각을 통해 적의 위치를 사전에 감지한 후, 기습을 해서 해치웠다.

고블린을 비롯해, 처음 보는 거대한 늑대, 두 발로 걸어 다니는 돼지····· 등, 다양한 괴물을 쓰러뜨린 개는 발길 닿는 대로 걸어 다녔다.

그리고 드디어 물가에 도착한 개는 수면에 비친 자신의 모습을 보았다.

겉모습은 개라기보다 늑대에 가까웠고, 빛을 반사하며 빛나는 새하얀 털, 그리고 튼튼해 보이는 긴 꼬리가 눈에 들어왔다.

명백하게 예전과 다른 그 모습을 확인한 순간, 개는 앞으로 어떻게 하면 좋을지 짐작조차 되지 않았다.

자신은 이제부터 어떻게 하면 좋을까?

자신의 모든 것이었던 주인은 존재하지 않으며, 이 주위에는 자신의 동족 또한 존재하지 않았다.

다시 태어났지만 삶의 의미가 없는 개는 절망했고, 살아갈 기력조차 없었기에 지면에 드러누웠다.

"크응……."

주인이 없는 세계에 어떤 의미가…….

『외톨이는 쓸쓸하지? 운이 좋으면 다시 만날 수 있을지도 모르니까…… 힘내.』

바로 그때, 개는 눈을 뜨기 전에 들었던 말을 떠올렸다.

그 목소리는…… 주인과 자신이 한 번도 이기지 못했던 스승의 목소리였다. 그리고 모습을 감추기 전에도 들은 적이 있는 말이었다.

괴물처럼 강할 뿐만 아니라, 주인과는 명백하게 다른 분위기를 지닌 존재였다. 개는 자신이 이곳에 있는 것은 그 스승 때문일지도 모른다는 생각이 들었다.

그런 스승이 입에 담았던, 다시 만날 수 있을지도 모른다는 말을 떠올린 개는 어떤 생각에 도달했다.

자신이 여기에 있으니, 주인도 언젠가 이 세계에 올지도 모른다……는 생각에 말이다.

살아갈 의미를 찾아낸 개는 우선 강해지기로 했다.

　지금도 충분히 강하고, 성장하면 더욱 강해질지도 모르지만, 스승이 얼마나 강한지 알기에 아무것도 하지 않으며 그저 몸이 성장하기만 기다릴 수는 없었다.

　연습대가 될 괴물은 주위에 얼마든지 있으며, 전투방식 또한 수도 없이 봤던 주인과 스승의 싸움을 참고하면 된다.

　그저 무심코 쳐다보다 때때로 참가해서 본능에 따라 싸우던 예전과 달리, 지성을 지닌 지금은 그것들을 다각도로 참고할 수 있는 것이다.

　개는 주인을 흉내 내듯, 단련을 시작했다.

　자신의 한계를 알고, 몸 전체를 무기로 삼으며, 자신의 꼬리를 커다란 나무조차 쓰러뜨릴 수 있는 무기로 승화시켰다.

　그 외에도 주인처럼 죽이고 싶지 않은 인간이 나타날지도 모른다는 생각에, 고블린을 상대로 손속에 사정을 두는 법도 익혔다.

　개는 모르겠지만, 백랑이라 불리는 짐승의 몸은 엄청난 성장력을 뽐냈고, 개의 실력과 몸은 날이 갈수록 크게 성장했다.

※ ※ ※ ※ ※ ※

　그로부터 몇 년 후…….

　강아지만 했던 몸은 크게 성장했고, 개는 숲속 생태계의 정점에 군림했다.

이 세계에 다시 태어난 후로 수많은 마물과 싸웠지만, 단 한 번도 같은 종족을 보지 못했다. 그래서 자신은 매우 희소하고 강한 종족일지도 모른다는 추측이 들었다.

충분히 자기 자신을 갈고닦은 개는 부모나 동료가 없는 이 숲에 머무를 필요가 없었기에 숲 밖의 세계로 나갔다.

청년과 다시 만날 수 있을 거라는 보장은 없다.

그래도 개는 희망을 품으며 기나긴 여행을 시작했다.

※ ※ ※ ※ ※

인간의 욕망을 알고, 자신이 비정상적이라는 사실을 눈치챈 개는 사람들 눈에 띄지 않도록 숲으로만 이동했다. 그러던 와중에 마물에게 습격을 당하고 있던 한 소녀를 구해줬다.

그 소녀 덕분에 자신이 백랑이라 불리는 존재라는 것을 알았고, 그 후로 그 소녀를 지켜보며 이 세계의 상식을 배웠다.

하지만 욕망에 물든 귀족에게 소녀의 가족이 납치당할 뻔하자, 개…… 백랑은 그 귀족을 박살 내준 후 소녀 앞에서 사라졌다. 그 소녀가 신경 쓰이기는 했지만, 주인이 없는 곳에 머무를 이유가 없었던 것이다.

백랑은 소녀가 무사하다는 것을 확인한 후, 모습을 감췄다.

※ ※ ※ ※ ※

이 대륙에 주인이 없다고 판단한 백랑은 다른 대륙으로 향했다.

다른 대륙으로 가기 위해서는 바다를 건너야만 했고, 버려져 있던 조그마한 배를 우연히 발견했기에 그것을 타기로 했다.

식사가 필요 없기에, 백랑은 그 배를 타고 바다 위를 느긋하게 떠다녔지만, 그러던 도중에 노예선과 우연히 마주쳤다.

노예상인들이 진기한 마물인 자신을 잡기 위해 공격을 해왔기에 전부 바다에 빠뜨린 후, 배 밑바닥에 갇혀 있던 노예들을 발견해서 풀어줬다. 그냥 내버려 둬도 되겠지만, 아무리 백랑이라도 배를 조종할 수 없었기 때문이다.

해방된 노예들은 수인이었으며, 자신을 구원해준 백랑을 칭송했지만, 주인은 보이지 않았기에 다른 대륙에 도착하자마자 도망치듯 모습을 감췄다.

그 후에도 다양한 대륙을 돌아다니면서, 때때로 사람을 관찰하다 사건에 휘말리기도 했지만…… 주인은 찾지 못했다.

그래도 단 한 명뿐인 자신의 주인을 찾기 위한 백랑의 여행은 계속되었다.

※ ※ ※ ※ ※

여행을 시작하고 수십 년이 흘렀을 즈음…… 백랑은 어느 숲에 도착했다.

사람 손길도 타지 않았고, 달빛에 의해 반짝이는 꽃이 흐드러지게 핀 호수를 발견한 백랑은 한동안 이곳에서 휴식을 취하기로 했다.

식사는 하지 않지만, 자신이 마력을 양식으로 살아가고 있다는 사실을 눈치챈 백랑은 마력으로 가득 찬 토지를 찾으면 한동안 그곳에 머무르곤 했다.

그 숲은 주인과 지냈던 산과 분위기가 비슷했기에, 왠지 그리운 느낌을 받으며 머물고 있을 때, 원숭이처럼 생긴 마물에게 습격을 당했다.

대량의 마물이 자신과 마찬가지로 다른 곳에서 온 존재라는 것을 눈치챈 백랑은 주저 없이 그들을 해치우며 숲 밖으로 쫓아냈다.

그렇게 방해꾼을 쫓아낸 백랑은 주위의 마력을 흡수하면서 호수 중심에 있는 바위 위에 드러누웠다.

주인의 손길을 떠올리며, 백랑은 잠에 빠져들었다.

그리고 백랑은, 세 명의 제자를 대동한 청년과 만났고……

※ ※ ※ ※ ※

과거의 꿈을 꾸던 호쿠토는 그제야 꿈에서 깨어났다.

고개를 들어보니, 근처에 있는 침대에는 호쿠토의 주인인……
시리우스가 잠들어 있었다.

바깥이 서서히 밝아오고 있는 것을 보면 슬슬 일어날 시간인 것 같았다. 아무래도 호쿠토는 주인보다 좀 일찍 깨어난 것 같았다.

소리가 나지 않게 몸을 일으킨 호쿠토는 시리우스를 깨우지 않도록 조심하면서 침대 옆에 서서 주인의 얼굴을 쳐다보았다.

전생과는 얼굴이 완전히 달랐다.

냄새도 마찬가지지만…… 호쿠토를 쳐다보는 눈길과 애정은 그 시절과 변함이 없었다.

그때, 시리우스를 주인이라 확신하며 새로운 이름을 받은 순간…… 호쿠토의 세계는 빛나기 시작했고, 눈물을 흘리며 다시 태어난 것에 감사했다.

역시 자신이 있을 곳은 주인의 곁이라는 것을 깨달으며, 감격에 찬 울부짖음을 터뜨렸던 것이다.

주인을 지키기 위해 갈고닦은 힘을, 이렇게 주인을 위해 쓸 수 있다는 게 너무나도 기뻤다.

하지만 과거의 꿈을 꾼 탓인지, 주인을 두고 먼저 죽어버렸을 때가 생각나서 쓸쓸하기도 했다.

자연스레 호쿠토는 주인의 가슴에 얼굴을 묻더니, 그 온기를 느꼈다.

"……호쿠토니?"

체중을 실지는 않았지만, 가슴 쪽에서 느껴지는 위화감 때문에 잠에서 깬 시리우스는 손을 뻗어서 호쿠토의 머리를 쓰다듬어줬다.

"아침부터 어리광을 부리는 거야? 드문 일도 다 있네."

"크응……."

"딱히 화난 건 아냐. 좀 이르지만, 일어날 시간이 다 되기는 했거든."

그렇게 주인이 호쿠토를 잠시 동안 쓰다듬어주고 있을 때, 옆 침대에서 자고 있던 레우스도 깨어났다.

"하암…… 좋은 아침이야, 형님. 호쿠토 씨."

"좋은 아침. 몸은 괜찮아?"

"당연하지, 형님. 상처는 완전히 나았으니까, 이제 둔해진 몸을 다시 단련해야겠어."

그리고 두 사람이 운동하기 편한 옷으로 갈아입을 때, 시리우스의 연인들이 아침 인사를 하면서 방에 들어왔다.

다들 움직이기 쉬운 복장이었으며, 이제부터 달리기를 하러 가려는 것 같았다.

"시리우스 님, 준비가 끝났어요."

"체력에는 자신이 있지만, 너희를 따라갈 수 있을지 걱정이네."

"피아 씨라면 문제없을 거야. 운동을 딱히 하지 않았던 예전의 나는 몇 번이나 쓰러졌지만……."

"그래도 리스 누나는 포기하지 않고 따라왔잖아? 엄청난 근성이라고 생각해."

"아하하……. 에밀리아와 레우스가 몇 번이나 격려해줬잖아."

"맞다. 쓰러지면 간호해줄 거지? 시리우스, 나는 공주님 안기로 옮겨줘."

"쓰러지는 걸 전제로 이야기하지 마. 그것보다 피아는 처음으로 우리와 같이 뛰니까 무리는 안 할 거야. 그러니까 괜한 걱정하지 말라고."

호쿠토는 화기애애하게 이야기를 나누는 그들을 따뜻한 눈길로 쳐다보았다.

제자들을 상대하느라 고생하는 것 같지만, 그래도 충실한 하루하루를 즐겁게 살고 있는 주인을 보니 호쿠토도 기뻤다.

시리우스의 행복은 곧 호쿠토의 행복인 것이다.

"그럼 출발하자. 우선 가볍게 뛰는 거야."

"""응!"""

"나도 열심히 쫓아갈게."

스승을 쓰러뜨리기 위해 단둘이서 뛰던 그 때와는 다르다.

네 명이나 되는 소중한 동료들과 함께 방을 나서려던 시리우스는 뒤를 돌아보더니, 평소와 다름없는 어조로 호쿠토를 불렀다.

"가자, 호쿠토!"

"멍!"

호쿠토의 찬란한 나날은 앞으로도 계속될 것이다…….

투무제가 끝나고 며칠 후.

서로의 능력을 파악하고, 슬슬 여행을 다시 시작하려던 참이었다.

『승자…… 에밀리아 선수! 은발을 휘날리며 화려한 움직임으로 상대의 마법을 피한 후, 압도적인 마법 위력과 속도로 승리를 거머쥐었습니다!』

그 날, 우리는 투기장에서 에밀리아가 출전한 대회를 관전하고 있었다.

"누나, 해냈구나!"

"으으…… 이렇게 많은 사람들 앞에서 용케도 싸우네."

"누나는 그런 거에 꽤 익숙하거든. 다음 시합은…… 아, 피아누나 차례네!"

또한 피아도 출전을 했으며, 시합장에 나타난 피아는 우리를 향해 손을 흔들고 있었다.

참고로 저 두 사람이 출전한 것은 투기장에서 자주 열리는 특별대회 중 하나이며, 마법만 써야 한다는 룰이 있다.

투무제에 비해 지명도가 낮지만, 화려한 마법이 메인이기 때문에 꽤 인기가 있는 이 대회에 왜 저 두 사람이 참가한 것일까?

그것은 어젯밤…… 여관에서 느긋하게 쉬고 있을 때 일어난 일 때문이다.

내가 호쿠토의 털을 빗겨주고 있을 때, 피아와 에밀리아가 미안하다는 듯한 표정을 지으며 나에게 말을 걸었다.

『저기, 시리우스. 우리 원래 내일 출발하기로 했지? 하지만 하루만 미뤄주면 안 될까?』

『그건 상관없는데, 혹시 해야 할 일이라도 있어?』

『내일 투기장에서 열리는 마법만 허용되는 대회에 출전하고 싶어.』

『시리우스 님. 저도 그 대회에 참가하고 싶은데, 그래도 될까요?』

노잣돈은 투무제에서 충분히 벌었으니, 그런 대회에 참가할 이유는 없다. 하지만 저 두 사람이 아무 의미도 없이 대회에 출전할 리가 없기에 나는 허락을 했다.

"그런데 왜 이 대회에 출전한 거지? 저 두 사람은 안 그래도 눈에 띄는데, 일부러 주목을 모으는 짓을 하는 것도 이상하잖아? 시리우스 씨도 왜 허락한 거야?"

"나와 레우스는 투무제에 나갔는데, 저 두 사람을 나가지 못하게 하는 건 불공평하잖아? 게다가 좋은 경험이 될 것 같았거든. 하지만……."

두 사람의 실력이라면 웬만해서는 지지 않겠지만, 나는 걱정거리가 하나 있었다.

"역시 저 두 사람에게 바지를 입히는 편이 좋을까?"

"그런 걸 신경 쓰고 있었던 거야?! 하, 하지만 신경 쓰이기는 해. 저렇게 격렬하게 움직이는데도 속옷이 보이지 않는 게 이해가 안 된다니깐."

"그야…… 시종이라면 그 정도는 할 수 있는 게 당연하잖아?"

시종과 그게 어떤 식으로 상관이 있는 건지 모르겠지만, 보이지 않는 편이 좋은 것은 분명했다. 참고로 피아는 바람의 정령에게 부탁해서 치마가 휘날리는 것을 막고 있는 것 같았다.

내가 그런 걱정을 하는 사이에서 시합은 계속 진행됐고, 피아는 대전 상대가 날린 불꽃 마법을 바람으로 막아내더니 강력한 바람을 날려서 상대를 장외로 날려버렸다.

"으음…… 토너먼트 표를 보니, 두 사람은 결승에서 붙을 것 같네."

"이 대회에서는 저 두 사람이 우승 경쟁을 하겠는걸."

대전 상대가 약한 것은 아니지만, 에밀리아와 피아는 그야말로 압도적으로 강했다.

기본적으로 마법 영창이라는 것은 멈춰서서 하는 것이다.

하지만 재빠른 움직임으로 상대의 공격을 피하면서 마법을 펼치는 에밀리아와, 그 어떤 마법도 강력한 바람으로 완전히 막아버리는 피아는 벅찬 상대일 것이다.

내 예상대로 두 사람은 연승을 거뒀고, 어느새 결승전이 열리게 되었다.

아름다운 외모를 지닌 데다 강하기까지 한 두 사람의 인기는 급상승했고(주로 남자들 사이에서), 관객들도 흥분에 사로잡힌 것 같았다. 참고로 즉석 팬클럽 같은 것도 생긴 것 같았다. 두 사람의 이름을 외치면서 응원을 하는 남자들도 보였다.

『좋았어! 드디어 결승전이다! 다른 선수들을 압도하며 여기까지 올라온 두 미녀는 과연 어떤 싸움을 보여줄까? 정말 궁금한걸!』

이번에 실황중계를 담당한 이는 남자였으며, 아름다운 두 사람이 싸우게 되어서 꽤 흥분한 것 같았다.

그렇게 시끌벅적한 와중에도 두 사람은 딱히 부담감을 느끼지 않으면서 시합장 위에서 진지한 표정으로 마주섰다.

"여기까지는 순조롭네. 운 좋게 에밀리아와 결승에서 싸우게 됐으니까, 이제는……."

"예. 전력을 다해 싸우기만 하면 돼요."

환성 때문에 목소리는 들리지 않지만, 두 사람의 입술의 움직임을 보니 그런 말을 한 것 같았다.

혹시 그녀들은 상금이 아니라 이렇게 정정당당하게 싸울 기회를 바란 것일지도 모른다는 생각이 들었을 때, 시합 시작을 알리는 징이 울렸다.

"갈게요!『에어샷』."

"다들, 부탁해!"

시합이 시작되자마자 에밀리아는 수많은 『에어샷』을 날렸지만, 피아가 만들어낸 마법의 바람에 의해 그 바람 구슬은 전부 하늘 높이 날려가고 말았다.

무영창. 그리고, 정령에게 부탁을 하면 발동되는 정령마법.

보아하니 마법의 발동 속도는 거의 동일한 것 같지만, 마력 소비와 잠재적인 능력은 정령마법이 훨씬 뛰어날 것이다.

즉, 마법승부로는 피이기 유리하지만, 에밀리아는 나에게 훈련을 받았을 뿐만 아니라 이제까지 실전을 치르면서 갈고닦은 경험을 지니고 있다.

장기전이 된다면 에밀리아가 불리하겠지만, 재빠른 움직임으로 교란을 하면서 피아의 방어를 돌파한다면…… 에밀리아에게도 승산이 있을 것이다.

하지만 이것은 시합이니, 어느 정도는 손속에 사정을 두면서 싸우겠지만…….

"저, 저기…… 저 두 사람, 전력을 다해 싸우는 것 같지 않아?"

"응. 누나가 저 마법도 쓰잖아."

어디까지나 시합인지라 에밀리아는 사람을 두 동강 낼 수 있는 『에어 슬래시』를 쓰지 않았지만, 피아 상대로 아무렇지도 않게 쓰고 있었다.

피아 또한 차분하게 바람을 날려서 그것을 흘려보낸 후, 반격이라는 듯이 압축된 바람 구슬을 수도 없이 발사했다. 이 공격 또한 정통으로 맞으면 치명상을 입을 수도 있을 것이며, 에밀리아가 피하자 그 구슬은 바닥에 구멍을 숭숭 뚫어댔다.

관객석에는 날아가지 않았지만, 엉망이 되는 시합장을 보면서 흥분하는 관객들뿐만 아니라 지나치게 강력한 마법을 보고 식은땀을 흘리는 자도 있는 것 같았다. 참고로 자세를 낮추며 두 사람의 치마 안을 들여다보려고 하는 멍청이도 있었기에, 나는 몰래 『임팩트』를 날려서 천벌을 내렸다.

그런 격렬한 마법 공방전이 한동안 계속된 후, 두 사람은 갑자기 움직임을 멈췄다.

"휴우…… 예상은 했지만, 역시 강하군요."

"에밀리아야말로 같은 속성인데도 나와 이만큼이나 싸울 수 있다는 것 자체가 정말 대단한 거야. 쭉 실력을 갈고닦았는데…… 자신감이 잃을 것 같네."

"시리우스 님에게 가르침을 받았으니까요. 앞으로 피아 씨도 시리우스 님에게 배우는 게 어때요?"

"그래. 나도 너희와 함께 수련을 하는 편이 좋을 것 같아. 그럼…… 실력 발휘는 꽤 한 것 같으니, 슬슬 결판을 내볼까?"

"예. 이번에 결판을 내죠."

두 사람이 고개를 끄덕이는 걸 보면, 아무래도 마지막 공방전을 시작하려는 것 같았다.

서로를 노려보며 움직이지 않는 두 사람을 관객들이 마른 침을 삼키며 지켜보는 가운데, 숨을 고른 에밀리아는 마법으로 바람을 일으키며 바닥을 박찬 후, 질풍처럼 앞으로 날아갔다.

저 속도라면 피아가 마법을 발동시키기 전에 접근할 수 있을 것이다. 아마 피아는 반사적으로 바람을 압축시켜 만든 구슬을 날리려고 하겠지만, 에밀리아의 신체능력이라면 앞으로 나아가면서도 피할 수 있을 것이다.

그리고 접근한 상태에서 『에어 샷건』이나 『에어 임팩트』를 날리면, 피아에게 대미지를 입힐 수 있을 것이다.

에밀리아가 가속을 하며 날아오자, 피아는 자신만만한 미소를 지으면서 마법을 발동시켰다.

"이럴 때는…… 상대가 피할 수 없는 공격을 펼치면 돼! 다들…… 해치워버려!"

"앗?!"

그 순간, 시합장 전체를 뒤덮을 정도의 거대한 소용돌이가 발생했다. 그리고 도망칠 곳이 없어진 에밀리아는 그 소용돌이에 휘말리며 상공으로 날려가고 말았다.

"어?! 피아 누나, 너무 심한 거 아냐?!"

"에밀리아라면 저 높이에서도 무사하겠지만, 저 소용돌이는 좀…….'"

매달릴 만한 무언가가 없는 상황이었던 피아는 그 소용돌이에 휘말리며 공중으로 날려가고 말았다.

반고리관이 흔들렸을 뿐만 아니라, 온몸에 격렬한 부담이 가해지고 있는 상태가 이어진다면, 설령 의식을 잃지 않더라도 몸을 제대로 움직일 수 없을 것이다.

그리고 소용돌이가 사라지자, 에밀리아는 제대로 움직이지 못하며 무방비한 상태로 추락하고 있었다.

"좀 심했네. 하지만 손속에 사정을 둘 수 있는 상대가 아니니까, 하다못해 상냥하게 받아줘야…… 응?"

하지만…… 에밀리아의 판단력을 피아의 상상을 초월했다.

피아가 마법으로 자신을 받아내려 하는 순간을 노리듯, 에밀리아는 바람 마법과 『에어 스텝』으로 낙하속도를 바꾸면서 그녀의 머리 위에서 단숨에 돌진했다.

원래라면 소용돌이에 휘말려 의식을 잃었어야 하지만, 에밀리아는 소용돌이에 저항하지 않고 순응하면서 몸에 가해지는 부담을 최소한으로 줄인 것이다. 에밀리아는 바람 마법을 쓰기에 가능한 것이다.

그 후에는 기절한 척을 하다 방심한 피아에게 기습을 가한다……라는 작전 같았다.

그리고 완전히 의표를 찔린 피아는 허둥지둥 바람으로 방어를 하려 했지만…….

"잠깐만?! 이건 못 들었……."

"이 거리라면……! 『에어 임팩트』."

에밀리아가 근거리에서 자신의 마력을 대부분 쏟아 넣어서 펼친 바람의 충격은 피아의 방어를 뚫었고, 정통으로 맞은 피아는 그대로 뒤편으로 튕겨났다.

에밀리아는 피아가 그대로 장외로 떨어질 거라고 생각하며 미소를 지었지만, 그것은 물러터진 생각이었다.

"아차…… 꺄앗?!"

반사적으로 발동시킨 피아의 마법이 시간차를 두며 발동하더니, 격렬한 바람이 에밀리아를 덮쳤다. 아직 땅에 발이 닿지 않았던 에밀리아는 그걸 견뎌내지 못하고 뒤편으로 튕겨져 날아갔다.

에밀리아는 반사적으로 일으킨 바람으로 기세를 죽이면서 착지했지만, 이미 그곳은 장외였다. 역시 소용돌이에 의한 부담이 컸는지, 집중력이 떨어진 것 같았다.

한편, 방금 튕겨져 나갔던 피아는…….

『피, 피아 신수는 겨우겨우 장외를 모면했습니다! 드디어 우승자가 결정됐군요!』

에밀리아보다 빨리 바람으로 밀려나는 기세를 죽인 듯한 피아는 시합장 가장자리에서 멈춰 섰다.

이렇게 승패는 갈렸고, 두 사람을 칭찬하는 환성이 울려 퍼지는 가운데, 피아는 시합장으로 돌아온 에밀리아와 악수를 나눴다.

"제가 졌어요. 바람 마법을 활용과 전투방식…… 여러모로 많이 배웠어요."

"그렇지 않아. 나는 저 아이들에게 의지해 억지로 밀어붙이기만 하는 타입인데다, 에밀리아는 마법만이 아니라 나이프와 체술도 특기잖아. 전체적으로 본다면 내가 졌어."

시합에서는 이기고, 승부에서는 졌다…… 같은 상황이다.

전력을 다해 싸우기 시작했을 때는 당황했지만, 그 덕분에 두 사람은 더 사이가 좋아진 것 같았다.

서로를 칭송하며 앞으로 더 노력하려 하는 두 사람을 본 나는 만족스럽다는 듯이 고개를 끄덕였다.

"나도 언젠가 저런 식으로 싸워야만 할까? 으으…… 자신 없어."

"리스는 그냥 친하게 지내기만 하면 충분할 거야. 저건 저 두 사람에게만 해당되는 거야."

"저기, 형님. 혹시 누나들은 이러려고 이 대회에 나간 걸까?"

"그럴지도 몰라. 하지만……."

그냥 관객들을 신경 쓰지 않으며 싸울 수 있는 마을 밖에서 싸우면 충분했다는 생각이 드는 것은 어째서일까?

내가 그런 생각을 하는 사이에 표창식이 진행됐고, 피아는 나 때와 마찬가지로 시합장 위에 올라온 실황중계자에게 질문을 받고 있었다. 그리고 질의응답이 이어지던 도중, 관전 중인 남성 대부분이 궁금해 하는 질문이 언급됐다.

『당신처럼 아름답고 강한 여성을 남자들이 가만 놔둘 리가 없죠. 단도직입적으로 묻겠습니다만, 피아 선수는 연인이 있습니까?』

『물론이지. 일전의 투무제에서 우승한 그가 바로 내 연인이야. 참고로 옆에 있는 에밀리아도 그의 연인이야.』

『예? 그럼…….』

『시리우스! 내 멋진 모습, 봤지?』

『시리우스 님! 지기는 했지만, 당신에게 어울리는 연인이 될 수 있도록 앞으로도 노력할게요!』

피아가 고백을 한 후, 에밀리아도『콜』마법을 발동시키면서 그렇게 말했다.

아하…… 이 두 사람이 대회에 출전한 이유는 바로 이것이구나.

연인이 있다는 것을 선언하는 것만이 아니라, 자신들에게 허튼 짓을 하려고 하면 무사하지 못할 것이라는 점을, 실력을 과시해서 주위에 알리려고 한 것이다.

그저 내 보호를 받기만 하지는 않을 거라고 말하기는 했지만…… 정말 듬직한 연인들이다.

만면에 미소를 짓고 있는 두 사람에게 화답하듯, 나는 미소를 지으며 손을 흔들어줬다.

그 후…… 이 날 치러진 대회는 마치 은색 요정과 녹색 요정이 춤추는 시합이었다고 이야기되며 유명해졌고, 『페어리 댄스(요정 마투)』라는 명칭으로 불리게 되었다고 하는데…… 다음 날에 여행을 떠난 우리는 그런 사실을 알지 못했다.

후기

여러분, 오래간만입니다. 네코입니다.

어느새 이 책도 7권까지 나왔으며, 용케도 여기까지 왔다고 작가인 저 또한 놀라고 있습니다.

이번에도 작가의 요망에 따라 멋진 일러스트를 그려주신 Nardack 님.

그리고 7권을 만드는 과정에서 협력해주신 모든 분들에게 진심으로 감사드립니다.

자아…… 피아가 합류했는데도 레우스 메인으로 흘러간 7권은 어떠셨는지요?

게다가 시리우스를 둘러싼 핑크빛 기류도 진전이 있었으며, 어느새 하렘이 이뤄졌습니다만, 결국 평소와 마찬가지네요.

하렘이 맞지 않는 분도 계시겠지만, 사랑과 주변머리만 있으면 일부다처도 당연한 이세계에서 벌어지는 이야기이니 양해해주시길.

그리고 보고를 드리자면, 요시노 소라 선생님이 그리는 이 작품의 코믹스 2권도 동시에 발매됩니다. 흥미가 있으신 분은 그쪽도 읽어주시길.

다음 권이 어떻게 될지는 모르겠습니다만, 여러분에게 또 작품을 전해드릴 수 있기를 빌며…… 이만 줄이겠습니다.

World Teacher 7
©2017 by Koichi Neko
First published in Japan in 2017 by OVERLAP, Inc.
Korean translation rights reserved by Somy Media, Inc.
Under the license from OVERLAP, Inc., Tokyo JAPAN

월드 티처 이세계식 교육 에이전트 **7**

2018년 7월 1일 1판 1쇄 발행
2020년 3월 15일 1판 3쇄 발행

저　　　자 네코 코이치
일러스트 Nardack
옮 긴 이 이승원
발 행 인 유재옥
본 부 장 조병권
담당편집자 김민지
편 집 1팀 정영길 김민지 조찬희
편 집 2팀 김다솜 이본느
편 집 3팀 오준영
라이츠담당 한주원, 김슬비
디 지 털 박상섭, 박지혜, 이성호
미　　　술 강혜린, 박은정
발 행 처 ㈜소미미디어
인쇄제작처 코리아피앤피
발 행 처 ㈜소미미디어
등　　　록 제2015-000008호
주　　　소 서울시 마포구 토정로 222, 403호 (신수동, 한국출판콘텐츠센터)
판　　　매 ㈜소미미디어
마 케 팅 한민지
경 영 지 원 김서진
물　　　류 허석용 최태욱
전　　　화 편집부 (070)4164-3962, 3963 기획실 (02)567-3388
　　　　　　 판매 및 마케팅 (070)4165-6888, Fax (02)322-7665

ISBN 979-11-6190-579-2 04830
ISBN 979-11-5710-455-0 [세트]